大河小說 주역 ②

평허선공,
염라전에 들다

김승호 지음

도서
출판 선영사

차례 •••

촌장의 초상(肖像)

속세인 정마을에는 겨울이 찾아왔다. 마을 사람들은 촌장이 떠나간 것을 알았지만 전처럼 불안해하지는 않았다. 다만 시간이 지날수록 촌장이 그리워질 뿐이었다. 촌장은 마을을 떠나면서 마을 사람들 모두에게 자상한 안부를 전했고, 각자에게 적당한 선물을 남겨주었다.

12월 중순, 정마을에는 첫눈이 왔다. 눈이라는 것은 만물을 다 덮어주는 것이지만 사람의 마음속에는 지난 일들을 회상시켜 주는 작용을 하는 것 같았다.

마을 사람들은 한가로이 내리는 눈을 바라보며 지난날들을 생각했다. 특히, 지난 몇 달 간의 과거사들은 너무나 특이하여 정마을이 생긴 수십 년 이래의 모든 사건들보다도 풍부하고 극적이었다. 사람들은 당시에는 미처 느끼지 못했다가 이제 조용한 세월이 얼마간 계속되자, 자신들이 무엇을 겪었는가를 서서히 음미해 보는 것이었다.

강노인은 오늘 촌장이 강노인 내외에게 남겨준 글을 읽으며 눈시울을 적셨다. 촌장이 박씨를 통해 남겨준 글은 간단한 내용이었지만, 강노인은 그것을 여러 차례나 읽었다. 글은 다음과 같이 씌어 있었다.

강씨 내외는 보게!

자네들은 나와 함께 정마을에서 이십여 년을 함께 보냈기 때문에 나의 떠남이 자네들에게는 어떠한 충격을 주었을 것이네. 나도 가슴이 아프네. 그러나 자네들은 착한 사람들이니 앞으로 더 좋은 인생을 맞이할 것으로 나는 믿네.

남겨둔 환약은 두 알인데, 중병을 앓는 사람이 복용하면 반 알만 먹어도 소생하고, 건강한 자네들이 먹으면 수명이 길어져서 적어도 자네들이 살아온 만큼은 더 살 수 있을 것이네. 이것은 자네들이 전생에 쌓은 선행 때문에 하늘이 내려준 것이라고 생각하게.

정마을 촌장 서(書)

강노인은 편지를 장롱 속에 소중히 간직하고는 집을 나섰다. 눈은 계속 내리고 있었다. 강노인이 찾아간 곳은 남씨 집이었다.

남씨는 방 안에서 무엇인가에 열중하고 있었다.

"남씨!"

강노인이 불러서야 남씨는 밖으로 나왔다.

"어, 할아버지 웬일이세요?"

"잘 지냈나? 뭐 별다른 일이 있어서 온 것이 아니고 그저 좀 심심해서……."

"그러세요? 들어오세요."

강노인이 방에 들어서자 남씨는 방 안에 널려져 있는 종이를 걷어치웠다. 벼루와 붓이 있는 것으로 보아 남씨는 붓글씨를 쓰고 있었던 모양이었다.

"남씨, 이것은 뭔가? 붓글씨를 쓰고 있었구먼."

"예. 뭐 붓글씨랄 것도 없어요. 심심해서 몇 자 끄적여 본 것이에요."

"그래. 좋은 취미가 있군. 붓글씨는 잘 쓰나?"

"잘 쓰긴요. 글쎄 글씨가 아니라니까요."

"얼마나 썼는데?"

"쓰긴 오래 썼지요. 어려서부터 썼는데 누구한테 배운 것도 아니고…… 가끔 붓을 잡으니 통 글씨가 되질 않아요."

"어디 좀 볼까?"

"아니에요. 나중에 글씨처럼 되면 보여 드릴게요."

남씨는 부끄러운 듯이 이렇게 말하면서 종이를 얼른 걷어치웠다. 강노인은 이내 화제를 돌렸다.

"남씨, 혼자 지내기가 어떤가?"

"할아버지, 새삼 무슨 말씀이세요? 저야 항상 혼자 지냈는데…… 혼자 지내는 게 전 좋아요."

"그래? 그거 다행이군."

강노인은 망설이는 듯 혼자 고개를 몇 번 끄덕이고는 가만있었다. 강노인의 모습이 평소와 같지 않음을 남씨가 깨닫고 물었다.

"할아버지, 무슨 일이세요?"

"아니. 무슨 일이 있겠나? 이런 산골에 살면서……."

"하하하…… 산골이라고 무슨 일 없겠어요? 몸이 아플 수도 있고 할머니하고 싸움을 할 수도 있고……."

"허허허…… 그렇기는 하겠군. 하지만 그런 일 따위는 없어. 다만……."

강노인은 잠시 말을 멈췄다.

"다만, 뭐에요?"

"그저 요즘은 마음이 좀 허전한 것 같아서."

"그래요? 할아버지 그건 혹시 도시가 그리워져서 그런 건 아닐까요?"

"글쎄, 그런 것은 아닐 거야. 아마 다른 이유겠지. 남씨 난 말이야. 인생을 헛산 것 같아."

"예? 헛살다니요?"

남씨는 깜짝 놀랐다. 강노인이 이런 심각한 얘기를 한 것은 처음이었다. 남씨는 다음 할 말을 몰라서 그냥 웃으며 강노인을 바라보았다. 강노인의 다음 말은 참 엉뚱했다.

"남씨, 정마을은 참 좋은 곳이지?"

"그럼요!"

"그래. 우린 참 좋은 곳에서 살았어. 아마 세상 어느 곳도 이런 곳은 없었을 거야."

강노인은 '이런 곳은 아마 없었을 거야'라고 과거 시제로 얘기했다. 강노인은 '휴 ──' 하고 한숨을 쉬고는 다시 말을 이었다.

"그런데 지금은 정마을이 전과 같지 않아."

"예? 전과 같지 않다니요?"

"음. 물론 정마을은 정마을이고 산천이 변한 것은 아니지. 그러나 전에는 이곳이 신선이 사셨던 곳이었잖아? 그런데 지금은 신선이 떠나가고 사람만 살고 있으니 전과 같지 않을 수밖에."

남씨가 들어보니 '그도 그럴 것이다' 하는 생각이 들었다.

"그렇군요."

남씨도 수긍했다. 사실 남씨도 요즘 마음이 좀 허전했는데, 그 원인은 촌장이 떠나간 것 때문이란 것을 잘 알고 있었다. 그러나 그런 일이 입 밖에 내면 자기도 모르게 점점 정마을이 싫어지게 될 것이 두려워 일부러 모르는 척하면서 평소처럼 행동해 왔던 것이었다. 강노인의 말은 이어졌다.

"나는 말이야, 이십 년이나 신선과 함께 살았으면서도 그것을 모르고 살았으니 얼마나 한심한가? 휴 — 우 —"

강노인은 다시 한숨을 쉬었다.

"할아버지! 그것을 미리 알았다면 뭐가 달라졌을까요?"

"그럼! 그야 당연하지. 그 어른을 좀 더 잘 모시면서 무엇인가를 배우면서 인생을 가치 있게 보냈을 텐데…… 나는 그게 한스러워."

"할아버지, 그렇긴 하지만 제 생각은 좀 달라요."

"뭐? 다르다고? 어떻게?"

"예. 신선이 떠나가신 것은 그만한 이유가 있었겠지요. 우리가 그런 분을 몰라보고 그렇게 허무하게 떠나보낸 것은 잘못이었지만, 이제부터라도 그분을 마음에 간직하고 살아간다면 인생이 크게 달라질 것이라는 생각이 들어요. 그나마 우리 마을 사람들이 신선과 긴 세월동안 한 마을에서 살았던 것은 큰 복이 아니었겠어요? 저는 영원히 촌장님을 마음속의 스승님으로 삼고 살아갈 거예요."

"흐흠, 남씨는 참 대단하군. 나 같은 늙은이도 생각도 못할 훌륭한 생각을 하는구면."

"하하하…… 할아버지도 무슨 말씀을요. 할아버지는 그래도 촌장님이 계실 때 일 년 내내 그분이 마실 술을 만들어 드렸잖아요? 그게 어디 보통 큰 공이겠어요? 할아버지는 아마 큰 복을 받으실 거예요.

신선이 마실 술을 이십 년간이나 만들어 올렸으니……. 저야말로 십여 년 동안 촌장님을 위해 한 일이 뭐 있어요? 사실 저야말로 부끄러워요."

강노인은 남씨의 말을 듣고 자신이 그나마 술이라도 열심히 만든 것이 다행이란 생각이 들었다. 강노인은 우울한 마음이 싹 가시는 것을 느꼈다. 강노인은 밝은 표정이 되어서 말했다.

"술이야 내가 만들었나? 우리 할멈이 만든 것이지."

이렇게 말하면서도 기분은 좋았다. 할머니가 젊은 시절부터 촌장에게 술을 담가줄 때 그것을 강노인도 찬성하지 않았던가!

"할아버지, 모든 것이 다 할아버지 복이에요."

"허허허…… 그렇게 생각해주니 고맙구면."

강노인은 기분이 좋아졌으므로 자리에서 일어났다. 남씨도 웃으면서 말했다.

"벌써 가시려고요? 술이라도 한잔 하시지요?"

"아닐세. 술은 다음에 들기로 하지. 난 빨리 가서 자네한테 들은 이야기를 할멈한테도 해줘야겠네. 할멈은 요즘 자주 운다네."

강노인은 급히 방을 나갔다. 눈은 여전히 내리고 있었다. 남씨는 한참동안, 내리는 눈을 바라보며 생각에 잠겼다. 그리고는 다시 붓을 꺼내 글을 쓰기 시작했다.

이 시간에 건영이는 인규와 마주 앉아 한담을 나누고 있었다. 건영이의 몸은 완쾌되어 있었다.

"눈이 잘도 오는구나. 이 마을에 눈이 많이 오면 경치가 더 좋을 거야. 그렇지?"

이렇게 말하면서 건영이는 인규를 바라보았다. 인규는 이 마을에서 겨울을 지낸 적이 있었기 때문에 인규에게 동의를 구했다.

"응. 겨울엔 이곳은 완전히 눈 속에 파묻히지. 그런데 너 이곳에서 겨울을 날 거니?"

"그럼!"

건영이는 당연하다는 듯이 큰소리로 말했다.

"그래? 언제까지 이곳에 있을 건데?"

인규는 웃는 얼굴이었지만, 음성에는 진지함이 서려있었다. 건영이는 잠시 망설이다가 대답했다.

"난 오래오래 이곳에 있을 거야."

"오래오래가 언제까지인데?"

"응? 인규, 너는 이곳이 싫으니?"

"싫기는! 나도 이곳이 좋아. 하지만 영원히 이곳에 있을 수는 없는 것이잖아?"

인규의 말이 뜻밖에 진지한 것을 알고 건영이도 생각해 보았다. 건영이는 지금 숙영이가 좋아서 이곳을 떠나기 싫은 것이지, 언제까지 이곳에 있게 될지는 알 수가 없었다. 이런 경우 어떻게 생각해야 하는지 건영이는 몰랐다. 그저 무작정 불안한 생각이 들 뿐이고 이 마을을 떠난다는 말은 그것이 언제이건 화제로 삼고 싶지가 않았다.

"인규야, 그 문제는 얘기하지 말자. 나도 잘 모르겠어. 하지만 생각은 해봐야겠지."

"그래. 알았어. 그건 그렇고, 눈이 이렇게 오는데 경치 구경이나 갈까?"

"아니, 난 좀 생각할 게 있어서……."

"그래? 그럼 난 좀 나갔다 올게."

인규는 혼자 집을 나섰다. 인규는 특별히 어디 갈 곳이 있는 것은 아니었다. 산골 마을은 갈 곳이 뻔하다. 인규는 그냥 눈을 맞으며 발걸음이 닿는 곳으로 가보는 것이었다. 인규의 발걸음은 저절로 촌장의 집으로 향했다. 박씨의 잠자리는 자기 집이지만 하루 중 대부분은 촌장의 방에서 지낸다는 것을 인규는 알고 있었다. 인규는 촌장의 집에 도착하자 방 쪽을 향해 큰소리로 불렀다.

"촌장님!"

이 소리에 박씨는 깜짝 놀랐다.

"응? 누구야? ……촌장이라니?"

"하하하…… 저예요. 아저씨."

"인규로구나! 난 또 누구라고, 촌장을 찾다니 어쩐 일이냐?"

"아저씨가 바로 촌장이잖아요?"

"뭐— 내가?"

"그럼요. 이젠 아저씨가 촌장이지 누가 촌장이겠어요?"

"허 — 참, 내가 어째서 촌장이냐?"

"아저씨, 촌장님께서는 자신의 모든 것을 아저씨한테 맡겼으니 당연히 촌장도 아저씨가 이어받는 것이 아니겠어요?"

"애, 그런 소리 마라. 내가 무슨 그런 자격이 있겠니? 자, 어서 들어오기나 해라."

"전 사실 촌장님 방이 어떤가하고 들어와 보고 싶었어요."

인규는 방에 들어서자마자 사방을 두리번거리며 이렇게 얘기했다.

"음. 그래? 별로 색다른 것은 없단다. 단지 특이한 점은 생활에 필요한 도구는 일체 없어. 이불이나 가구, 솥이나 그릇 등은 하나도 없단다. 촌장님은 어떻게 사셨나 모르겠어?"

"예. 역시 사람들하고는 다른 데가 계셨군요! 신선들이란 가만히 앉아서 바람을 마시며 산다잖아요?"

"뭐? 바람을? 너 그것을 어떻게 아니?"

"하하하…… 아저씨도 참, 그냥 세상 사람들이 하는 얘기예요. 아저씬 그런 말도 못 들어보셨어요?"

"그런 말이 있었나?"

박씨는 '바람을 마신다'란 말에 어떤 느낌을 받은 것 같았다. 박씨는 항상 호흡이 거칠어서 정신 집중이 잘 안 되는 것을 느낀다. 가끔 마음이 평온할 때면 호흡이 안정될 때도 있었지만, 호흡과 정신과의 관계는 박씨로서는 항상 문제였던 것이었다.

'그런데 호흡과 바람은 같은 것이 아닌가? 바람을 마신다? 호흡을 마신다? 어떤 관계가 있는 것처럼 느껴졌다. '가만히 앉아서?' 이 말도 중요한 말이었다. 사람은 앉아만 있는 것이 아니다. 누워서 자고 자주 걸어 다니기도 한다. 그러나 촌장님은 어떠셨나? 잠은? 눕지 않고 앉아서 잠을 잔 것인가? 아니면? 아예 잠이란 것을 자지 않는 것이 아닐까? 그런 것이 가능할까? 안 자고, 안 먹고…… 글쎄 나도 한 번 해보아야겠군! 촌장님은 분명 그러셨던 것 같아! 그렇지 않고서야 음식을 해 먹은 흔적이 없을 턱이 있나? 추운 겨울에도 분명 방에 불을 지핀 흔적이 없어. 그것 참…… 희한하군.'

"아저씨!"

인규가 부르는 바람에 생각에서 깨어났다.

"잠시 내가 딴 생각을 했구나. 미안, 미안. 혼자 왔구나. 건영이는 어떠니?"

"예. 몸은 다 나았나 봐요. 혼자 있겠대요."

"그래. 잘됐구나. 이젠 이 마을에도 더 이상 별 사건이 없을 테지!"

"그럴까요? 아저씨!"

"아니, 내가 뭘 알아서 하는 소리는 아니야. 그저 그런 느낌이 들어서……."

"하긴 저도 그런 생각이 들긴 들었어요."

"너도? 그건 어째서 그렇니?"

"참, 아저씨도. 나도 뭘 알아서 하는 말은 아니에요. 단지 촌장님도 신령님도 다 떠나가셨으니 이 마을엔 이젠 대단한 일이 없을 거란 느낌이 들 뿐이에요."

"그래? 네 말이 맞는 것 같구나."

"그렇다면 말이야, 네 생각엔 촌장님이 애당초 이 마을엔 왜 오셨을까? 경치가 좋아서? 조용해서? 무슨 일 때문에?"

"경치 때문이나 조용해서가 아닐 거예요. 아마 무슨 일 때문이셨겠지요."

"그렇겠군. 그런데 무슨 일이셨을까?"

"그건 아저씨, 생각할 수 있는 문제인 것 같아요. 만일 이 마을에 문제가 있어서 왔다면 이 마을에서 있었던 문제를 생각해 보고 끝난 일을 생각해 보면 될 거예요."

"그래? 혹시 건영이 문제는 아니었을까? 건영이는 우리가 모르는 중대한 사람일 수도 있잖아? 건영이가 회복하자 촌장님께서 곧 떠나가시기도 했고."

"글쎄요, 그렇다면 촌장님께서 이십여 년 전부터 이곳에 와 계셨을 필요가 없을 것 아니겠어요. 단지 십여 년 전에 와도 되고…… 일 년 전에 오셨어도 되고……."

"그렇겠군. 그렇다면 잘 모르겠는데…… 그런데 말이야. 촌장님은 건영이 문제를 대단히 중시하셨어!"

"그건 저도 알아요. 그렇지만 건영이 문제만은 아닌 것 같아요."

박씨는 고개를 끄덕였다.

촌장의 출현과 사라짐, 이 문제는 좀처럼 알 수가 없을 것 같았다. 생각해보면 불가사의한 일이 한두 가지가 아니었다. 단순히 건영이란 단 한 사람의 치료 때문에 그 긴긴 세월을 정마을에 있었다는 것은 말이 안 된다.

박씨는 일단 이 문제를 덮어두기로 했다. 쉽게 생각해서 알 일은 아니었다. 단지 나중에 건영이 생각은 무엇인지 물어보아야겠다고 마음먹었다. 박씨는 나루터에 나갈 시간이 되었기 때문에 자리에서 일어났다.

"인규야, 나루터에 함께 안 가겠니?"

"아니에요. 아저씨 혼자 가세요. 전 다른 곳에 갈 데가 있어서요."

"그래. 자주 찾아오너라."

박씨는 여느 때처럼 나루터로 향했다. 하늘에서는 눈이 계속 떨어졌다. 박씨는 내리는 눈이 마치 연극에서 막이 내리는 것처럼 어떤 사건의 막이 내리는 것으로 느껴졌다.

'앞으로는 무슨 일이 또 있을까?'

이젠 이런 것을 물어볼 데도 없고 말을 하는 사람도 없을 것이다. 박씨의 마음은 차분하기만 했다. 지금 내리는 눈처럼 박씨에게는 분명 경계를 그을 수 있는 변화의 막이 내리고 있는 것이다.

막은 언제고 다시 오를 것이다. 그러나 박씨는 앞날의 일에 관심을 갖는 것도 좋지만 현실에 최선을 다하기로 했다. 박씨는 전 같으면 새로움을 좋아했고 변화를 좋아했지만, 지금은 변치 않는 것에서 어떤 가치를 깨달았고, 사람이 일정한 것에서 인격이 향상되는 이치를 발견한 것이다. 박씨는 자신이 지난 십여 년 동안 꾸준히 나루터에 다닌 것도 하나의 커다란 수행이 되었던 것을 지금은 확연히 알 수 있었다. 박씨는 무심한 마음으로 걷고 또 걸었다.

나루터에 도착한 박씨는 시야를 넓게 해서 강 건너편과 상류와 하류 쪽, 저쪽 편의 숲과 하늘을 한 번에 바라보았다. 모든 것은 열려져 있었고 시원하게 하나로 연결되어 있었다. 천천히 흐르는 강물은 모든 것에 무관심한 듯 묵묵히 혼자 흐르고 주변의 공기는 더욱 맑고 차가웠다. 눈은 헐벗은 나무에 무엇인가를 계속 내려주는 것 같았다. 강변은 적막하였지만 생명력을 간직한 채 시간은 계속 흘러갔다.

박씨는 한동안 강가에 서서 자연과 하나가 되어 있었다. 강 건너편에는 오늘도 사람은 나타나지 않았다. 박씨는 다시 정마을로 발걸음을 돌렸다.

인규는 임씨 집을 찾았다. 인규는 근래에 와서 마을 사람들을 골고루 만나러 다닌다. 무슨 얘기를 듣고 말하고 해서 일거리를 찾는 것이다. 인규의 그 일거리란 마을에 관해 무엇인가 의미 있는 일을 발견해서 적어나가는 것이다. 단순히 취미라면 취미일 수도 있다. 인규는 이것이 자신의 일생에 대단히 중요한 일이고 가치 있는 일이라 생각하며 열심히 찾아다니는 것이다.

인규가 임씨 집을 찾은 것은 인규로서는 처음 있는 일이었다. 그래서 임씨는 놀랍기도 했고 즐겁기도 했다. 임씨 부인은 인규가 찾아오자 반갑게 맞이하고는 음식을 장만하기 위해 부엌으로 나갔다. 인규와 임씨는 한가히 마주 앉았고 자리에 앉자마자 임씨는 싱글벙글하면서 먼저 얘기를 꺼냈다.

"인규 학생! 무슨 재미있는 일이라도 있나?"

"아니요. 그냥 놀러왔어요. 전 아저씨네 집에 놀러오면 안 되나요?"

"무슨 소릴, 놀러오면 좋지! 매일 오너라. 하하하……."

임씨의 성품은 직선적이고 천진하여 웃음이 얼굴에서 사라질 때가 거의 없었다. 임씨의 성품이 명랑하다는 것은 마을 사람들이라면 누구나 다 알고 있었다. 그러나 임씨의 마음속 내면은 어떠한 것일까?

단순히 겉에 보이는 것처럼 아무런 변화도 없이 그저 명랑하기만 한 것일까? 사람이라면 그럴 수만은 없다. 만약 마음에 아무런 문제도 없이 항상 즐겁기만 하다면 무엇인가 잘못된 사람이거나 아니면 아주 비범한 사람일 것이다.

인규는 오늘 임씨의 마음은 어떤 것인가를 알고자 왔던 것이었다. 아무 말이나 가까이서 건네 보면 사람은 그 마음속이 보이기 마련이었다. 인규는 대수롭지 않게 말을 건넸다.

"아저씨, 아저씨는 무슨 생각을 하시면서 사세요?"

"뭐? 무슨 생각을 하면서 살다니?"

"아니 그냥 평소에 자주 생각하시는 게 뭐냐고요?"

"음. 그거…… 그건…… 글쎄…… 생각이란 매일 바뀌니까 자주 생각하는 것은 없는 것 같아."

임씨는 맥 빠지게 대답했다. 인규는 말하는 방법을 달리했다.

"아저씨, 그런 것 말고 인생을 어떻게 보시느냐, 즉 인생관 같은 거 말이에요."

"인생관? 얘! 난 그런 어려운 말은 몰라. 인생이란 뭐냐고? 글쎄…… 내 생각엔, 아니 나는 인생이란 참여하는 것이라 생각돼."

"참여하시다니요?"

"음…… 이 세상은 수많은 것들이 서로 함께 어우러져 있는 것이잖아? 나도 거기에 열심히 함께 참여하는 것이지 뭐. 하하하……."

임씨는 이렇게 말해놓고 웃었다. 듣기에 따라서는 임씨의 말은 깊은 뜻이 있는 것 같았다. 인규는 약간 놀랐다.

"아저씨는 참 훌륭한 생각을 가지고 사시네요! 참여하는 마음…… 그렇지요. 인생이란 참여하는 것이지요. 그런데 아저씨, 아저씨는 떠나가신 촌장님을 어떻게 생각하세요? 그리고 이 마을은?"

"응. 그거……."

임씨의 목소리는 심각해졌다.

"나는 말이야, 촌장님으로 인하여 사는 것에 새로운 뜻을 발견한 것 같아. 지금은 그분이 떠나셨지만……."

"예? 무엇을 발견하셨는데요?"

인규는 다시 놀랐다. 임씨의 말에 무게가 더해진 것 같고 평소 임씨답지 않게 깊은 말을 하기 때문이었다.

"뭐 대단한 것은 아니지만 나는 세상에 신선이 사실로 존재한다는 것을 알았어. 따라서 신선보다 더 높은 하늘도 존재한다는 것을 알았지!"

"그건 어째서지요?"

"이것 봐! 신선이 하는 일은 뭐겠어? 사람만 도와주러 다닐까? 그것은 인간의 생각일 뿐이지. 신선도 자신을 위한 일을 하는 것이 있겠지."

임씨의 말에는 깊은 뜻이 있는 것 같았다.

"그게 뭔데요?"

"음……. 내 생각이긴 하지만, 신선이란 끊임없이 공부를 하고 하늘의 뜻을 실행에 옮기는 것이겠지."

"야, 대단하시군요. 정말로!"

"뭐가?"

"아저씨 생각 말이에요. 그런데 그런 생각을 어떻게 하시게 됐지요?"

"그건 촌장님 때문이야. 나는 지난 긴 세월과 몇 달 전 일들을 생각해 보면서, 이 세상이란 대단히 깊고 넓다는 것을 알았어. 그리고 우리들…… 이 마을 사람들 전부이지만 신선을 만났잖아? 이건 정말 대단한 일이지."

"예. 그렇군요."

인규는 고개를 끄덕이며 깊은 생각에 잠겼다. 이때 임씨 부인이 음식을 차려 들여왔다.

"자, 학생! 얘기는 그만하고……."

"그래그래. 인규야 이것부터 먹고 보자!"

임씨는 부인이 차려온 상을 받아서 인규 앞에 놓았다. 임씨와 인규는 음식을 먹으면서 얘기를 계속했다.

"인규야, 넌 이 마을에 왜 계속 머무르고 있니?"

"예? 그냥 이 마을이 좋아서요."

"그래? 그럼 아주 이 마을에서 살지 그래."

"글쎄요. 전 자격이 없나 봐요."

"뭐라고, 자격이라니? 이 마을에 사는데 무슨 자격이 필요하냐?"

"오늘 아저씨하고 얘기 도중에 깨달은 것인데요. 이 마을 사람들은 모두 다 보통 분들이 아닌 것 같아요. 저만은 그저 평범한 사람이지만요."

"얘, 얘, 무슨 소릴. 내가 보긴 인규 너야말로 대단한 것 같아."

"왜요?"

인규는 임씨가 건성으로 하는 말 같아서 일부러 짓궂게 물어보았다. 임씨는 음식을 먹으면서 잠시 혼자서 웃더니 대답했다.

"왜냐고? 그건 말이야. 우리 마을 사람들은 신선과 그렇게 오래 살고 나서야 신선을 알게 되었지만 인규나 건영이는 이 마을에 오자마자 신선을 곧바로 알게 된 것이잖아. 그러니 너희들이 대단할 수밖에. 안 그래?"

인규는 말문이 막혔다. 평소에 대수롭지 않게 생각한 임씨의 말은 모든 면에서 예리하고 깊은 뜻이 서려있었다. 인규는 음식을 먹으며 생각하다가 혼잣말을 했다.

"역시, 아저씨마저 대단한 사람이시군요!"

"뭐? 나마저 대단하다고? 그럼 이 마을에서 나만 바보라고 생각했구나. 하하하……."

"예? 아니……에요."

"알았다, 알았어. 하하하……."

임씨는 인규와 더불어 즐겁게 웃으며 음식조차 열심히 먹는데, 그 모습은 천진하고 평화스러웠다. 어찌 보면 도인의 안정된 모습이 이러한 게 아닐까?

이윽고 시간이 제법 흐르자 인규는 자리에서 일어났다.

"아저씨, 저 이만 가겠어요. 아주머니 고마워요."

"가려고? 잠깐만, 내가 보여줄 게 있어. 다시 앉아라."

인규는 의아스럽게 생각하며 잠시 기다렸다. 임씨는 웃으며 무엇인가를 꺼내가지고 왔다.

"자…… 인규야, 이게 뭔지 아니?"

임씨가 꺼낸 것은 초상화 같기도 한 어떤 인물화였다. 인규는 그림을 자세히 들여다보았다.

"아니! 이것은……."

인규는 깜짝 놀랐다. 그림 속의 인물은 바로 촌장이 아닌가?

"아저씨, 이것은…… 촌장님 얼굴 모습이잖아요?"

"하하하…… 그럼, 내가 그린 것이지."

그림은 아주 잘된 것이었는데, 그림 속에는 촌장이 근엄한 모습으로 앉아있었다.

"야, 어떻게 이런 그림이……. 아저씨 정말 대단하시군요. 언제 이것을 그리셨어요?"

"하하하……."

임씨는 웃으며 자랑스러운 듯이 말했다.

"최근에 그린거야. 그런데 잘 그렸는지 어떤지는 몰라. 인규, 네가보기엔 어떠니? 분명히 촌장님 같으니?"

"그럼요! 정확히 촌장님 모습이에요. 잘 그리셨어요."

인규는 흥분해서 큰소리로 말했다. 임씨는 그림을 다시 둘둘 말면서 얘기했다.

"이것은 아직 완성된 것이 아니야. 여기다 글을 써서 표구를 해야지."

"아저씬 글씨도 쓰세요?"

"아니, 글씨는 못 써! 글씨는 남씨 형님에게 부탁해 써 달래야겠구나."

"남씨 아저씨는 글씨를 잘 쓰시나요?"

"그럼. 그 형님은 붓글씨를 잘 쓰시는 것 같아. 보진 못했지만……."

"에이, 아저씨도…… 글씨도 보지 못하고 어떻게 잘 쓰는지 아세요?"

"음…… 그건 아는 방법이 있지. 틀림없을 거야."

임씨는 확신에 찬 표정을 지었다.

"아저씨, 그림을 어떡하시려고요?"

인규는 그림을 그린 것에 무슨 뜻이 있는가를 물었다.

"어떻게 하긴, 나는 그림을 평생 간직하며 촌장님으로 모실거야. 말하자면 나의 신앙이지. 나는 이 그림으로 촌장님이 계시는 것처럼 생각하며 열심히 살아야지."

인규는 고개를 끄덕였다. 존경하는 사람을 그려서 간직하며 생각하고 모신다는 것, 이것은 분명 인생을 살아가는 하나의 훌륭한 방법일 것이다. 임씨는 이런 식으로 공부하며 일생을 살아가려는 것이다.

인규는 대수롭지 않게 찾아본 임씨에게서 많은 감명을 받고 임씨 집을 떠났다. 이 마을엔 또 무엇이 있을까? 인규는 별의별 상상을 다 하면서 집으로 돌아왔다.

정마을은 조용히 하루를 마감하고 있었다. 해가 지자 마을은 고요하고 밖에 나다니는 사람도 없었다. 날이 흐려서 하늘의 별은 보이지 않았다. 그러나 보이지 않는 수많은 별들의 세계에는 여전히 자연의 섭리를 간직하고 저마다의 운행을 계속하고 있었다.

천명관(天命官) 회의

저 하늘의 세계에서도 지금의 시간에 주어진 자신의 운명을 맞이하고 있었다. 하늘 세계에서 가장 지체 높은 옥황상제는 오늘 또다시 천명관 회의를 주재했다.

천명관 회의는 벌써 여러 차례 열렸지만 무슨 특별한 대책을 내놓지 못하고 있었고, 온 우주에 천명이 어긋나는 사태를 수습하려는 천부의 노력은 이제 막바지에 이르렀다.

회의에 참석한 천명관은 칠십이 명으로 수많은 천계와 인계, 그리고 이 우주에서 일어나는 모든 일을 관장하는 성자들이었다. 옥황상제는 근심스런 표정을 지으며 천명관을 둘러보고는 회의 개막을 명령했다.

"당금의 사태는 매우 근심스럽소. 경들은 좋은 의견을 내놓도록 하오."

상제의 명이 떨어지자, 선인(仙人) 무기(無己)가 일어났다.

"황공하오나 신, 무기의 생각을 아뢰겠사옵니다."

상제는 무기선(無己仙)을 보며 고개를 끄덕여 허락했다. 무기선은 좌중을 돌아본 다음 다시 상제 쪽으로 향해서 조심스런 음성으로 얘기하기 시작했다.

"불민한 신의 소견으론 당금의 사태는 모든 세계로 파급되어 이제는 수습이 어려운 것으로 사료되옵니다. 이것은 소신들의 힘이 미치지 못하는 것이므로 도움을 청해야 될 것이옵니다."

"도움이라니? 누구에게 도움을 청한단 말이오?"

"예. 이러한 일이라면 태상노군(太上老君)의 도움이 필요할 것이옵니다."

상제는 무기선의 생각에 반신반의하면서 말했다.

"태상노군이 지금 어디 있단 말이오? 이미 찾아본 것이 아니오?"

"아니옵니다. 태상노군을 찾아본 것은 이곳 천계의 거처만 찾아본 것이므로 찾을 수가 없었던 것이옵니다. 그러하오니 특찰 대라명(特察大羅命)을 내리시어 삼계(三界)를 다 찾아봐야 할 것이옵니다."

상제는 생각하며 고개를 끄덕였다. 이때 백주선(白住仙)이 일어나서 말했다.

"신, 백주 아뢰옵니다. 신의 생각으로는 무기선의 생각은 가당치 않은 줄로 아뢰옵니다. 왜냐하면 옥황부에서 태상노군을 찾은 것은 이미 오래이온데 나타나지 않는 것은 태상노군도 특별한 대책을 세울 수 없기 때문에 몸을 피하는 것으로 사료되옵니다. 그러하오니 태상노군을 찾아도 이로울 것이 없을 것이옵니다."

"그렇다면 어찌하면 좋단 말이오?"

상제는 백주선을 바라보았다.

"예, 신의 생각으로는 천명을 어긴 자에게 더욱 엄중히 벌을 내리면 좋을 것이옵니다. 그리 하오면……"

"당치 않은 일이옵니다!"

백주선의 말을 도중에 막은 사람은 남법선(南法仙)이었다. 백주선은 남법선을 쏘아보며 이유를 물었다.

"어째서 당치 않다는 것이오?"

남법선은 일어나 옥황상제를 향해 머리를 조아리며 재가를 구했다. 상제는 인자한 음성으로 두 선인을 번갈아보며 얘기했다.

"좋은 의견이 있으면 서로가 개진하도록 하오. 짐은 잠시 참관할 것이오."

"예. 황송하옵니다."

남법선은 다시 한 번 상제를 향해 머리를 조아리고 백주선을 보며 말했다.

"당금 천명이 어긋나는 사태는 반드시 사람에만 그치지 않고 한 걸음 더 나아가 산천초목에까지 이르렀는데, 벌을 주는 것으로써 사람은 다스릴 수 있으나 무심한 석금(石金) 등은 어찌한단 말씀이오?"

백주선도 지지 않고 말했다.

"남법선! 내 생각으로는 아직 산천초목이 천명에 어긋난 것은 미미하다고 보오. 그런 것들은 사람의 명을 바로잡으면 자연히 제어될 것이오."

"그렇지 않소. 생명이 없는 것에 나타나는 비명(非命)은 지금은 적은 것인지 모르나 아마도 점점 더 커질 것이오. 그러니 태상노군을 찾아 그분의 가르침을 받는 것이 좋을 것이라 생각하오."

"허허, 남법선은 확신이 없는 것을 지금 얘기하는구려. '아마도'라는 것이 바로 그것이 아니오? 그리고 태상노군을 찾으면 자연 모든 문제가 풀린다는 것이오?"

"그렇지는 않소. 그러나 지금으로선 그 방법밖에는 없을 것 같소. 그분은 아는 것이 높으니 우선은 그 가르침을 따르는 것이 합리적이라 보오."

"나도 한 마디 하겠소."

이렇게 말하면서 일어난 사람은 상일선(常日仙)이었다.

"두 분의 생각은 모두 일리가 있으니 이렇게 하면 어떻겠소?"

남법선과 백주선은 상일선을 바라보았다. 상일선은 두 사람에게 미소를 짓고는 상제를 향해 읍한 뒤 얘기하기 시작했다.

"아뢰옵니다. 신이 보옵건대 두 분의 의견은 이미 시행된 것이라 보옵니다. 천명을 어긴 자의 벌을 엄중히 한다는 것은 죄에 대한 벌을 좀 높게 한다는 것이고, 대라명을 내리는 것도 이미 태상노군을 찾기 시작했던 것을 좀 더 대대적으로 찾는다는 것뿐이니 새로울 것이 없사옵니다. 그러므로 우선은 두 분의 생각을 모두 채택해 놓고 다른 대책이 있으면 추가하는 것이 합당하다고 보옵니다."

상제는 고개를 끄덕이며 말했다.

"좋은 생각이오. 그렇다면 경은 다른 대책이 있으시오?"

"예. 황공하옵니다. 다른 대책이랄 것은 없사옵고, 단지 두 분이 말한 것에 같은 종류의 방법을 덧붙일 것은 있사옵니다."

상제는 침묵으로 계속 얘기할 것을 지시했다. 상일선은 잠시 멈추었다가 다시 시작했다.

"우리가 태상노군을 찾고자 하는 이유는 그분의 높은 지식 때문이오니, 그렇다면 지식이 높은 다른 분도 초빙하여 의견을 물을 수 있는 것이옵니다. 그리고 백주선의 의견에 덧붙일 점은 천명을 어긴 것들에게는 엄중히 벌로써 다스리게 하는 것을 사람에게만 국한시키지 말고 산천초목에게도 해당시키는 것이옵니다."

"산천초목에도 해당시킨다는 것은 어떤 것이오?"

상제는 재차 물었다.

"예. 만일 어떤 산천초목에 비명이 나타나면 그것을 파괴해 버리는 것이옵니다."

"음……."

상제는 그럴 듯하다고 생각되었는지 안색이 조금은 밝아졌다.

"다른 의견은 또 없으시오?"

상제는 좌중을 둘러보며 물었다. 그러자 한 사람이 일어났다. 광을선(廣乙仙)이었다.

"신, 광을 아뢰옵니다. 여러분들의 좋은 생각은 신도 찬성하옵니다만, 한 가지 부족한 것이 있사옵니다."

"무엇이오?"

상제는 천진한 모습으로 물었다.

"예. 당금의 사태는 이미 시작된 지 오래이온데 도대체 그것이 왜 일어났는지에 대해서는 생각해 본 적이 없사옵고, 또한 우리가 사태 수습을 위해 백방으로 노력하는 중이온데, 그것이 잘못되었을 때의 세계는 어떻게 되는 것인지에 대해서도 생각해 본 적이 없사옵니다. 그러므로 현재 이러한 사태는 왜 일어나는 것이며, 어떻게 수습해야 하는 것이며, 수습할 수 없으면 어떻게 되는지에 대해서도 소상히 살펴보아야 할 줄로 아옵니다."

상제는 고개를 끄덕이며 잠시 침묵했다. 그러자 측시선(則是仙)이 일어났다.

"신, 측시 아뢰옵니다. 광을선의 의견 중 첫 번째 것인 현재 사태는 왜 일어나는지와 두 번째 것인 어떻게 수습하는지는 한 가지로 합쳐야 할 것이 온데, 그것은 이미 논의해 온 것이니 재론할 필요가 없사옵고, 세 번째 것인 사태를 수습할 수 없으면 어떻게 되는 것인가? 이것은 생각을 안 해 본 것이므로 문제로 제기돼야 할 것으로 아뢰옵니다. 그래서 신의 생각으로는 현재 옥황부에 있는 난진인(欒眞人)께옵서 지식이 높으시니 그분의 의견을 청취해 보는 것이 좋을 듯하옵니다."

난진인은 옥황상제의 스승의 임무를 맡고 있는 고귀한 신분이었다. 상제는 측시선의 의견을 윤허했다.

"옳은 생각이오. 지금 즉시 황태사(皇太師)인 난진인을 모셔오도록 하오."

이리하여 회의는 정회되었다. 상제는 보좌에서 일어나 휴식을 위해 사라졌고, 남아있는 선인들은 서로 의견을 교환하며 기다렸다.

잠시 후 난진인이 등장했다. 자리에 있는 모든 선관은 일어나 예의를 표했다. 난진인이 자리에 앉고 얼마 후 상제가 다시 입석하자 회의는 속개되었다. 상제는 즉시 황태사 난진인에게 명하여 자문을 구했다.

"황태사께서는 당금의 사태에 대해 짐의 궁금함을 풀어주기 바라오."

"예. 상제께서는 무엇이 궁감하시지요?"

난진인의 물음에 상제는 자문을 받아야 할 내용을 분명히 밝혔다.

"짐이 알건대 당시 천명이 어긋나는 사태는 극에 이르렀소. 이는 장차 어찌되는 것이오? 심히 근심스럽소."

난진인은 잠시 생각하는 듯 하더니 말하기 시작했다.

"예. 신이 아는 바를 아뢰겠사옵니다. 살피건대 천명이 어긋나는 사태는 아직 극에 이르지 않았으나, 이미 수습할 수 없는 지경에 이르렀사옵니다. 천명이 어긋나는 것은 인간에게 있어서는 그 미래가 예측되지 않는 다는 뜻이 있사옵니다. 이런 경우 하늘은 인간계를 다스릴 수 없게 되는 것이옵니다."

난진인이 여기까지 얘기하자 상제는 잠시 말을 막았다.

"오 — 호, 그런 일이 생기다니…… 하늘이 인간계를 다스릴 수 없다면 하늘은 무엇이 되는 것이오?"

"예. 하늘은 이미 하늘이 아니옵니다."

난진인은 가차 없이 답변하였다.

상제는 다시 물었다.

"그렇다면 천명이 어긋나는 것이 사람의 세계에서가 아니라며 무정한 산천초목에게는 무슨 뜻이 되는 것이오?"

"예. 그런 경우는 극히 미미하여 사람 세계의 경우처럼 빈번하지는 않으나 만일 산천초목에게 천명이 어긋난다면 이는 자연의 법칙 자체가 파괴되는 것이옵니다."

"아니, 자연의 법칙이 파괴되다니요? 도무지 뜻을 모르겠구려."

상제는 근심스런 모습이 완연했다. 난진인은 여전히 차분히 얘기했다.

"예. 그럴 경우, 비유해서 말하자면, 물이 낮은 곳으로 흐른다는 보장이 없다는 뜻입니다. 물론 이렇게까지 되려면 아직도 먼 훗날의 일이겠지만 그런 상태가 되면 하늘이 세계를 다스릴 수 없다는 것 이상이 되옵니다."

"그건 무엇이오?"

상제는 어린아이처럼 조급하게 물었다.

"예. 그런 상태가 되면 우주 자체의 종말이옵니다. 모든 것이 혼란스러워지는 것이옵니다."

상제는 말문이 막히고 조용히 한숨이 나왔다. 좌중은 물을 끼얹은 듯 조용했다. 상채가 다시 물었다.

"도대체 원인이 무엇이오?"

상제의 이 말에 난진인은 잠시 또 생각하더니 대답했다.

"예. 황공하옵게도 신, 난진인은 아직 그것을 연구해 내지 못했사옵니다."

"그렇다면 어찌하면 좋은 것이오?"

난진인은 대답하지 않았다. 한동안 침묵이 흘렀다. 상제의 물음에 침묵할 수 있는 사람은 옥황부에서는 오직 난진인 밖에 없거니와, 난진인이 대답할 수 없는 것을 대답할 수 있는 사람은 옥황부 휘하 수천수만의 세계에는 없었다. 상제의 한숨은 더욱 깊어졌다.

이윽고 상제는 특찰 대라명을 내려 태상노군을 찾으라 하셨고, 이외에 특사를 원군(元君) 복희신(伏羲神)에게도 보내 자문을 받으라 하였다. 이제는 할 수 있는 방법은 다한 것이었다. 상제는 천명관 회의를 종료하기 전에 몇 가지를 난진인에게 더 물었다.

"황태사, 이제 우리가 할 일을 다 한 셈인데 태상노군을 찾는 일은 성취되는 것이오?"

"예. 그것도 신으로서는 알 길이 없사옵니다."

상제는 난감하였다. 세상에 난진인이 모르는 것은 이제껏 없었다. 그런데 오늘 회의에서는 모른다는 것이 두 가지나 있었다. 더 묻는다면 모르는 것이 점점 더 많아질 수도 있을 것이다. 그러나 상제는 어린아이처럼 매달렸다.

"황태사, 어째서 태상노군을 찾을 수 없다는 것이오?"

"찾을 수 없다는 것이 아니라, 찾을 수 있을지 알 수 없다는 것이옵니다. 신이 알기로는 태상노군은 그 깊이를 알 수 없기 때문에 그분하고 관련된 앞날을 알 수가 없고, 그분은 또 원래 행적을 남기지 않으므로 찾기가 어려운 것이옵니다. 단지 최근의 행적은 밝혀져 있사옵니다."

남진인의 이 말에 상제는 희망을 나타내며 급히 물었다.

"그곳은 어떤 곳이오?"

"예. 육백여 년 전 남선부에 공개적으로 나타난 바 있었고 이십여 년 전에는 남선부 산하에 있는 하계에도 나타난 것으로 사료되옵니다."

"사료되다니요. 확실한 것은 아니고요?"

상제는 이 말을 해놓고 즉시 후회했다. 난진인이 사료된다는 것은 곧 확실하다는 것이나 진배없었다. 사려 깊은 난진인은 절대로 생각이 어긋나는 법이 없기 때문이었다. 난진인은 상제의 마음속이 어떠하든 아랑곳하지 않고 계속 말을 이었다.

"신이 관찰하기에는 이십여 년 전 하계에 상서로운 기운이 나타났었는데, 이것은 한없이 높은 것으로 이 우주에는 태상노군의 그림자 외에는 그런 기운은 없을 것이옵니다."

상제는 적이 놀랐다.

"아니, 하계에는 어쩐 일로 출현했던 것이오? 그것은 천명에도 없는 일인데……."

"예. 그분의 행적은 천명에 나타나지 않사옵니다."

"그럼, 하계에서는 무슨 일이 있었소?"

"예. 신이 생각하기에는 어떤 사람을 만난 것이옵니다."

난진인이 '생각하기에는'이라고 말했지만 상제는 이번에는 실수하지 않았다.

"대체 누구를 만났단 말이오?"

"풍곡(風谷)이란 사람이옵니다."

"아니, 태상노군이 속인을 만났단 말이오?"

"풍곡은 속인이 아니옵니다."

"그는 어떤 사람인데 태상노군을 볼 수 있었단 말이오?"

상제는 몹시 궁금해 했다. 선인도 만나볼 수 없는 태상노군을 하계 사람이 만날 수 있다는 것은 너무나 기이했다. 난진인은 차분히 말을 이었다.

"예. 풍곡은 선인인데, 그 도는 아주 높아 선아공(仙亞公)에 거의 육박해 있사옵니다."

선아공이란 선공 다음가는, 인격 수준이 높고 높은 선인을 말하는 것인데, 상제는 그런 사람이 하계에 있다는 것을 이해할 수가 없었다.

"선아공의 경지라니? 하계에 그런 사람이 있는데 어째서 천상계에 서는 그것을 알 수가 없었던 것이오?"

난진인은 잠시 침묵했다.

"그것은 자세히 살피지 않아서이옵니다. 옥황부에서도 그 사람을 알아볼 사람은 그리 흔치 않사옵니다."

"오 — 호 — !"

상제는 내심 감명을 받은 것 같았다.

"그런 사람도 있는 것이구려. 그렇다면 태상노군은 풍곡을 왜 만난 것이오?"

"그것은 신도 모르옵니다."

난진인이 모른다는 것이 벌써 세 번째이었다. 이것으로 난진인에게 구할 수 있는 자문은 모두 구한 것이었다. 상제는 고개를 끄덕이고는 난진인을 물러가게 했다.

"황태사, 오늘의 가르침에 감사하오. 그만 물러가 쉬시도록 하오."

난진인은 일어나 상제를 바라보며 고개를 숙여 예를 표하고는 물러갔다. 상제는 남아있는 천명관들에게 황명을 하달하고 천명관 회의의 폐회를 선언했다. 오늘 천명관 회의에서는 특찰 대라명이 선포되었고 원군(元君) 복희신(伏羲神)에게도 사절을 보내는 것이 결정되었다.

회의가 끝나자 옥황부 산하에 있는 수천수만의 천계와 선계, 인계, 유명계(幽冥界)와 이 우주에 있는 일체 신들에게도 태상노군을 찾으라는 명령이 하달되었고, 옥황부 직속 특별 탐색부가 설치되었으며, 파견대도 조직되었다.

특찰 대라명(特察大羅命)

대라명이 떨어지면 온 우주의 모든 별, 강이나 산, 숲·바닷속·땅속·허공 등이 탐색되고, 생명 있는 모든 것, 예컨대 사람에서부터 작은 벌레에 이르기까지 모두 조사된다. 그 외에 이 세상 어느 곳이든 조금이라도 수상쩍거나 어떤 장소가 보이면 즉각 조사되어 그야말로 바늘 끝 하나 틈 없이 탐색되는 것이다. 세상이 있어 온 이래 대라명 하에 찾지 못한 것은 아직 없었다.

옥황부는 쉴 사이 없이 바빠졌다. 산하 각 지역에 연락하고 계획되며 파견대는 속속 해당 구역으로 떠나갔다. 대라명이 떨어지고 한 달 가량이 지나자 옥황부의 부산함은 온 세상·세계의 실무자에게로 퍼져나갔고, 간간이 보고가 들어오고, 회의가 열리고, 다시 파견되고, 지시되고 하는 등 규칙적인 업무 속에서도 다소 여유 있는 나날이 계속되었다.

상제는 이제나저제나 좋은 소식이 오기를 기다리며 근신의 세월을 보냈다.

이윽고 대라명이 떨어진지 삼십이 일 만에 첫 소식이 옥황부에 도달했다. 그러나 첫 소식은 비관적인 것이었다. 원군 복희신에게 갔던 사절이 돌아와서 한 보고에 의하면 복희신은 자취를 감춘 지 이미 오래라는 것이었다. 지난 삼백여 년간 원군 복희신의 소식은 어디에서도 들을 수가 없다는 것이었다. 따라서 특찰 대라명에 찾을 사람이 한 사람이 더 추가되었다.

이틀 후 또 하나의 소식이 옥황부에 답지되었다. 이것은 다소 희망을 주는 것으로, 이는 연진인과 연관이 있다는 것이었다. 연진인은 지난 두 달 전 북명선부(北冥仙府)에 출현했다는 것이 보고되었다. 그런데 대선관의 보고에 의하면 연진인은 북명선부 관할 하에 있는 현지(玄池)에서 사람의 접근을 금지시키고 쉬고 있었는데, 누구를 기다리는 것 같아서 대선관은 관심을 가지고 예의 관찰하고 있었다는 것이었다.

그 결과 어느 날 밤 서광이 현지에 가득 차고 다음날 아침 연진인은 사라졌다는 것이었다. 과연 현지에 나타난 서광은 무엇이며 연진인은 누구를 기다렸을까?

만일 태상노군이 아니라면 그러한 징조를 나타낼 수 있는 사람은 이 우주에 누가 있을까? 혹시 원군 복희신은 아니었을까? 아무튼 이 사건은 태상노군에 대한 중요한 단서로 간주되어 특별 조사대가 즉시 파견되었다. 옥황부의 조사대가 북명선부에 도착되어 상세히 조사한 바에 의하면 그 근방에 태상노군이 출현한 것은 거의 확실시되었다. 북명부 근방의 어느 선동(仙洞)에 몇 명의 선인이 오래 된 난치병을 앓고 있었는데, 현지에 서광이 비추던 날 밤, 꿈에 태상노군이 나타나 무슨 열매를 주어서 받아먹었다. 그러자 다음날 아침 병이 말끔히 나았다는 것이었다.

이것은 태상노군이 북명부 현지에서 연진인을 만나고 어디론가 떠나는 길에 선인들을 치료해 준 것으로 판단되어지는 것이었다. 따라서 그 일대의 수색은 대대적으로 전개되었다. 그러나 태상노군의 행적이 드러났다고 해서 찾을 수 있는 것은 아니었다. 중요한 것은 태상노군의 출몰 현장에서 어떤 동기를 발견하여 그 최종 목적지를 알아야 하는 것이었다.

태상노군이 출현한 곳에서 그 이유를 알게 되면 태상노군의 행동의 양식을 감지할 수가 있는 것이었다. 그러므로 태상노군이 출현한 모든 곳은 행적과 함께 그 출현 이유가 철저히 조사, 연구되어야 하는 것이었다. 조사와 연구, 이것은 분리되어 철저히 진행되고 있었다. 모든 곳에서 올라오는 보고를 토대로 옥황부에서는 끊임없이 연구를 계속하고, 각지에서는 행적이 탐색되고 있는 것이었다. 조사대는 남선부에도 파견되었는데, 두 개의 조사대가 파견되었다.

소양 강변에 파견된 제2대는 풍곡을 조사하고 아울러 정마을 주변 상황을 탐색하기 위한 것이었다. 속계인 정마을에서는 지금 설날을 며칠 앞두고 마을 사람들이 모여서 설날 준비를 의논할 즈음이었는데, 이곳 정마을에서 멀지 않은 산정에서는 옥황부에서 파견된 남선부 제2조사대가 막 도착했다.

이곳은 작은 산중이었지만 산세가 험하여 사람이 드나들 수 없는 곳으로 얼마 전부터 풍곡, 즉 촌장이 홀로 와서 거주했던 곳이었다. 풍곡선(風谷仙)에게는 이미 며칠 전에 조사대의 파견이 예고되었고, 천계에는 대라명이 선포되어 있다는 것이 알려져 있었다.

옥황부 조사관은 시위 두 명을 거느리고 화려한 복장에 위엄을 보이며 나타났다. 풍곡은 즉시 동굴 밖으로 나와 무릎을 꿇고 머리를 깊이 숙여 조사관에 대한 예의를 표했다. 조사관은 약간 오만한 태도로 풍곡의 행색을 살펴본 후 첫 번째 질문을 했다.

"자네가 풍곡인가?"

"예."

"자네는 내가 누구이며 이곳에 왜 왔는지 알고 있는가?"

"예. 제가 알기로는 대선관계서는 옥황부에서 파견된 특별 조사관으로 알고 있으며, 저를 심문하기 위해 이곳에 오신 것으로 알고 있습니다."

"음……. 그런가? 그렇다면 자네 의복은 어째서 그 모양인가?"

"예. 죄송합니다. 빈도는 가진 옷이 이것밖에 없기 때문에 어젯밤 이것을 새로 빨아서 삼가 착용한 것입니다."

대선관은 할 말이 없었다. 옷이 한 벌밖에 없다는 말이고 보니, 정장이고 아니고를 논할 수가 없는 입장이었다. 원래 도를 닦는 선인이 좋은 옷이 있다는 자체가 어쩌면 이상할 수도 있는 것이었다.

대선관은 헛기침을 하고 다음 말을 이었다.

"허 — 음, 알겠네. 안으로 들어가세."

이 말에도 풍곡은 또다시 제지하여 대선관의 기분을 상하게 했다.

"죄송합니다만 저에 대한 심문은 이곳 밖에서 그냥 하셨으면 합니다."

"무엇이? 그 무슨 무엄한 말인가?"

"예. 다른 뜻은 없습니다. 저의 거처가 너무 좁아서 세 분이 다 들어갈 수가 없습니다."

풍곡의 말에 대선관은 기가 막혔다. 대선관이 하늘에서 듣기로는 풍곡은 대단한 도인이라서 수도하는 곳도 경치가 좋고 거처하는 곳도 대단할 것으로 생각했는데, 이곳 산은 경치도 별게 없고, 더구나 거실에 세 사람도 들어갈 수 없다니 한심한 일이었다. 그래도 선인이 거처하는 곳이니 선동은 선동이었다. 대선관은 속으로 실망하는 한편 감명도 받았다. 대선관은 태도를 고쳤다.

"음…… 그댄 고생이 많군. 하긴 고생을 해야 공부가 되는 것이니까."

대선관은 짐짓 윗사람다운 태도를 보였다. 풍곡은 아무런 대꾸도 하지 않고 묵묵히 다음 지시를 기다렸다. 대선관은 할 수없이 주변을 살펴보며 한쪽을 가리켰다.

"저쪽이 좋겠군."

대선관이 가리킨 곳은 제법 평평하여 앉기에 좋았고 마침 작은 바위도 하나 있어서 대선관이 걸터앉을 수가 있었다. 일행은 그리로 옮겨 풍곡은 그 돌 앞 땅바닥에 그냥 앉았고 시위선(侍衛仙)은 대선관이 앉은 돌 양 옆에 시립해 섰다. 주변에는 멀리 산들이 보였고, 소양강은 얼어붙어 있었으며, 산 아래쪽 정마을은 눈이 덮여 하얗고 흰 천에 찍힌 몇 개의 점들처럼 보였다. 이제 산정에서의 심문은 시작되었다.

심문 장소 주위에는 보이지 않는 신장(神將)들이 혹시나 접근할 수도 있는 속인들을 막아서고 있어서 완전히 은폐, 엄폐되어 있는 것이었다. 산정은 추웠고 바람은 매서웠다. 풍곡은 땅바닥 눈 속에 앉아 있었고, 대선관은 비록 바위 위였지만 눈 위에 앉은 것이었다. 그러나 이들은 춥다거나 옷이 젖는다거나 하는 일은 없었다. 차가운 공기를 가르는 무거운 음성으로 첫 번째 질문이 시작되었다.

"풍곡, 그대는 왜 이곳에 있는가? 이런 불편한 곳에……."

"조용해서입니다."

대선관은 고개를 끄덕이고는 또 물었다.

"이곳에 태상노군이 다녀가셨는가?"

"예."

"어떻게 다녀갔는지 그 경위를 소상히 얘기하게."

풍곡은 과거를 회상하는 듯 잠시 생각에 잠겨 있다가 얘기하기 시작했다.

"이십여 년 전 저는 치악산에 있었습니다. 치악산에도 저의 수도장이 있으며 현재는 제자들이 몇 있습니다. 그곳에 있을 때 하루는 태상노군의 동자님이 찾아와 삼 년 후 태상노군께서 저를 면접하시겠다고 하면서 이곳 동굴이 있는 곳을 알려주었습니다. 그래서 저는 그 즉시 이 동굴로 와서 삼 년간 기다리다가 태상노군을 배견하였습니다."

"태상노군은 혼자 오셨는가?"

"예."

"무슨 일로 오셨다던가?"

"저는 감히 그런 일을 알 수가 없었고, 단지 제게 두 가지 지시를 내리셨습니다."

"그것은 무엇인가?"

"제게 한 아이를 보호하라고 이르셨습니다."

"그 아이가 누구인가?"

"숙영이란 여자아이인데, 태상노군이 다녀가신 지 오 년이 지나서 정마을이란 곳에 그 부모와 함께 찾아들었습니다."

"정마을이라니?"

"바로 이 산 아랫마을을 그렇게 부르는 것입니다."

"그 여자아이를 왜 보호하라 하셨던가?"

"모르겠습니다. 묻지 않았습니다."

"그 아이의 정체는?"

"자세한 것은 알 수가 없고 단지 전생에 소정 공주였습니다."

"소정 공주라니? 어느 왕국인가?"

"옥황부에 속해 있지 않은 왕국입니다."

"어딘가?"

"옥성천(玉星天)입니다."

"뭣이? 옥성이라고? 아니, 그렇게 먼 곳의 영혼이 이곳까지 오다니……."

대선관은 대단히 놀란 것 같았다. 대선관은 한참이나 생각에 잠겨 있더니 고개를 끄덕이며 혼잣말을 했다.

"음. 그 일은 내가 옥황부에 올라가 《천명록(天命錄)》을 보면 알겠지."

대선관은 풍곡을 바라보며 다시 물었다.

"태상노군께서는 어디로 가신다고 말씀하시지 않았는가?"

"그럴 리가 있겠습니까?"

"그렇겠지. 그분이 어떤 분인데 하찮은 선인에게 향방을 밝히실 리가 없지."

대선관이 풍곡을 하찮은 선인이라 한 것은 면전에서 모욕을 주는 것이지만 풍곡은 아무런 느낌이 없었다. 풍곡은 무심한 도인으로서 작은 일에는 미동도 안 했다. 단지 대선관은 풍곡이 태상노군을 친견했다는 것에 질투를 느껴 심한 말을 한 것이었다. 대선관이 그렇게 말해서 마음이 편하다면 그것은 그 사람의 인격인 것이었다. 대선관은 잠시 또 생각하더니 물었다.

"다시 오신다고 안 하셨는가?"

"예."

"그래. 태상노군께서는 두 가지 지시를 내리셨다는데 나머지 한 가지는 무엇인가?"

풍곡은 대답하지 않고 잠시 침묵했다.

"묻고 있지 않은가?"

대선관은 대답을 재촉했다. 그러나 풍곡은 잠시 또 침묵을 한 후에 천천히 대답했다.

"그것은 말씀 드릴 수가 없습니다."

"무엇이라고?"

대선관은 깜짝 놀랐다. 그리고 화가 치밀어 올라왔다.

"아니, 그대는 지금 내가 어떤 입장에서 묻고 있는 줄 알고나 있는가? 나는 지금 옥황상제의 명을 받들어 그대를 심문하는 중이야!"

대선관은 아주 위압적인 자세를 취했다. 그러나 풍곡은 여전히 차분했다.

"예. 저도 그 점을 알고 있습니다만 대답을 할 수가 없습니다."

"어허…… 이 사람! 무슨 짓을 하는 거야? 상제의 명을 어기겠다는 것인가?"

풍곡은 아무런 답변 없이 침묵을 지켰다. 대선관은 속으로 잠시 생각하고는 누그러진 태도로 물었다.

"도대체 왜 대답할 수 없다는 것인가?"

"태상노군의 지시이기 때문입니다."

이 말을 하면서 풍곡은 이십여 년 전을 떠올렸다. 당시 태상노군은 이렇게 말했었다.

"일이 진척될 때까지는 자네 혼자만 알고 있게!"

현재 풍곡은 태상노군에게 받은 두 번째 지시를 진척시키지 않고 있기 때문에 비록 상제의 명이라 해도 말을 할 수가 없는 것이었다. 대선관은 풍곡의 말을 듣고 그 입장을 이해했다. 태상노군의 명이라니 어쩔 수 없는 것이었다. 대선관 자신이라 해도 그랬을 것이다. 대선관은 고개를 끄덕이며 속으로 생각했다.

'지금 풍곡에게서 알 것은 다 알았다. 그러니 옥황부에 올라가서 풍곡의 행적을 살펴보면 무슨 단서가 있겠지.'

이윽고 대선관은 일어났다. 그러고는 조용히 말했다.

"오늘의 심문은 이것으로 마치겠네. 추후 다시 심문이 있을 것이니 이곳을 떠나지 말게."

"예."

풍곡이 공손히 대답하자 대선관은 바람처럼 사라져 갔다. 산의 정상에는 다시 한가함과 고요함이 찾아왔다. 하늘을 잠시 바라본 풍곡은 동굴로 들어가 즉시 명상에 들어갔다. 동굴 밖에는 그들이 있었던 흔적은 내리는 눈에 의해 말끔히 지워졌고, 산정에는 뜻 없는 바람소리만 가끔 들릴 뿐이었다. 그러나 그 소리를 듣는 사람은 없었다. 근방에 사람이 있는 곳은 멀리 떨어진 저 아래쪽 정마을 뿐이었다.

부자 결연(父子結緣)

　정마을은 지금 명절을 며칠 앞두고 있었기 때문에 마을 사람들은 즐거운 기분에 들떠 있었다. 마을은 온통 눈에 덮여 높은 곳에서 보면 이곳에 인가가 있는 것을 알 수가 없었다. 마을에 들어와서 보아도 집과 집 사이에는 사람이 다닌 흔적이 보이지 않는다. 불과 몇 사람 안 되는 마을 사람들이 가끔 만들어 놓은 발자국은 눈과 바람에 의해 이내 지워진다. 주변의 강산은 온통 하얗게 덮여있었다.

　멀리 보이는 산들은 가까운 곳보다는 덜 하얗게 보이지만 정마을 주변의 산·강·숲들은 깨끗한 눈들에 의해 하얗게 감추어져 있는 것이었다. 지금도 눈은 쉬지 않고 내리고 있었다. 내리는 눈은 마치 멀리 간 벗들이 돌아오는 것처럼 혹은 잊혀졌던 사물들이 하늘로부터 다시 힘을 얻어 내려오는 것처럼 희망과 함께 내려왔다. 내리는 눈을 바라보고 있노라면 지나간 많은 추억들이 고개를 들고 일어난다. 그리고 여러 가지 감정들이 하나로 섞여지고 또한 눈이 쌓이듯이 그 추억의 감정들이 다시 한 번 차곡차곡 쌓이게 된다. 눈을 보면 마음이 자꾸만 과거로 흘러가는 것은 눈이 과거로부터 오는 탓인가?

산골마을은 쌓인 눈에 의해 더욱 세상과 단절되어 있었다. 사람은 홀로 떨어져 있으면 외롭고 함께 있으면 번거롭게 여긴다. 혼자 있어서 불행한 사람은 사람을 그리워하고 찾아가지만, 함께 있다가 불행해진 사람은 홀로 떠나가고자 한다. 그러나 예부터 낙원이란 사람이 적은 것을 우선으로 꼽는 것을 보면 인간이란 행복하게 하는 요소보다는 불행하게 하는 요소가 더 많은가 보다.

아무튼 사람이 적으면 평화롭고, 세상과 단절되어 있어도 평화롭다. 눈은 사물과 사물을 홀로 있게 하여 모든 것을 평화롭게 하는 성스러운 힘이 있는 것 같았다.

지금 정마을 주변의 소양강 상류는 얼어붙었고, 그 위에 다시 눈이 쌓여있어서, 물과 흙이 눈에 의해 하나로 하얗게 칠해져 있는 것처럼 보였다. 강의 하류에서 상류 쪽으로 올라오는 깊은 숲들은 눈에 쌓여 간간이 있는 작은 길들을 완전히 메워버리고 있었다.

정마을에 들어가기 위해 건너야 하는 강의 나루터에는 배가 얼어붙어 있었고, 그 위에는 눈이 소복이 쌓여있었다. 겨울이 오기 전 사람을 건네주는 큰일을 도맡아 해 온 배는 지금은 누구의 관심도 받지 못한 채 아무렇게나 버려져 있었다. 나루터에서 정마을로 들어가는 소로(小路) 역시 눈이 쌓였고, 그 위에는 발자국 하나 없었다.

사공 박씨는 겨울에는 나루터에 나오지 않는다. 박씨는 요즘 밖에 나다니는 일이 거의 없었다. 물론 마을의 다른 사람들도 겨울에는 많이 나다니는 일이 없으니 박씨의 행동이 옛날과 크게 달라졌다고 느끼는 사람은 없었다.

겨울이 되면, 이 마을 사람들은 특히 생각이 많아진다. 생각이 많아진다는 것은 대개 남의 생각을 할 겨를이 없다는 뜻과도 통한다.

사람은 거의 모든 시간을 자신에 대한 생각으로 보내기 때문이었다. 오늘 박씨도 자신의 문제에 골똘해 있었다. 그러나 박씨의 생각은 평범한 사람들의 생각과는 크게 동떨어져 있는 것이었다.

박씨는 지금 촌장의 집에 앉아있었다. 벽을 바라보고 앉아서 마음을 가라앉히고 있는데, 그것이 잘 안 되고 노력하면 할수록 오히려 마음이 들뜨고 무엇인가를 생각하게 되는 것이었다.

현재 박씨가 앉아 있는 방은 불을 전혀 지피지 않는 차가운 방인데도 박씨는 추위를 전혀 느끼지 못했다. 박씨는 스스로 촌장의 영상을 그려보며 가르침을 받는다. 박씨는 지금까지 수개월간 이 방에서 앉아있는 공부를 했지만 도무지 진전이 없었다. 단지 조금 달라진 것이 있다면 매사에 편안함을 구하지 않고 싸워서 이기려는 마음이 조금씩 생겨나는 것이었다. 물론 박씨는 자신의 이러한 변화를 확연히 알지는 못한다.

지난 수개월간 박씨는 몸 밖의 고통이든 마음속의 번민이든 항상 이기려고 노력해 왔었다. 잠도 적게 자고, 식사는 이틀에 한 번만 하고, 피곤해도 눕지 않고, 추워도 불 가까이 가지 않고, 외로워도 말하지 않고, 생각이 일어나면 누르고 하면서 모든 것에 강해지려 했고, 조금씩 그렇게 변해 온 것이었다.

박씨는 방문을 활짝 열고 밖을 바라보았다. 하늘에서는 함박눈이 쉬지 않고 떨어져 내렸다. 박씨는 마루로 나왔다. 등 뒤의 방과 저쪽에 보이는 부엌, 그리고 싸리문 안마당이 한꺼번에 느껴졌다. 참으로 한가하고 고요했다. 박씨는 신발을 신고 싸리문 밖으로 나왔다. 순간 저 멀리 하늘과 산, 마을의 집들이 한눈에 들어왔다. 맑고 아름다운 마을의 정경이 새삼 느껴졌다.

'아…… 참 보기 좋구나. 그런데 며칠 있으면 설날이지. 그렇지! 나도 무엇인가를 준비해야 하는 것 아닌가? 정섭이는?'

박씨는 갑자기 정섭이가 생각났다. 박씨는 즉시 자신의 수도장인 촌장의 집을 나서서 원래의 집, 정섭이가 있는 곳으로 내려가기 시작했다. 근래에 와서 박씨는 자주 정섭이를 혼자 놔두고 촌장의 집으로 올라와 밤을 새우곤 했다. 박씨는 생각해보았다.

'정섭이가 외로워하지 않을까?'

박씨는 왠지 정섭이에게 미안한 생각이 들었다.

'지금 정섭이는 무슨 생각을 하고 있을까?'

박씨는 걸음을 빨리해서 금방 집에 도착했다. 방문을 열어보니 정섭이는 없었다.

'숙영이한테 갔을까? 그럴 테지, 가보아야 할까? ……아니지.'

박씨는 여러 가지 일을 생각해 보고는 강노인 집으로 발길을 돌렸다. 강노인 집 쪽으로 가는 길에는 발자국은 보이지 않았다. 수북이 쌓인 눈을 아무 곳이나 박씨가 밟고 지나가면 눈은 그것을 메우려고 계속 뒤따라 내려왔다. 강노인 집에 도착한 박씨는 조용히 불렀다.

"할아버지."

강노인은 즉시 문을 열고 내다보았다.

"어! 박씨구먼. 어서 들어오게."

방에 들어서자 강노인은 밝게 미소를 보이며 말했다.

"박씨, 참 오랜만이야. 그래 하는 일은 잘 되나?"

"예? 무슨 일 말이에요?"

"허허허……. 촌장님 닮아가는 일말이야."

"아. 예. 그걸 뭘…… 되는 일 없어요."

"아무튼 자넨 참 훌륭해."

박씨도 쑥스러워 약간 웃으며 화제를 돌렸다.

"할아버지, 그보다도 며칠 있으면 설인데 무얼 좀 준비해야 되지 않을까요?"

"음. 그렇지."

강노인은 태평하게 고개를 끄덕이며 대답했다.

"그런데 전 이번에 아무것도 준비를 못 해서……."

박씨는 미안한 표정을 지었다.

"허어. 이 사람, 자네가 언제 명절 준비한 적이 있어? 그냥 지내면 되지. 그 일은 염려 말게. 다른 사람이 다 준비해 놓았으니…… 정섭이나 잘 보살피게."

"예. 글쎄 저도 정섭이 때문에 조금 걱정이 돼서……."

박씨는 예년하고는 달리 금년 설에 있어서는 정섭이 때문에 갑자기 설 준비에 신경이 쓰였던 것이었다. 박씨 혼자 살 때는 원래 이런 일에는 무심했었고, 평소 명절 같은 때면 으레 마을 사람들이 여러 가지를 준비해 주곤 했었다. 그러던 것이 이번만은 박씨도 설 준비에까지 신경이 미쳤던 것이었다. 박씨는 한참동안 생각에 잠겨 있었는데 강노인이 침묵을 깨고 불렀다.

"박씨, 지금 생각하면 무엇 하나? 산중에서 무얼 준비할 게 있겠어? 정섭이한테 무엇을 해주려 했다면 벌써 생각해 두었어야지."

박씨는 멋쩍은 표정을 짓고 있었다. 강노인은 웃으며 얘기했다.

"여보게, 임씨 부인이 고마운 사람이야. 정섭이 옷을 만들어 놓았다는구먼. 옷은 숙영이 집에 보관되어 있어. 설에 먹을 음식도 다 준비했다더군."

"예? 임씨네 집에서요?"

박씨는 임씨와 그 부인을 생각해 보았다. 언제나 웃고 사는 임씨, 그리고 그 착한 부인, 마을의 온갖 어려운 일을 처리하면서도 공치사를 한다거나 누구를 원망하는 일이 없었다. 박씨는 지난 십여 년간 자신이 신세진 일을 생각해 보았다. 잠시 생각해 본 박씨는 소스라치게 놀랐다. 자신이 신세진 일은 헤아릴 수 없도록 많다는 것을 지금에야 깨달은 것이다. 박씨는 깊은 생각으로 얼굴이 이내 붉어졌다. 박씨는 속으로 생각했다.

'나는 바보다. 정말 바보다. 마을 사람들에게 그토록 많은 은혜를 입었으면서도 그것을 모르고 살아왔다니…… 나는 참으로 한심하구나. 임씨네 말고 또 다른 사람들에게는 얼마나 많은 은혜를 입었나?'

박씨는 자신이 마을의 모든 사람들에게 은혜 입은 것이 수없이 많다는 것을 기억해냈다. 그리고 자신은 항상 남에게 신세를 많이 진다는 것을…… 물론 박씨의 이 생각은 지나친 생각이다. 사람은 누구나 서로 은혜를 주고받으며 살아간다. 그러나 박씨는 워낙 선한 사람이기 때문에 남이 자기에게 잘해준 것만 뚜렷이 생각날 뿐 자신이 남에게 해준 일은 잘 생각나지 않았다. 박씨는 오늘 새삼 마을 사람들의 고마움에 대해 생각하고 깊은 깨달음을 얻었다.

'항상 겸손하며 살펴서 고마움을 깨닫고, 베풀기 위해 노력하고…… 이렇게 하는 것이 혼자 공부에만 몰두하는 것보다 우선하는 일일 것이야.'

여기까지 생각한 박씨는 이내 밝은 표정이 되었다. 강노인은 박씨가 속으로 생각하는 동안 그 마음을 알기라도 하듯이 고개를 잠시 끄덕였다. 박씨가 생각에서 깨어나자 강노인은 조용한 음성으로 얘기했다. 순간 박씨는 분위기가 약간 엄숙해지는 것을 느꼈다.

"박씨, 오늘 마침 잘 왔네. 그렇지 않아도 의논할 일이 있었는데……."

"예? 의논을요?"

"음…… 정섭이 일인데. 자넨 정섭일 어떻게 생각하나?"

"어떻게 생각하다니요? 저는 정섭이에게 잘 못해 주는 것 같아요. 더구나 이 산중에서는……."

박씨는 강노인의 의중을 몰라서 얘기하는 중에 잠깐 강노인의 얼굴을 쳐다보았다. 강노인은 심각한 표정으로 고개를 끄덕이더니 말을 이었다.

"박군, 내 직접 본론부터 얘기하지. 자네 정섭이를 자식으로 삼지 않겠나?"

"자식으로요? 뭐…… 삼으나마나 제 마음은 이미 그렇게 생각하는데요."

"그런 게 아닐세. 정섭이를 위해서라도 분명히 해두어야 할 걸세. 정섭이를 아들로 삼는 예식을 치르고 정섭이에게도 그러한 인정을 하게 해주어야지. 어떤가?"

박씨는 강노인의 느닷없는 제의에 잠시 생각했다. 그러나 이 문제는 벌써부터 종종 마음에 떠올렸던 문제였기 때문에 결론은 이미 나와 있었던 것이었다. 박씨는 밝게 얘기했다.

"예, 좋은 생각인데 정섭이 마음은 어떨까요? 정섭이가 정말 저를 좋아하는 것인가요?"

"그럼!"

강노인은 자신 있게 말하고는 그 근거를 제시했다.

"내가 숙영이한테 들은 얘기인데 정섭이는 자네가 아버지였으면 좋겠다고 여러 차례 얘기했다는군."

"그래요?"

박씨는 고개를 끄덕이며 속으로 정섭이를 생각해 보았다. 정섭이가 아들이 되면 그 뜻이 무엇이든 간에 박씨로서는 바라는 바이고 크게 가슴 뿌듯한 일이었다.

"할아버지, 그러면 어떻게 해야 되지요?"

박씨는 마음속으로 결정을 하고 그 절차를 강노인에게 물었다.

"음, 내일쯤 예식을 치르지. 뭐 예식이랄 것도 없지만, 그래도 형식을 갖추어 아버지가 되고 자식이 된 것을 선언해야겠지."

박씨는 갑자기 즐거운 마음이 되었다.

"아들이 생기다니…… 할아버지! 아무튼 어떻게 해야 하는지 알려 주세요. 제가 무엇을 해야지요?"

"자넨 할 일이 없네. 정섭이에게는 얘기할 필요 없고, 내일 이 시간에 우리 집으로 오게. 그동안 내 마을 사람들도 불러놓고 정섭이에게도 자세히 일러두겠네."

강노인도 기분이 좋은지 연신 고개를 끄덕이며 웃는 모습을 보였다.

"박씨, 자넨 이제 가서 일을 보게. 공부하러 또 가야지? 허허허……."

강노인은 더 앉아있겠다는 박씨를 서둘러 쫓아냈다.

박씨는 강노인의 집을 나서서 눈을 맞으며 다시 촌장이 없는 촌장의 집으로 돌아갔다. 수도장으로 돌아온 박씨는 한나절동안 벽을 보고 앉아 있었지만 밤이 되자 앉은 채로 잠 속에 떨어졌다. 박씨는 가급적 누워 자지 않는 것을 수련의 큰 목표 중에 하나로 삼고 있었다.

정마을의 아침은 상쾌하게 찾아왔다. 내리던 눈도 그치고 하늘은 맑게 열려 있었다. 정섭이는 혼자 방에서 자고 일어나서는 숙영이 집으로 갔다.

요즈음에 와서는 정섭이는 잠은 집에서 자고 식사는 숙영이네 집에서 했다. 이것은 숙영이가 제안을 해서 박씨와 정섭이가 좋다고 찬성하여 이루어진 것이었다. 박씨는 매일 식사를 하는 것이 아니기 때문에 그것을 알게 된 숙영이가 박씨의 편리를 위해서 그렇게 한 것이었다. 정섭이도 숙영이를 좋아하기 때문에 그런 문제는 아무래도 좋았다. 사실 정마을 같이 몇 사람 안 사는 곳에 네 집, 내 집을 심하게 따질 필요는 없었다.

정섭이는 지난 수개월간 숙영이의 정성어린 보살핌으로 한글을 다 익히고 거지생활에서 얻은 아름답지 못한 버릇은 말끔히 벗어나 있었다. 이것은 정섭이가 원래 뛰어난 아이였기 때문에도 가능한 것이었지만, 숙영이의 보살핌 또한 그에 못지않은 원인이 되었다.

정섭이는 오늘 기분이 몹시 좋은 날이었다. 오늘은 아버지가 생기는 날인 것이다. 어제 저녁 강노인이 숙영이 집에 찾아와서 알려주었기 때문에 정섭이는 일찍부터 일어나 오늘 일에 들떠 있었다.

정섭이는 몇 달 전 이 마을에 들어서자마자 박씨를 만나 정착하면서 박씨를 아버지처럼 느꼈지만 명분을 갖추고 '아저씨'라고 부르던 것을 '아버지'라고 부르게 되는 오늘이야말로 인생의 또 다른 출발인 것이었다. 지난밤 정섭이는 눈물을 흘렸었다. 자신의 과거가 새삼 생각나서일까? 자신의 인생이 기구하다고 느낀 것일까? 혹은 기뻐서일까? 그것은 정섭이도 알 수가 없었다. 아마도 이 모든 것이 합쳐져서 감정이 폭발한 것이리라. 그러나 오늘 아침 정섭이의 마음은 어젯밤의 그것과는 좀 달랐다. 오늘은 기쁘고 왠지 부끄러운 마음도 생겼다. 왜? 사람은 정에 관한 깊은 문제가 나오면 쑥스러운 것일까?

"얘, 정섭아."

숙영이가 다정히 불렀다.

"정섭인 오늘 아버지가 생겨서 좋지?"

정섭이는 고개를 끄덕였다.

"그런데 말이야, 오늘 정섭이가 예식을 치르는데 사람이 많이 있으면 좋겠니, 아니면 적으면 좋겠니?"

이 물음은 정섭이가 부끄러워할까봐 물어본 것이었다. 정섭이는 잠시 생각하더니 사람이 많으면 좋겠다고 했다.

"그래? 좋아. 마을 사람들에게 모두 다 알리자. 그럼 정섭이가 건영이 아저씨 집에 가서 알려라. 다른 곳은 내가 알릴 테니……."

"응? 누나, 왜 내가 건영이 아저씨한테 알려? 내가 다른 곳에 알릴 테니 누나가 건영이 아저씨한테 가봐!"

이렇게 말하면서 정섭이는 입을 약간 삐죽였다. 숙영이는 정섭이의 뜻을 알고는 얼굴을 붉혔다.

"얘는, 안 돼!"

"안 되기는 뭐가 안 돼. 건영이 아저씬 누나가 오면 좋아할 텐데. 내가 가면 누나 얘기만 물어본단 말이야."

이 말은 사실이었다. 얼마 전에 다른 일로 정섭이가 건영이 있는 곳을 찾아갔었는데, 건영이는 숙영이 얘기만 한참동안 하면서 보내주지 않아서 곤욕을 치른 적이 있었다. 그래서 정섭이는 건영이한테 잘 안 가려고 하는 것이었다. 숙영이는 정섭이 말을 듣고 어쩔까하고 망설이는데 정섭인 벌써 다른 곳에 다녀오겠다며 집을 나섰다. 숙영이는 잠시 생각해 보고는 할 수 없이 건영이한테는 자기가 가보아야겠다고 마음을 먹었다.

건영이가 있는 집은 숙영이 집에서 우물가 쪽으로 내려가다 도중에 산 쪽으로 좀 올라가면 있었다. 숙영이가 건영이 집에 도착하고 보니 마침 건영이는 집에 없었다. 인규가 놀라하면서도 반갑게 맞이했다.

"어! 숙영이…… 공주님께서 일찍 웬일이야? 왕자님은 지금 없는데……"

"안녕하세요? 오빠."

"어서 들어와, 추울 텐데. 조금 있으면 건영이도 들어올 거야."

인규는 밝게 미소 지었다.

"아니에요. 저 그냥 갈게요. 소식을 전하러 온 것뿐이에요."

"응? 소식? 무언데? 아무튼 잠깐 들어왔다 가지."

"괜찮아요, 오빠. 나중에 놀러올게요."

숙영이가 한사코 가겠다고 하니 인규도 더 말릴 수는 없었다.

"허 — 참! 건영이가 곧 돌아오면 나보고 안 잡아놨다고 야단일 텐데. 나만 또 혼나겠군."

이렇게 말을 하니 숙영이도 미소를 지었다.

"미안해요, 오빠. 조금 있다 점심시간 지나서 할아버지 집으로 오세요."

숙영이는 급히 집을 나섰다. 숙영이는 눈 덮인 길을 되돌아 내려왔다. 길가에는 좌우로 나무가 빽빽이 들어서 있고 나뭇가지는 어느 것이나 오로지 하얀 눈 열매를 맺고 있어서 나무의 종류는 다 같은 것으로 보였다. 나무숲은 저쪽 위아래로 길게 뻗어있었고 한없이 맑고 고요했다. 오늘의 날씨는 따뜻한 편이었다. 온통 세상이 하얗게 덮여 있으니 공기마저도 더욱 깨끗한 것 같았다.

숙영이는 마을의 아름다운 정경을 더욱 자세히 느끼기 위해 가끔 주변을 살피면서 걸었다. 숙영이네 집으로 나있는 갈래 길이 바로 아래쪽에 보이기 시작했다. 그런데 이때 인기척이 났다. 누가 올라오는 것이었다. 건영이었다.

"어머! 오빠!"

숙영이가 먼저 발견하고 인사를 했다.

"안녕하세요?"

건영이는 무엇인가 생각을 하면서 걸어오다가 숙영이를 보자 크게 놀랐다. 뜻밖에 나타난 사랑하는 사람. 너무 반가워서 잠시 동안 어쩔 줄 몰라 했다.

"아니…… 숙영이가?"

건영이 얼굴은 금세 밝아졌다. 걸음을 빨리해서 숙영이 앞으로 다가왔다.

"웬일이야?"

"예. 소식을 전하러 왔어요."

"음. 소식? 무슨?"

건영이는 건성으로 말하면서 숙영이 얼굴만 뚫어져라 바라볼 뿐이었다. 숙영이는 건영이의 강렬한 시선을 약간 비키면서 다정히 얘기했다.

"저…… 오늘……."

그러나 숙영이는 말을 다 마치지 못했다. 어느새 건영이는 숙영이를 끌어당겨 힘 있게 안았다. 그러고는 숙영이의 옆얼굴에 자신의 얼굴을 파묻어 왔다. 건영이의 팔은 숙영이의 어깨를 강하게 끌어 잡고 있었는데 팔은 떨리고 있었다.

"숙영이……."

건영이는 나지막하게 숙영이를 부르고는 더욱 미친 듯이 파고들었다.

"오빠…… 오빠…… 잠깐만요."

숙영이는 애처롭게 부르면서 건영이를 진정시켰다.

"오빠, 제 얘기 좀 들으세요."

건영이는 숙영이의 목소리에 정신을 수습했는지 고개를 들어 숙영이를 내려다보았다. 그러나 어깨를 잡고 있는 손은 여전히 놓아주지 않았다. 숙영이는 부드럽게 건영이 팔을 풀고는 한 걸음 물러섰다.

"오빠, 저 이만 갈게요. 이따가 할아버지 집에서 봐요."

숙영이는 뒤도 돌아보지 않고 뛰어서 내려갔다. 건영이는 잠시 멍하니 서 있다가 자기 집으로 발길을 돌릴 수밖에 없었다.

오후가 되자 마을 사람들 모두가 강노인 집에 모였다. 이들은 겨울이 되면 할 일이 없고 나다니기도 불편하기 때문에 몹시 심심해했다. 그렇기 때문에 일부러 무슨 사건을 만들고 싶어 하고 아주 작은 일이라도 흥미를 갖고 사는 것이었다.

오늘도 박씨가 아들이 생긴다든가 혹은 정섭이가 아버지가 생긴다든가 하는 일에 크게 관심이 있는 것은 아니었다. 단지 그것을 핑계로 해서 모이게 되는 그 자체가 마을 사람들에게는 더 즐거운 것이었다. 임씨가 먼저 서두를 꺼냈다.

"할아버지, 시작하시지요."

"그래. 그런데 어떻게 하는 게 좋을까?"

"아니, 아직 예식 절차를 안 정했어요? 그럼…… 할머니한테 물어보죠."

임씨는 이 마을에 까다로운 일이 있을 때, 종종 할머니가 좋은 생각을 내놓던 것을 기억하며 말했다. 강씨 부인은 귀가 아주 밝았다.

옆방에서 이미 이 얘기를 듣고는 방문을 열고 나왔다.

"여보, 내가 방법을 알려줄까요?"

할머니는 방에서 나오자마자 자청하여 문제를 해결해 주겠다고 했다. 할머니가 거들어주겠다고 하자 강노인은 즐거운 표정이 되어 할머니에게 부탁했다.

"여보, 그렇게 아니라 아예 당신이 주례를 하구려."

모두들 잘 됐다고 생각하며 할머니를 바라보았다. 할머니는 고개를 끄덕이며 말했다.

"우선 냉수를 떠와요."

할머니가 얘기하자 숙영이가 부엌으로 가서 냉수를 한 사발 떠왔다. 물은 마을 한가운데 있는 우물에서 떠다 놓은 물이었다.

"자…… 박씨는 정섭이와 이 물 앞에 앉아요."

할머니가 다음 절차를 지시하자 박씨는 정섭이를 옆에 데리고 물을 바라보며 앉았다. 그러자 할머니는 엄숙한 말로 예식을 주재했다.

"이 물은 하늘이 인간에게 준 가장 중요한 음식이에요. 물은 곧 생명입니다. 그리고 하늘의 마음이기도 합니다. 오늘 두 사람은 천지신명이 내려다보는 자리에서 부자의 의(義)를 맹세하고 함께 이 물을 마심으로써 부자의 인연을 맺는 것입니다. 먼저 박씨는 정섭이를 아들로 맞이하여 평생 사랑하고 보살펴줄 것입니까?"

"예!"

박씨는 힘 있게 대답했다.

"다음, 정섭이는 여기 이 어른을 아버지로 맞이하여 평생 섬기며 효도를 다하겠나?"

"예! 그럼요."

정섭이는 큰소리로 급하게 대답했다. 정섭이의 이 말에 여러 사람들이 웃었다. 그러나 할머니는 웃지 않고 다음 절차를 집행했다.

"자, 그럼 박씨부터 이 물을 마셔요. 다 마시지 말고……."

박씨는 두 손으로 물 사발을 들고 조심스럽게 받들어 물을 절반 좀 넘게 마셨다.

"됐어요. 그럼 정섭이도……."

할머니가 지시하자 정섭이가 남아있는 물을 다 마셨다. 할머니는 헛기침을 하고 잠시 뜸을 들인 다음에 마지막 선언을 했다.

"이제 두 사람은 부자지간이 됐어요. 정섭이는 일어나서 아버지께 큰절을 올려라."

할머니의 말이 떨어지기가 무섭게 정섭이는 일어났다.

"아버지, 절 받으세요."

"응. 그래그래."

정섭이는 쉽게 아버지라는 호칭을 불렀다. 쑥스러워 하는 쪽은 오히려 박씨였다. 정섭이가 절을 마치자 마을 사람들은 박수를 치고 좋아했다. 이리하여 박씨와 정섭이는 또 다른 운명에 첫발을 내딛게 된 것이었다. 이제 엄숙한 예식이 끝나자 임씨가 떠들기 시작했다.

"할아버지, 그럼 우리는 술이나 드시지요."

"그래. 좋은 날인데 당연하지."

이어 음식이 차려지고 술자리가 시작되었다. 할머니는 할 일을 다 했다는 듯이 자기 방으로 물러갔다. 할머니는 성격이 참 묘했다. 이런 날 함께 음식이라도 들면 좋으련만…… 잔치는 오래 계속되었다. 특히 오늘 박씨는 아버지가 되는 예식을 감명 깊게 느끼면서 연신 고개를 끄덕이고 즐거워하였으며, 술도 많이 마셨다. 남씨는 명랑한 음성으로 숙영이 어머니에게도 술을 몇 차례 권했다.

"자 — 제수씨, 한 잔 더 하시지요."

숙영이 어머니도 왠지 좋은 기분이 되어 술을 주는 대로 받아 마셨다. 그러고는 자신도 남씨에게 술을 따라주었다.

"시아주버님, 저도 한 잔 따를게요."

이 광경을 보고 옆에 있는 임씨가 한 마디 했다.

"허…… 두 분 참 다정하시군. 아주머니, 내게도 한 잔 따라주시지요?"

"예. 그러지요."

숙영이 어머니는 싹싹하게 대답하고는 임씨에게도 술을 따라주었다. 정섭이도 아버지를 쳐다보면서 술을 몇 잔 마셨다. 오늘은 남녀노소 할 것 없이 마을 사람들 모두가 술을 많이 마셨다.

그러나 술을 마시는 양으로 따지면 건영이가 단연 최고였다. 물론 박씨도 신체가 거의 무한대로 강하기 때문에 술을 많이 마시지만, 술은 신체만 가지고 되는 것이 아니기 때문에, 건영이에게는 조금 못 미쳤다. 주량은 여자들은 예외겠지만 마을 사람들 중에서 임씨가 제일 약할 것이었다.

임씨는 술을 안 마셨는데도 술 마신 것처럼 보일 때가 있었다. 임씨는 언제나 떠들고 싱글벙글했다. 그래서 임씨가 있으면 어떤 자리도 웃음이 있었고, 풍요로워졌다. 그리고 몇 사람 안 모인 자리도 마치 대단히 사람이 많이 모인 것처럼 보였다.

건영이는 임씨가 떠드는 틈을 타 슬그머니 자리를 정섭이 옆으로 옮겼다. 정섭이 옆에는 숙영이가 있었다. 숙영이는 건영이가 자신이 있는 쪽으로 오는 것을 알고도 별로 신경을 쓰지 않았다.

숙영이는 생각이 깊고 침착한 사람이었다. 숙영이의 부드러운 태도는 어떤 부자연스런 일도 자연스럽게 만드는 힘이 있었다. 숙영이가 먼저 건영이에게 말을 건네주었다. 혹시 건영이가 대중 앞에서 실수라도 할까봐 숙영이가 먼저 조치를 취하는 것이었다. 자신의 음성으로 건영이를 침착하게 하려고.

"오빠, 술을 참 잘 마시네요."

건영이는 숙영이의 맑은 목소리를 들으니 더욱 행복한 기분이 되었다. 건영이는 숙영이만 보고 있으면 언제나 황홀하고 행복한 것이었다. 거기에다 목소리까지 들으면 그 마음은 더욱 생생해졌다.

"응. 나는 숙영이만 있으면 힘이 솟아나서 술을 더욱 잘 마시는 것 같아."

숙영이는 미소만 지을 뿐이었다. 건영이는 이 말을 해놓고는 당황했다. 누가 들었을까 하고…… 그러나 옆에 있는 사람들은 못 들은 체했다. 건영이도 숙영이의 잔잔한 미소를 바라보며 정신을 수습했다.

숙영이의 잔잔한 미소에는 신비한 힘이 있었다. 그 미소는 사람의 우울한 기분을 달래주는 한편, 지나치게 들뜬 기분을 안정시켜 주기도 했다. 건영이는 상상으로만 숙영이를 가슴에 품었다. 그리고는 그 뜨거운 가슴을 식히기 위해 술을 부어 마시는 것이었다. 박씨는 바로 가까이서 술을 마시는 건영이를 바라보면서 문득 한 가지 생각을 떠올렸다.

'촌장님은 오늘의 일을 미리 아셨을까? 분명, 그러셨을 거야! 촌장님은 나보고 산이라 했고 정섭이를 나무라 했지. 오늘은 산에 나무가 심어진 것이야.'

여기까지 생각한 박씨는 생각을 비약시켰다.

'하나의 사건에는 반드시 뜻이 있다. 그 뜻을 알면 다음에 올 일을 알고 있는 것일까? 그렇다면 모든 일의 뜻을 알아야 하는 것일까? 아니다. 일어난 사건은 그 뜻을 반드시 음미해야 할 것이 있고 단순히 결과로써만 받아들여야 할 것도 있을 것이다. 그런데…… 오늘의 일은 과거 어느 시점에서 결정된 것이라면 왜 지금 일어나는 것일까?'

박씨는 마음속으로는 깊은 생각을 하면서도 겉으로는 여전히 잔치를 즐기고 있었다. 술을 한 잔 들이마신 박씨는 다음 생각으로 옮겨 갔다.

'전에 마을에 잔치가 있었을 때 우물가에서 목걸이를 건졌었지. 그것은 수십 년이나 물 속에 있었어. 그런데 하필 그때 다시 건져졌을까? 무슨 뜻이 있을까?'

박씨의 생각은 오늘 잔치에서 지난날의 잔치를 연상하고, 또 어떤 사연이 오래 잠자코 있다가 마치 꽃이 피듯이 갑자기 오늘 그 일이 일어난 것으로 느껴졌으며, 그와 비슷한 상황으로 그 목걸이가 생각난 것이었다.

'목걸이는 수십 년간 우물 속에 있다가 갑자기 나타난 것이었다. 세상의 일은 숨어 있으면서도 꾸준히 진행되며 기다리다가 때가 되면 출현하는 것일까?'

박씨는 또 한 잔의 술을 마셨다. 그러고는 건영이에게 말을 건넸다.

"건영이, 지금 취하지 않았나?"

"예. 괜찮아요. 아저씨는요?"

"나도 괜찮아. 그렇지만 건영이한테는 못 당할 거야."

이 말에 건영이는 그냥 웃어버렸다. 그냥 웃어버렸다는 것은 건영이 자신도 그렇게 생각한다는 표시인 것이었다. 박씨는 건영이에게 술을 한 잔 따라주었다. 그러고는 마음속에서 떠올린 의문에 대해 질문을 했다.

"건영아, 우리 다른 얘기 좀 해 볼까?"

"예? 그러시지요. 무슨 얘긴데요?"

"응. 별것은 아닌데, 전에 말이야, 우물에서 목걸이를 하나 건진 적이 있어."

"그래요?"

건영이는 박씨가 갑자기 목걸이 얘기를 꺼냈기 때문에 크게 의아스럽게 생각했다. 박씨는 건영이가 잠시 심각해지자 웃으며 얘기했다.

"그 목걸이는 아마 수십 년 되었을 거야. 그런데 그것이 갑자기 발견된 것은 무슨 뜻이 있는 것일까? 주역적(周易的)인 의미로 말이야."

주역이란 말이 떨어지자 건영이의 눈은 갑자기 빛났다. 건영이의 얼굴은 이내 고요한 모습이 되었다. 마음속으로 깊은 생각이 진행된 것이었다. 박씨도 그 모습을 간파하고는 건영이의 말이 떨어지기를 기다렸다. 박씨는 술을 또 한 잔 들이켰다. 건영이는 잠시 생각에 잠겨 즐거운 잔치를 잊은 듯 했다. 한참만에야 건영이는 얘기했다.

"아저씨! 그 문제는 확실히 중요한 것 같아요. 저는 그 뜻을 알았어요. 내일 얘기하기로 하지요."

건영이는 이내 밝은 표정이 되어 잔치에 합류했다. 잔치는 늦은 밤에야 끝이 났다. 밤이 되어서는 다시 눈이 오기 시작했고, 마을 사람들은 제각기 잠자리로 찾아들었다.

아침이 되자 건영이는 일찍 촌장의 집을 찾았다. 박씨는 여전히 잠을 자지 않고 벽을 바라보고 앉아 있다가 건영이를 맞이했다.

"어서 들어와. 피곤하지 않니?"

"아니요. 피곤하긴요?"

건영이는 촌장의 방에 들어서자마자 즉시 본론을 끄집어냈다.

"어제 하던 얘기인데요."

"응. 그래. 목걸이 얘기 말이지?"

박씨는 건영이가 아침 일찍 찾아와 학술적인 얘기를 시작하자 온 정신을 집중했다. 박씨는 언제고 건영이와 대화를 하면 즐겁고 얻는 것이 많았다. 건영이는 평소에는 귀하고 순진해 보이는 얼굴인데 박씨와 함께 학술적인 얘기를 할 때면 차갑고 예리한 풍모를 느끼게 했다. 박씨는 건영이의 그 풍모에 대해서도 대단한 감명을 받곤 한다.

"아저씨, 우물 속에서 목걸이가 발견된 것은 괘상으로 보면 택화혁(澤火革:☱☲)에 해당돼요. 이것은 격변이 일어날 것을 암시하는 것이지요."

"격변? 정마을에 말이야?"

"글쎄요. 그건 저도 잘 모르겠지만 그것은 정마을일 수도 있고 나라 전체일 수도 있어요. 아무튼 우물에서 건진 목걸이는 격변을 예고하는 것이 틀림없어요."

"그래? 그게 왜 그렇지?"

"예. 장식품은 역상(易象)으로는 화(火)에 해당되고 우물 같은 곳에 갇혀 있는 것은 택(澤)에 해당되지요."

"아니, 우물은 바람이잖아?"

박씨도 자기 생각을 얘기했다. 건영이는 미소를 지었다.

"물론 우물은 바람과 물이지요. 그러나 이번 경우는 우물에서 물이 나온다는 것은 의미가 없고, 우물 속은 은폐된 곳이란 뜻으로 사용되는 것이지요."

"좋아, 그럼 장식품이 은폐된 곳에 있으면 왜 그게 혁(革)이란 뜻이 있지?"

"예. 장식품은 보여 지는 것을 목적으로 만들어진 것이지요? 그런데 그것이 은폐된 곳에 있다면 그것은 밖으로 나오고자 하는 뜻이 담겨져 있는 것이에요. 장식품, 즉 밝은 것, 이것이 은밀한 곳으로부터 갑자기 발견된 것은 감추어졌던 빛이 발현되는 것이지요. 긴 세월 동안 감추어져 있던 장식품이 나타난 것은 마치 태양이 바닷속에 있다가 갑자기 떠올라서 비로소 제 위치로 가는 것과 닮았지요. 밝은 것이 좁은 곳에 있는 것. 따라서 이것은 폭발적으로 발현하게 되어 있는 것이지요. 이것을 주역에서는 혁으로 표현하지요."

박씨는 속으로 생각하며 고개를 끄덕였다.

"그렇군. 그런데 그것은 이 마을에서 일어날 일일까? 아니면 온 나라에 일어날 일일까?"

"예. 그것은……. 제 생각에는 온 나라의 일일 것 같아요. 아마 이와 같은 뜻을 가진 징후는 요즘 나라 전역에서 발생되고 있을 거예요. 그러나 온 나라를 살피지 않는다 하더라도 목걸이가 현재 우리 마을 사람 것이 아니고 우물도 아주 오래 된 것일 경우에는 넓은 지역의 일을 상징하지요. 더군다나 정마을 자체가 이미 은폐지인데, 그 중에서도 가장 깊은 우물 속에서 장식품이 발견된다는 것은 마을에만 국한된 의미로는 너무 큰 것이지요. 아저씨, 이 문제는 나중에 다시 얘기할 기회가 있을 거예요. 제가 일일이 다 말할 수는 없지만 목걸이의 발견은 머지않아 나라에 격변, 오늘날 정국 상태로 봐서는 혁명이 일어난다고 해석될 수 있어요. 아마 수개월 이내가 되겠지요."

박씨는 혼자 속으로 한참 궁리를 해보다가 답이 나오지 않자 막연히 건영이에게 다시 물을 수밖에 없었다.

"음. 건영이는 그 목걸이에 대해서 세세하게 생각하여 그런 결론이 나온 것이지?"

"그럼요."

박씨는 건영이를 믿는 마음에서 고개를 끄덕이며 말했다.

"나도 말이야. 우물 속에서 목걸이가 발견됐다는 것의 뜻이 택화혁(澤火革:☱☲)이란 것을 이젠 알겠어. 단지 그것의 적용 방법에는 좀 혼란이 오는구먼. 도대체 그런 징후가 발견되면 어느 곳에서 격변이 일어나는 것이지?"

"아저씨, 그건 아주 복잡해요. 아저씬 목걸이 발견이 역상(易象)으로 택화혁이란 것을 깨달았다면 그것으로 절반 이상 나아간 것이에요. 나중에 좀 더 생각해 보면 자세한 것을 알게 될 거예요."

박씨는 맥없이 웃었다.

"글쎄. 내가 잘 모르면 건영이가 다시 설명해 주면 되잖아! 아예 그게 낫겠지!"

건영이는 자리에서 일어났다.

"아저씨, 저 이만 가볼게요. 나중에 또 오지요."

"그래. 고맙다."

박씨는 싸리문 밖까지 정송했다.

옥황부(玉皇府)의 특사(特使)

이 시간 상계인 남선부 정문에는 옥황부의 특사가 도착했다. 특사는 시위도사(侍衛道士) 두 명을 대동하고 화려한 복장에 위엄스런 풍모를 내보이고 있었다. 정문에는 소지 대선관(疏止大仙官)의 위선(衛仙) 선운이 마중 나와 특사의 일행을 맞이했다.

"삼가 인사드리옵니다. 먼 길에 불편은 없으셨는지요?"

선운은 정중하게 인사를 하면서 안부를 물었다. 그러나 특사는 기분이 나쁜 듯 대답을 하지 않고, 차가우면서도 위압적인 말을 내뱉었다.

"그래, 이곳 남선부에는 대선관은 없는가?"

"에. 곧 인사 올리러 나올 것입니다. 우선 청실(淸室)로 모시라는 분부가 계셨습니다."

"음……."

특사는 마지못해 선운이 안내하는 청실로 뒤따라갔다. 청실에 도착한 특사는 자리에 앉자마자 호통을 치며 재촉했다.

"나는 이곳에 공무로 왔네…… 한가로이 쉴 시간이 없으니 즉시 대선관을 불러오게."

"예."

선운은 옥황부 특사의 호통을 받고 청실에서 물러나왔다. 잠시 후 청실에는 남선부의 총관인 분일이 나타났다.

"인사드리옵니다."

분일은 밝은 미소를 지으며 예의를 표했다. 분일은 옥황부에도 잘 알려진 선인으로 매우 유능한 인물이었다. 이것을 특사도 잘 알고 있기에 답례 형식을 취해주었다.

"음. 분일, 그댄가? ……그래, 소지는 왜 오지 않는가?"

"예. 제가 대신 왔습니다. 지금은 제가 남선부의 대선관 대행입니다."

"무어라고? 이보게, 나는 옥황상제의 명을 받고 남선부를 조사하러 내려온 순찰관일세. 그런데 대선관이 나타나지 않고 총관을 대신 보내다니, 이 무슨 무례인가?"

"아, 예. 그것은……."

분일은 여전히 미소를 머금고 얘기했다.

"특사께서 오해이십니다. 소지선께서는 지금 금동(禁洞)에서 근신 중이므로 이곳에 나올 수가 없습니다."

"무슨 소린가? ……근신 중이든 폐관 중이든 상관할 것 없네. 어서 데려오게."

"아니됩니다. 소지선께서는 연진인의 벌을 받고 있으므로 금동을 절대 나설 수 없습니다."

연진인이란 말이 나오자 특사는 놀라면서 음성이 당장에 수그러들었다.

"연진인의 벌을 받는다고? 그럼 어떻게 하나? ……그렇다고 조사를 안 할 수도 없고……."

"저, 그러면 특사께서 직접 금동으로 가시지요. 그곳에서는 심문하실 수 있습니다."

이렇게 되어 특사는 금동에 안내되어 갔다. 소지는 면벽 명상 중에 있으면서도 누가 자기를 찾아올 것을 알고 대비하고 있었다. 잠시 후, 금동에 나타난 사람은 분일이었다. 소지는 반가운 표정도 짓지 않고 말했다.

"아니, 자네 이곳에 웬일인가? 공무를 맡은 사람이 한가하게 돌아다니다니?"

"예. 대선관님 걱정하지 마십시오. 제가 맡은 일은 잘하고 있습니다. 그런데 지금 옥황부에서 특사가 나와 있습니다. 면회실에 있는데 만나봐야겠습니다."

"그래? 무슨 일인데?"

"예. 별일 아닌 것으로 소란을 피우는 것 같습니다. 대선관님을 심문하겠답니다."

"그런가? 그렇다면 이리로 모셔오게! 나는 지금 연진인의 벌을 받고 있는 중인데 면회실에 어떻게 가겠나?"

"면회실 정도면 어떻겠습니까? 면회실도 금동인데요……."

"이 사람아, 내가 다른 일로 벌을 받는 중이라면 그럴 수도 있겠지. 그러나 연진인의 벌을 받는 마당에 사치스럽게 면회실까지 가겠나? 사실, 자네의 얼굴을 보게 된 것도 연진인께 죄를 지은 것 같아 송구스럽네……."

소지가 정색을 하며 말하자 분일도 멋쩍어했다. 분일은 잠시 생각해 보고는 다시 명랑한 표정으로 돌아와 얘기했다.

"예. 알겠습니다. 특사를 이리로 오게 하죠."

특사가 나타났다. 소지는 무릎을 꿇고 정중히 인사했다.

"인사드립니다. ……이런 모습이어서 죄송합니다."

옥황부 특사는 소지와는 친하지 않아도 다소 안면이 있는 편이었다. 특사는 소지에게 동정을 보이면서 말했다.

"음. 고생이 많구먼. 나는 공무로 왔네. 훗날 좋은 모습으로 보길 바라겠네……."

"예. 죄송합니다. ……저를 심문하시겠다고요? 그럼 시작하시지요."

"그래. 그럼……."

특사가 심문을 시작하려하자 분일은 밖으로 물러나갔다. 심문은 시작됐다.

"그대는 태상노군을 뵈었나?"

"예."

"언제인가?"

"육십여 년 전입니다."

"그대에게 무슨 분부가 계셨나?"

"없었습니다."

"그래? ……이곳엔 무슨 일로 오셨다던가?"

"아무 말씀 없었습니다."

"얼마동안이나 계셨나?"

"한나절이었습니다."

"음. 그 당시 일을 얘기해보게."

"태상노군께서는 아무런 말씀 없이 호숫가에 앉아서 물을 바라보고 계셨습니다."

"아무 말씀도 안 하시고?"

"예."

"그것 참…… 그렇다면 이곳엔 왜 오셨을까?"

특사는 혼잣말을 하고는 다시 물었다.

"태상노군이 오실 것을 자네는 언제 알았나?"

"태상노군이 오시기 한 달 전쯤이었습니다. 꿈에 태상노군의 봉행대사(奉行大師)가 나타나 장소와 시간을 알려주었습니다."

"그곳이 어딘가?"

"지금은 태상호(太上湖)라고 불리는 작은 호수입니다. 그러나 아름다운 곳이고 이곳에서 멀지 않습니다."

"음…… 그 후 태상노군께서는 소식이 없으셨나?"

"예."

"허 참, 괴이하군. 그럼 이곳엔 무엇 때문에 나타나셨을까? 그댄 어떻게 생각하나?"

"예. 저도 모르겠습니다. 지난 육십 년 동안 생각해 봤지만 도무지 이해가 되지 않았습니다."

"알겠네. 내가 그 호수에 가보겠네. 자넨 복이 많아…… 태상노군을 친견할 수 있었다니…… 그리고 연진인도 다녀가셨나?"

"아닙니다…… 제가 연진인을 뵈온 곳은 하계였습니다."

"그래? 무슨 일로?"

"남선부 관리 소홀로 질책을 받았습니다."

"벌은?"

"예. 천 일간 근신입니다."

"허허, 그댄 정말 복이 많구면. 나도 연진인을 보는 대가로 천일 근신이라면 얼마든지 하겠네."

특사는 사무적인 언사를 사용하지 않고 얘기했다. 표정도 웃고 있었다.

"그대는 태상노군을 잘못 모셨기 때문에 운명적으로 그런 벌을 받는 것일세…… 자네가 잘 했다면 연진인께서 어떤 가르침이라도 내리시지 않았을까? 허허, 아무튼 그댄 복이 많구먼…… 나는 이만 가보겠네. 태상노군이 출현했다는 장소에 가봐야지."

"예. 분일이 안내할 것입니다."

특사는 소지의 심문을 마치고 나왔다. 분일은 면회실에서 기다리고 있었다. 특사는 분일을 보자마자 태상정으로 안내할 것을 지시했다. 그런데 일이 또 발생했다. 분일은 분명하게 그러나 밝게 지시를 거부했다.

"저…… 죄송합니다만, 태상정에는 갈 수가 없습니다……."

분일의 이 말에 특사는 기가 막혔다. 그러나 내색을 하지 않고 잠시 미소를 보였다.

"허허…… 자넨 참 재미있구먼. 안 되겠다는 것이 많기도 하고……."

분일도 웃음을 머금고 있었다. 특사는 속으로 어처구니가 없었다. 분일, 이 사람은 도대체가 어떻게 생겨 먹은 것일까? 상제의 명을 받들어 조사를 하는 특명관의 지시를 대수롭게 생각하지 않는다. 특사는 미소를 싹 지우고 냉엄하게 물었다.

"그래, 이번은 무슨 이유 때문에 안 된다는 것인가?"

"예. 그것은 지금 그곳에 귀인이 와 계시기 때문입니다."

"귀인이라니? 누군가?"

귀인이라는 말에 특사는 귀가 솔깃했다. 분일은 여전히 명랑한 표정으로 말했다.

"평허선공께서 와 계십니다."

"뭐? 평허공께서?"

특사는 잠시 생각했다. 그러고는 자신 없는 말투로 얘기했다.

"평허공께서 와 계시단 말이지? 그래, 그래도 나는 그곳을 조사해 봐야겠네. 안내하게."

할 수 없이 분일은 앞장서서 특사 일행을 안내했다. 잠시 후 태상호 입구에 도착하자 호수를 지키는 위선이 나타나 정중히 인사를 했다.

"총관께서 나오셨습니까?"

분일에게 인사를 먼저 한 위선은 옆에 있는 특사를 즉시 알아보고 황급히 무릎을 꿇었다.

"인사 늦었사옵니다. 미처 몰라 뵙고."

"괜찮네. 나는 태상정을 보러 온 것이야."

특사는 이렇게 말하고는 분일을 쳐다봤다. 태상호의 경계를 풀라 는 뜻이었다. 그러자 분일은 평소의 미소를 말끔히 지우고 심각한 표 정으로 말했다. 그 자세는 추호도 빈틈이 없었다.

"죄송하옵니다만…… 마지막으로 한 마디 여쭙겠습니다."

특사는 고개를 끄덕여 허락했다.

"특사님, 좀 전에도 말씀드렸듯이 현재 이곳에는 평허선공께서 와 계십니다. 저는 선공으로부터 이곳에 아무도 접근시키지 말라는 엄 명을 받고 있습니다. 그러나 저는 옥황부 휘하의 남선부 대선관 대행 으로서 특사님의 지시에도 따라야 합니다. 그래서 저는 난감합니다 만…… 물론 저는 특사님의 명에 따르겠습니다. 비록 제가 나중에 선 공의 벌을 받는 한이 있더라도 말입니다. 하지만……."

여기까지 얘기한 분일은 잠시 뜸을 들여 분위기를 더욱 긴장하게 만든 다음 천천히 말을 이었다.

"누구나 알다시피 평허선공께서는 성격이 냉엄하고 괴팍하십니다. 더구나 그분은 옥황상제의 명도 받지 않으시는 분입니다. 그래서 혹시 일을 강행하다가 변고를 당할까 걱정이 됩니다. 이런 사정인 만큼 특사께서는 다시 한 번 살펴봐 주시길 바랍니다."

특사는 망설였다. 그러고는 약간 근심스러운 음성으로 물었다.

"변고라니? 무슨 일이 일어날 수 있을까?"

"예. 제가 생각하기에는 특사님의 목숨마저도 위험할 것이라고 봅니다. 이런 말투가 죄송스럽습니다만……."

특사는 생각에 잠겼다. 지금 분일이 얘기한 것은 모두 사실이었다. 평허선공은 괴이한 행동을 하기로 전 우주에서 유명하다. 자칫 잘못하다가는 특사든 누구든 다칠 수가 있다. 평허선공한테는 옥황상제의 명이 통하지 않을 뿐 아니라 옥황부에서도 평허선공을 귀찮게 한 특사의 행동을 옹호해 주지 않을지도 모른다. 특사는 아무리 생각해도 좋은 방법이 떠오르지 않았다.

'……이럴 때는 어떻게 해야 하나? ……여기서 기다릴까? ……아니면 옥황부에 보고하고 지시를 받아야 할까?'

특사는 여기까지 생각하고는 우울한 표정으로 분일에게 말했다.

"음. 참으로 난감하군. 이번 출행은 뭔가 잘못 됐어. 처음부터 일이 번거롭더니…… 그래, 자네라면 어떻게 하는 게 좋겠나? 내 입장을 생각해서 얘기해보게."

특사가 이렇게 기운 없이 말하자, 분일은 씩씩하게 답변했다.

"특사님께서는 조금도 걱정하실 필요가 없습니다. 지금 특사님께서 태상정에 가보시려는 것은 그곳에 태상노군께서 출현했던 곳이었기 때문이 아닙니까?"

"그렇네만, 그게 어떻다는 것인가?"

"예. 태상정에는 가보셔도 어차피 아무런 소득이 없을 것입니다. 그런데 지금 평허선공께서는 태상정에서 연진인을 기다리고 계십니다. 연진인께서 태상정에서 기다리라는 분부를 내리셨기 때문입니다. 그러니 기다리시면 연진인께서 나타나실 것입니다. 연진인께서는 요즘 태상노군을 수행하는 것으로 알려져 있으니 잘되면 태상노군도 직접 뵈올 수 있을 게 아닙니까?"

특사는 깜짝 놀랐다.

"아니 자넨, 그 말을 왜 진작하지 않았나? 평허선공께서 연진인을 기다리는 중이라면 오히려 잘된 것이 아닌가?"

"예. 특사님께서 제게 묻지 않았기 때문입니다."

분일은 이렇게 말해놓고 미소를 보였다. 특사도 웃음이 활짝 피었다. 만일 분일의 말이 사실이라면 이곳에서 기다리면 연진인 내지 태상노군을 접하는 행운의 기회를 접할 수 있을 것이었다. 특사는 속으로 생각했다.

'이 정도의 일이라면 혼자 감당할 수가 없다. 옥황부에 보고하여 즉시 대책을 세워야 할 것이야. 수많은 인원을 동원하여 남선부 전체를 경계해야겠지…… 드디어 태상노군을 찾을 수 있겠군…….'

특사는 생각을 그만두고 행동을 개시했다.

"분일, 자네한테는 못 당하겠군. 아무튼 고맙네. 나는 급히 옥황부로 돌아가야겠네. 최대한 빠르게 다시 이곳에 올 것이네."

특사는 신속하게 사라졌다. 며칠 후 특사가 옥황부에 도달하여 태상정의 소식을 보고하자, 옥황부에서는 특별 밀행선(特別密行仙)들을 즉시 파견하고 이어서 세밀한 대책을 세워서 추가로 대규모의 경계망을 구성하기 시작했다. 대책을 논의하기 위한 회의는 쉬지 않고 진행되고 결정이 난 대책은 즉시 실행에 옮겨져 남선부에는 속속 옥황부 특별선이 도착했다. 이제 남선부의 모든 행정권은 파견된 옥황부 특사에게로 이양되어 비상경계 태세로 돌입했다.

남선부가 비상경계 체제로 전환됨에 따라 남선부 주변의 많은 선부(仙府)도 똑같은 경계령이 내려지고 일상 업무는 비상 경계령 범위 안에서 이루어지고 있었다. 옥황부에서는 머지않아 연진인을 통해서 태상노군을 발견할 것이라는 기대가 일고 있었다.

세월은 점점 흘러갔다. 그러나 경계령이 내려지고 몇 달이 지나고도 아무런 소식이 없었다. 물론 그렇다고 경계 태세가 늦추어지는 것은 아니었다. 남선부 외의 수많은 지역에서도 여전히 정밀한 수색 작업은 진행되고 있었다.

태극(太極)과 몽사(夢事)

하계인 정마을에서는 조용한 봄이 찾아왔다. 산천은 생기를 띠고 초목은 서서히 푸르러 갔다. 정마을은 여전히 이전과 같았다. 마을 사람들은 논이나 밭에 나가 일을 하고 박씨는 나루터에 나가는 일이 다시 시작되었다.

정마을에서 가장 일찍 일어나는 사람은 박씨와 건영이다. 예전에는 오로지 박씨만이 먼저 일어나는 사람이었는데, 지난해 가을부터는 건영이가 합세함에 따라 한 사람이 더 늘었다. 두 사람은 서로 다른 집에서 거의 같은 시간에 일어나서는 집을 나서는데, 건영이는 산 위쪽으로 향한다. 두 사람이 각자의 집으로 돌아오는 시간은 공교롭게도 거의 같다. 물론 박씨는 겨울에는 강가에 나가지 않았다. 겨울에는 오직 건영이만 아침 일찍 산 쪽으로 향한다.

그러나 지금은 봄이 되어 두 사람 모두 일어나 강과 산으로 향했다. 건영이는 박씨와 마찬가지로 매일 가는 곳에 일정하게 도달한다. 건영이가 가는 곳은 마을 위쪽 산 방향인데, 소양강하고는 직각을 이루는 방향이다.

오늘도 건영이는 자신의 수도 장소인 작은 바위에 걸터앉았다. 건영이는 근 여섯 달을 이곳에 와서 깊게 생각을 하거나 혹은 그냥 앉아 있다가 내려가곤 한다. 만일 누가 본다면 아무렇게나 바위에 앉아 있다가 아무 일 없이 내려가는 것처럼 보인다. 그러나 건영이가 바위에 잠시 앉아 있는 동안에는 실로 엄청난 일이 벌어지고 있는 것이다. 물론 그것은 정신세계에서의 일이다.

건영이도 처음 몇 달은 자세히 몰랐다. 단지 이곳 바위에 와서 앉으면 왠지 정신이 맑아지고 의지가 강해지는 것을 느꼈었다. 처음엔 이 일이 단순히 건영이 신체 내부의 우연한 일로 생각했다. 누구든 산에 와서 맑은 공기를 마시면 정신이 맑아지는 것으로 생각했던 것이다. 그러나 세월이 지나고 수십 차례를 거듭하다보니 특이한 작용이 이 바위에 앉았을 때만 발현되는 것을 깨달았다.

건영이는 여러 차례 시험을 해보았다. 근처 다른 바위라든가 혹은 나무숲 등을 이리저리 옮겨보았었다. 아예 산의 다른 지역에도 가보았다. 그러나 유독 이 자리만 신비한 정신 작용이 존재하고 있는 것이었다.

건영이는 처음엔 그 원인을 캐내려고 수많은 생각과 실험 등을 통해 연구해 보았다. 때론 무섭게도 여겼고 불길하게도 느꼈었다. 그러나 여섯 달 가까이 세월이 지난 지금에 와서야 모든 신비가 풀려진 것이다. 건영이는 이 일을 친구인 인규에게도 비밀로 했다. 비밀로 해야만 한다는 것을 알기 때문이다. 아직은 밝힐 수가 없는 것이다. 어쩌면 영원히 밝힐 필요가 없는지도 몰랐다. 처음에 건영이는 자신의 정신이 강화되는 그 정확한 장소를 찾는데 수개월이 걸렸다. 그리고 다시 그 원인을 찾는데도 여러 날 걸렸다. 지금의 건영이는 그 모든 현상을 확연히 알고 있는 것이다. 바위라든가 장소가 무슨 특수한 작용을 하는 것은 아니었다. 이곳은 건영이의 정신이 향상되도록 지정된 인위적인 수도장인 것이다.

건영이의 정신을 일으키고 그 정신의 생명력을 강화시키는 천형(天亨)의 기운은 저쪽 산 위에서 발생하여 이곳으로 날아온다. 건영이는 그곳을 알고 있다. 그러나 건영이에게 허락된 곳은 이 바위일 뿐이다. 건영이도 그것을 잘 알기 때문에 더 이상 올라가지는 않는다. 여기 바위에서 건영이는 길러지고 있는 것이었다. 마치 이것은 어린아이가 젖을 먹는 것과도 닮아있었다.

건영이는 그 젖과도 같은 천형의 기운을 완전히 수용하기 위해 최선을 다하고 있었다. 그리고 또한 그것을 활용하여 천지간의 어려운 문제나 주역의 지고한 이치에 대해 연구를 해나가고 있는 중인 것이다. 건영이의 발전은 너무나 눈부신 것이어서 그것을 이해하는 사람은 정마을에는 없었다. 아마 온 세상을 통틀어본다 하더라도 건영이가 생각하는 그 깊은 이치에 접근하고 있는 사람은 드물 것이다.

건영이는 오늘의 수행을 마쳤다. 정신세계에 있는 현천(玄天)의 신수(神水)를 마음껏 마신 건영이는 여느 때처럼 가벼운 발걸음으로 산을 내려와 집으로 돌아왔다. 정마을에는 맑은 아침이 찾아오고 겨울에는 들리지 않던 새소리도 들려왔다. 인규는 자리에서 일어나 있었다.

"건영아, 다녀왔니? ······참 열심이군······."

인규의 말에 건영이는 말없이 미소만 지을 뿐이었다. 인규가 다시 얘기했다.

"나······ 오늘 서울 좀 다녀와야겠어. 금방 다녀올게."

"그래. 잘 다녀와. 미안하구나……."

"미안하긴……."

인규는 건영이와 함께 집을 나섰다. 서울로 떠나는 것이었다. 집을 나서면서 건영이가 말했다.

"인규야, 집에 가서 아버님과 어머님께 잘 좀 말씀 드려줘. 나는 이 마을을 떠날 수가 없어."

"그래, 알았어. 염려마라."

인규는 웃으며 대답했다. 그러자 건영이는 심각하게 말을 이었다.

"내가 이 마을을 떠날 수 없는 것은 숙영이 때문만은 아니야…… 아직 말할 수는 없지만 이 마을에서 나는 중대한 일이 있어."

"뭐? 숙영이 말고도 무슨 일이 있다고? 그게 뭔데?"

"응…… 그거 나중에 얘기해주지…… 그런데 말이야, 나 요즘 육감이 이상해. 서울에 무슨 일이 있는 것 같아."

"육감이 이상하다니?"

"응, 아무래도 아버님한테 무슨 일이 있는 것 같아……. 작년에 이곳을 다녀가실 때 겨울이 되기 전에 다시 오신다고 했는데…… 우리 아버지는 그렇게 말씀하시면 반드시 오시는 분이야. 그런데 봄이 됐는데도 소식이 없으시니 이상하잖아?"

"뭐, 사업이 한창 바쁘시니까 여기 올 짬이 안 나시는 것이겠지…… 괜히 불길한 생각은 마."

건영이는 더 이상 말을 하지 않았다. 그러나 스스로는 확신을 가지고 있었다. 건영이는 근래 자신의 육감이 상황을 정확히 파악한다는 것을 알고 있기 때문이었다. 요즈음 건영이의 육감은 아버지가 심한 곤란에 빠져 있을 것이라는 것이었다.

두 사람은 어느덧 박씨가 사는 촌장 집에 도달했다. 박씨는 없었다. 아직 나루터에서 돌아오지 않은 것이었다. 두 사람은 발길을 강가로 돌렸다. 두 사람이 강가로 향한지 얼마 되지 않아서 길에서 돌아오는 박씨를 만났다.

"어! 도련님들……. 어디들 가나? 이른 아침인데……."

"아저씨, 안녕하세요. 저…… 강 좀 건네주세요. 서울 좀 다녀오려고요."

"응? 서울? ……갑자기 서울에 간다고?"

"예. 그냥 잠시 다녀올 거예요."

박씨는 무조건 기분이 좋았다. 아침 일찍 건영이를 만났으니 오가며 얘기할 수 있는 것이다. 마침 박씨는 궁금한 문제도 있었기 때문이었다.

세 사람이 나루터에 도착하자, 건영이는 강가에서 기다리고, 박씨와 인규만 배를 탔다. 강물은 여전했다. 건영이는 무심히 강물을 바라보며 여러 가지 생각을 떠올렸다. 건영이가 먼저 생각에 떠올린 것은 천지의 시초에 관한 문제였다. 무한한 과거, 인간이 아직 탄생하기 전 자연은 어떤 상태였을까? 그때도 천지의 작용은 지금과 같았을까?

'그럴 것이다. 그때도 지금처럼 강은 흐르고, 바람이 불고, 번개가 치고, 물건은 낮은 데로 떨어지고, 불은 위로 타오르며, 사시(四時)가 운행되고…… 자연에는 지금과 똑같은 섭리, 즉 법칙이 작용하고 있었을 것이다. 그런데 자연의 법칙은 영원히 변치 않는 것일까? 그리고 법칙은 어떻게 해서 생긴 것일까?'

건영이는 차곡차곡 문제를 정돈하고 자신이 생각한 답을 다시 확인하고 음미하면서 다음 문제로 넘어갔다. 다음 문제는 인간이었다. 인간이란 무엇인가? 인간은 자연 속에서도 특이한 존재이다. 그 하나하나가 자연과 대등한 또 다른 세계인 것이다. 그 세계란 스스로를 조직해 나가는 고도의 질서가 있다. 하나의 생명이 끝없이 발전해 간다면 결국 어디에 도달하는 것일까? 신의 세계란 어떤 세계인가? 건영이의 의식은 오로지 내면세계의 문제에 집중되어 있었기 때문에 바깥 세계의 시간 감각은 전혀 없었다.

건영이는 또 다른 문제로 생각을 옮겼다. 태극(太極)에 관한 문제였다. 태극의 이치는 자연 법칙의 구조를 설명하고 있는 것이었다. 태극의 이치는 그 근본을 평등과 조화에 두고 있다. 건영이는 주역의 문제를 떠올렸다.

'일음 일양 위지도(一陰一陽謂之道)……'

도(道)란, 즉 태극을 말한다. 하나의 음에 하나의 양이 대응하는 조화, 이것이 곧 도인 것이다. 생(生)이 있으면 사(死)가 있고, 선이 있으면 악이 있고, 질서가 있으면 무질서가 있고, 하나가 커지면 그 대응도 커진다. 그렇다면…… 세상의 어느 한 곳에서 발전이 있다면 또 다른 어느 곳에선 퇴보가 있는 것일까? 이 우주에 선이 많아지면 또 다른 곳에서는 악이 많아지는 것일까? 건영이의 생각은 여기에 이르러서 더 나아갈 수가 없었다. 세상이란 영원히 똑같다는 것인가?

'음…… 참으로 어렵군. 도무지 알 수가 없어.'

건영이는 한숨을 쉬었다. 박씨가 마침 강을 건너갔다가 돌아왔다.

"……건영이, 웬 한숨인가? ……건영이에게도 어려운 문제가 있는 모양이지?"

건영이는 이내 생각을 중지하고 현실로 돌아왔다.

"아, 예. 다녀오셨군요."

건영이는 밝은 표정을 지었다. 건영이의 귀한 자태는 요즈음에 와서 그 빛을 더해갔다. 차분한 음성, 침착함, 미소를 머금고 있는 총명한 눈, 꽉 다문 의지 있는 입…… 고요한 자태…….

박씨는 속으로 생각했다.

'분명 천상의 인간이야…… 이 세상 사람이 아니지…….'

봄날의 강변은 참으로 한가했다. 박씨는 강가를 바라보며 건영이 옆에 걸터앉았다.

"우리 여기 좀 앉았다갈까?"

"그러시지요. 바쁜 일 없으니까……."

두 사람은 잠시 말없이 앉아있었다. 이윽고 박씨가 먼저 말을 걸었다.

"건영이, 꿈이란 것에 무슨 의미가 있을까?"

"예? 꿈이요?"

"응. 사람들은 꿈을 많이 꾸는데, 그것이 미래와 무슨 관련이 있는 걸까?"

건영이는 웃으며 대답했다.

"글쎄요…… 꿈에 따라서는 미래와 관련된 뜻이 있는 것도 있겠지요. ……아저씨, 무슨 꿈을 꾸었어요?"

"응. 똑같은 꿈을 두 번이나 꿨어……."

"그래요? 무언데요?"

박씨는 혼자 무엇을 생각하면서 말하기 시작했다.

"꿈이 참 이상해. 불길한 것 같기도 하고…… 두 번이나 꿈이 같은 건데…… 그저께 밤 꿈에 말이야…… 집이 무너지는 꿈을 꿨어…… 그런데 무너진 집이 감쪽같이 없어지고 빈터에 나 혼자 서 있는 거였어. 사방을 둘러봐도 보이는 것이 없고 끝없는 벌판이었지……."

건영이는 심각하게 듣고 있었다.

"어떤가? 이런 꿈을 꿨는데 무슨 뜻인 것 같아? ……주역의 괘상으로 꿈을 해석할 수 있을까?"

주역이란 말이 나오자 건영이는 잠시 눈빛이 날카로워졌다가 다시 평상으로 돌아왔다.

"그럼요. 주역이란 꿈이든 현실이든 모든 뜻있는 것을 설명하고 있지요. 문제는 미래와 관련 있는 꿈을 해석해야지요."

"글쎄 말이야. 어떤 꿈이 미래와 관련 있는 건데?"

박씨가 이렇게 말하자 건영이는 웃어버렸다.

"아저씨도 참, 그걸 제가 어떻게 알아요? 그렇지만 이번 꿈은 확실히 의미가 있군요……."

"응? 왜 그렇지?"

"예. 아저씨가 꾼 꿈이기 때문이에요. 아저씨가 어디 보통 사람인가요? 게다가 똑같은 꿈을 두 번 계속 꾸었다는 것도 그렇고……."

"……뭐? 내가 어떤 사람인데?"

박씨는 웃었다. 자신을 보통사람이 아니라고 하니 기분은 좋은 것 같았다.

"그래. 무슨 뜻이 있는 거야?"

건영이는 설명했다. 박씨는 무슨 계시라도 받는 것처럼 신중한 자세로 들었다.

"아저씨! 아저씨의 꿈은 불길한 꿈은 아니에요. 꿈이 표현하는 것은 단순히 아저씨가 여행을 한다는 것뿐인데……."

건영이는 여기까지 얘기하고는 잠시 생각에 잠겼다. 박씨가 살펴보니 그 표정이 밝은 것은 아니었다.

"그래요…… 여행을 하는 것이지요."

건영이는 다시 침묵했다.

"건영아, 왜 그러니? 뭐가 잘못됐니? 여행이라니?"

박씨는 근심스럽게 물었다. 건영이는 박씨의 재촉을 묵살하듯 천천히 조심스럽게 설명해 나갔다.

"예. 집이 무너져 감쪽같이 없어진 것은 바람이고, 사방을 둘러봐도 아무도 없는 벌판, 이것은 땅입니다. 이것을 합치면 땅 위의 바람, 즉 풍지관(風地觀:☰☰☰☰)이란 괘인데, 이 괘는 멀리 여행을 한다는 뜻이 있고, 게다가 일이 발생한다는 뜻입니다. 따라서 일이 있기 때문에 여행을 한다는 뜻이 있어요."

"여행이라니? 나 같은 사람이 무슨 일이 있어 여행을 하겠니? 그리고 건영이는 무슨 근심이 있는 것 같은데……."

"아, 글쎄 저도 잘 모르겠어요. 여행은 분명한데, 단지 나쁜 육감이 잠시 든 것뿐이에요. ……별일은 아니겠지요…… 뭐."

건영이는 일부러 표정을 밝게 하면서 먼저 일어났다.

"아저씨, 일어나시지요? 나중에 점을 한번 쳐봐야겠어요."

"점이라고? 응? 그런 것을 할 수 있니?"

건영이는 말없이 고개를 끄덕일 뿐이었다. 건영이의 얼굴에는 심오한 사색의 그림자와 한없는 고요가 감돌았다. 박씨는 순간 건영이의 얼굴에서 촌장의 표정을 본 듯했다. 박씨는 속으로 생각했다.

'음…… 건영이는 촌장을 닮아가는 것 같군…… 아마 나로서는 상상할 수 없는 깊은 생각을 하고 있는 것이겠군…… 나중에 다시 물어보면 되겠지…… 여행이라? 글쎄! ……내가 과연 여행을 하게 될까?'

여기까지 생각한 박씨는 체념을 하고 자리에서 일어났다. 강은 여느 때나 마찬가지였지만 박씨는 강의 흐름 속에서 싹이 트는 것 같은 느낌이 들었다. 무엇인가 새로운 사연이 발생하는 사물의 싹이 트는 것을……. 강물은 끝없이 이어져 하류로, 하류로 흘러갔다.

강을 건너 하류 쪽으로 향한 인규는 서둘러 춘천에 도착하여 서울행 열차에 올랐다. 인규와 박씨가 떠나간 강가에는 인적이 없고, 자맥질하는 물고기의 '철퍽' 하는 소리가 들려왔다. 새소리도 종종 들려왔다. 주변의 산들은 지난겨울에 못했던 대화를 나누고 앞으로 일어날 일도 얘기하는 것인가. 강물은 산을 바라보며 흘러가고 산들은 흘러가는 강물을 바라보며 아쉬워한다.

자연의 조화는 고요한 것이 움직이는 것을 떠나보내며 움직이는 것은 고요한 것을 남겨두고 흘러가는 것이다. 흘러가는 것은 강물뿐이 아니다. 산도 흘러가고 바람도 흘러가고 하늘도 흐르고 땅도 흐른다. 흐른다는 것은 살아있는 것이다. 살아있는 것은 끊임없이 변화한다.

강가에는 어느덧 날이 저물었다. 어둠은 서서히 나타나 모든 것에 휴식을 준다. 만물을 쉬도록 한 어둠이 소리 없이 물러가면서 강가에는 밝음이 찾아온다.

정마을로 통하는 나루터에 두 사람이 나타났다. 박씨와 임씨였다. 두 사람은 강을 건넜고 박씨만 되돌아왔다. 임씨는 숲을 따라 하류로 내려갔다. 한나절의 시간이 순식간에 흘러가자, 박씨가 이쪽 나루터에 나타났다. 잠시 후 저쪽 숲에 임씨도 나타났다. 박씨는 강을 건너 임씨를 태우고 다시 강을 건너와서 정마을로 사라져 갔다.

강은 고요가 찾아왔다. 고요란 사람이 없을 때 찾아오는 것이다. 자연의 어떠한 소란도 인간보다 소란하지 않은 것 같다. 소란이란 애당초 인간들의 움직임을 두고 얘기하는 것이었는지도 모른다. 따라서 인간이 없는 곳은 어느 곳이라도 고요한 곳이라 말할 수 있으리라……

고요한 강은 밤이 되어도 갈 길을 멈추지 않았다. 다시 새벽이 찾아왔다. 나루터에 사람이 나타났다. 이번에는 박씨 혼자였다. 그리고 얼마 후 사라졌다. 저녁이 되자 다시 사람이 나타났다. 이번에도 박씨 혼자였다.

밤이 되고 아침이 되었다. 봄날의 강가는 생명의 신선한 향기를 머금고 있는 것 같았다. 봄날에 흐르는 강물은 어린아이의 마음과 같은 것인가? 아마도 그럴 것이다. 한 해의 시작이니 강물은 많은 꿈을 품고 흐르고 또 흐를 것이다.

박씨가 또 다녀갔다. 한낮이 되자, 숲 속에서 소란한 소리가 들린다. 물론 소란하다고 해서 큰 소리가 들린다는 것은 아니고 단지 인기척이 들릴 뿐인 것이다. 그래도 사람이 나타나는 소리는 자연의 어떤 소리보다 소란하다.

강가의 모든 사물은 여전했다. 제일 먼저 나타난 사람은 정섭이와 숙영이었다. 정섭이는 무엇이 그리 좋은지 싱글벙글하면서 계속 지껄인다. 숙영이는 가끔 대답해주며 강가에 서서 사방을 찬찬히 살펴본다. 잠시 후 강노인과 숙영이 어머니, 그리고 괴팍한 강씨 부인도 나타났다. 강씨 부인이 함께 한다는 것은 특이한 일이다. 정마을 사람들이 으레 하는 봄날의 한가한 나들이다. 강씨 부인이 먼저 한 마디 했다.

"영감, 오랜만에 강가에 나오니 기분이 상쾌하구려…… 아무래도 이제부턴 강가에 자주 나와야겠어요……!"

이 말을 듣고 숙영이 어머니가 대꾸했다.

"할머니, 누가 할머니보고 집 안에만 계시라고 했어요? 마을 사람들은 누구나 강에 자주 나오는데……."

"그럼 그럼……. 할멈이 성격이 괴상하니 집 안에만 틀어박혀있지."

이번에는 강노인의 말이었다.

"예? 뭐라고요? 내 성격이 괴상해요. 난 그렇게 생각해 본 적이 한 번도 없는데."

"……아이참, 할머니, 자기 성격이란 남한테 물어봐야 알 수 있는 거예요!"

숙영이도 한 마디 거들었다.

"그래? 그럼 오늘 숙영이한테 실컷 물어봐야겠는데……."

할머니는 미소를 머금고 숙영이 쪽을 바라보았다.

"싫어요, 할머니. 할머니 성격은 할아버지가 제일 잘 아실 테니 할아버지한테만 물어보세요. 난 저쪽으로 가겠어요. 정섭아! 우린 저쪽으로 가자."

숙영이와 정섭이는 급히 상류 쪽으로 걸어갔다. 세 사람이 편안한 마음으로 한동안 말없이 앉아있는 동안 숙영이와 정섭이는 상류 쪽으로 한참 올라가서 보이지 않게 되었다. 강씨 부인이 먼저 말을 꺼냈다.

"영감, 경치가 참 좋지요?"

"그렇구려!"

강노인도 밝은 표정으로 고개를 끄덕였다.

"이럴 줄 알았더라면…… 술이라도 조금 가지고 나왔을 것을……."

강노인은 음식만을 싸가지고 나온 것을 후회했다.

"할아버지, 그럼 지금이라도 제가 가서 술 좀 가져올까요? 금방 갔다 올 수 있는데……."

숙영이 어머니가 강노인을 바라보며 의향을 물었다.

"아니, 아니."

강노인은 급히 제지하며 말을 이었다.

"괜찮아. 힘들게 그럴 필요까지는 없고…… 다음에는 잊지 말아야지……."

이때 강씨 부인이 말을 막으며 끼어들었다.

"이 영감은 언제나 이렇다니까! 원 사람이 준비성이 있어야지…… 덤벙대기만 하고!"

"뭐라고? 내 — 참! 할멈, 그런 할멈은 얼마나 준비성이 있어? …… 원래 이런 일은 여자들이 알아서 하는 거야!"

강씨 부인이 태연히 웃으며 대꾸한다.

"그래요? 그럼 영감은 나를 당신처럼 덤벙대는 할멈이라 생각하는 거요?"

"그럼. 그렇고말고……."

"좋아요! 영감, 내가 그런 여자가 아니라면 어쩌겠소?"

"어허, 할멈, 그런 여자라니? 나는 단지 이번 일만 두고 얘기하는 거요!"

"나도 그래요."

강씨 부인은 더욱 짓궂게 몰아붙였다.

"영감, 당신은 준비성도 없고 눈치도 없는 사람이에요."

"무어라구? 무슨 소린지 알 수가 없군!"

"영감!"

강씨 부인은 잠시 숙영이 어머니 쪽을 바라보며 한쪽 눈을 찡긋해 보이고 다시 얘기했다.

"만일 말이에요. 내가…… 영감이 말한 그런 여자가 아니라면 어떡하시겠소?"

이렇게까지 말하자 강노인은 웃음을 터뜨렸다.

"헛허허허…… 그렇다면 내가 기분좋아 할멈을 업고서 집에까지라도 갈 텐데!"

"음. 좋아요. 숙영이 애미가 증인이에요?"

이렇게 말하고 난 뒤 강씨 부인은 즉시 보따리를 풀었다. 그런데…… 이게 웬일인가? 보따리 속에는 음식 외에 커다란 물통이 두 개나 나왔다.

"어! 이게 뭐야?"

……하나는 분명 물이었는데 나머지 하나는 술이었던 것이다. 뚜껑을 열자마자 술 향기가 강하게 배어나왔다.

"아니! 분명 물통이 하나뿐이었는데?"

강씨 부인은 당황하는 강노인을 바라보며 몹시 재미있어하면서 헛기침을 했다.

"음. 음. 이젠 집에 갈 땐 편안하겠군. ……눈치 없는 영감 같으니라고…… 내가 거듭 말을 하는 중에라도 눈치로 알아차렸어야지…… 애당초 정섭이가 물통을 들고 가는 것을 봤으면 더욱 좋았고……."

"허허…… 허허……."

강노인은 난처하기도 하고 기쁘기도 해서 술부터 따랐다.

"영감, 이젠 이 할멈이 누군지 알아보시겠지? 나도 한 잔 주구려! ……그리고 숙영이 애미도 한 잔 하지!"

이렇게 해서 정마을 사람들의 첫 강변 나들이는 시작되었다. 숙영이와 정섭이는 상류 쪽에서 여전히 보이지 않았다. 강변에서의 한적한 대화는 이어지고 술은 어느 정도 마셨기 때문에 세 사람의 얼굴은 홍조를 띠었다.

'이번 봄에는 무슨 일이 있으려나……'

강노인은 혼자 생각하며 강물을 바라보다 문득 허무한 생각이 들었다.

'인생이란…… 무상하구나……'

떠나간 촌장 생각도 떠올랐다.

'그 어른…… 신선! ……그런 분들에게 있어서는 인생이란 무엇일까? ……우리들의 인생은 또 어떤 것일까?'

다른 두 사람도 각자 자기 나름대로의 생각에 젖어 자리는 잠시 정적이 감돌았다. '철벅!'하면서 물고기의 자맥질하는 소리가 들렸다. 이때 강씨 부인이 침묵을 깨고 나섰다.

"참! ……숙영 애미, 내가 꿈 얘기 하나 할까? ……지난밤 꿈인데."

"예? ……꿈이요? ……무슨 꿈인데요?"

강노인은 한쪽으로 얘기를 들으면서 여전히 강물을 바라보고 있었다.

"응…… 어제 꿈에 말이야…… 숙영 애미가 시집가는 꿈을 꾸었어!"

"예? 시집가는 꿈이라고요? 하하…… 참으로 이상한 꿈도 다 있네요!"

"이상하긴! ……시집가는 꿈이 뭘 이상해?"

"할머니, 전 이미 시집와서 이렇게 살고 있는데, 또 할머니께서 저에 대한 그런 꿈을 꾸시니 우습잖아요? 제가 무슨 젊은 여자인가요?"

숙영이 어머니는 그냥 흘러가는 소리로 대수롭지 않게 웃으며 대꾸했다.

"그런데 말이야……."

할머니는 잠시 뜸을 들였다.

"……그런데 숙영 애미, ……신랑이 누구였는지 알아?"

"예? 신랑이요? 그거야 당연히……."

여기까지 말한 숙영이 어머니는 급히 말을 멈추고 침묵했다. 마음속에 죽은 숙영이 아버지 생각이 떠올랐기 때문이었다. 다시 생각하고 싶지 않은 사람이었다. 숙영이 어머니는 긴긴 세월 불행히 지내다가 그 사람이 죽자 불행이 끝난 것 같았고, 요즘 와서는 점점 인생 사는 가치를 느껴가는 중이었다. 비록 외로운 몸이었지만 지난 수개월 동안 단 한순간도 숙영이 아버지를 생각해 본 적이 없었다. 숙영이 어머니는 속으로 그 사람 생각을 조금이라도 한다는 것은 아주 무가치하다는 것을 느끼고는 아예 마음속에 떠오르는 잔영을 깨끗이 지워버렸다. 숙영 어머니로서는 그 사람 생각을 지워버리는 것은 아주 쉬운 일이었다.

잠시 침묵했던 숙영이 어머니는 금방 현실로 돌아와 미소를 지었다.

"……그게 누군데요? 꿈속에서의 제 신랑이?"

"음. 어떤 왕자님이었어!"

"예? 왕자님이요? 재미있네요. 그렇지만 너무 현실성이 없네요. 저같이 나이 들어 산 속에 혼자 사는 과부한테는……."

"그래?"

강씨 부인은 숙영 어머니를 다정히 바라보며 말을 계속했다. 강노인은 못 들은 척하며 듣고 있었다.

"……그렇게 현실성이 없는 것도 아니야. 꿈엔 말이야, 숙영 애미는 공주님이었어. 무슨 하늘나라의 공주라고 했어!"

"하하…… 하늘나라 공주? ……하하 ……그런 사람 구경이라도 한 번 해봤으면 좋겠군요!"

"그런데 말이야……."

강씨 부인은 숙영 어머니의 말을 가로막고는 또 뜸을 들였다.

"그 왕자님이 누구냐 하면……."

강씨 부인이 이렇게 말하자 강노인은 궁금한 듯이 고개를 돌려 부인을 바라봤고, 숙영 어머니도 웃음을 지우고 강씨 부인의 얼굴을 쳐다보았다. 두 사람이 주목을 하자 강씨 부인은 최소한의 미소를 지으면서 천천히 말했다.

"그 사람은 바로 숙영이 큰아버지였어!"

"어머……!"

이 말에 숙영 어머니는 깜짝 놀랐다. 그러고는 얼굴색이 싹 변하면서 숨을 몰아쉬었다.

"……망측한 꿈이에요!"

숙영 어머니는 작은 목소리로 겨우 이 말만 하고는 말문이 막혔다. 잠시 어색한 공기가 감돌았다. 그러자 강씨 부인은 아무렇지도 않다는 듯이 말을 이었다.

"망측하기는 뭐가 망측해. 망측하기는커녕 숙영이 어머니를 위한 하늘의 계시인 것 같았어……."

"뭐라고요?"

이제는 강노인도 놀라면서 말했다.

"계시라고? ……참 ……할멈은 별 생각을 다하는구려!"

강노인은 어색한 듯 숙영이 어머니 쪽을 쳐다봤는데, 숙영 어머니는 강 쪽을 바라보고 있었다. 그러고는 고개를 돌려 힘없는 목소리로 애원하듯 말했다.

"할머니, 꿈 얘기는 이제 그만하시지요. ……술이나 즐겁게 마시세요!"

숙영이 어머니 눈에는 눈물이 감도는 것 같았다. 강씨 부인도 어색한지 애써 웃음을 지으며 분위기를 이끌었다. 강노인이 화제를 바꾸려고 서둘러 잔을 들고 말했다.

"그래그래. 자! 술이나 들지……."

"영감은 오늘 술 많이 드셨는데 괜찮아요?"

"나? 응…… 괜찮아. 한 잔 더 들지……."

이때 저쪽에서 숙영이와 정섭이가 오고 있었다.

"애들이 오는군요!"

숙영이 어머니는 그 핑계로 일어나 숙영이와 정섭이가 오는 방향으로 마중을 나섰다. 그리고 잠시 후에는 박씨도 나타났다. 박씨가 먼저 강가에 있는 사람들을 발견했다.

"어! 할아버지께서? ……아니 할머니도 나오셨군요?"

박씨는 반가웠다. 매일 보는 정마을 사람도 다른 장소에서 보면 반가운 법이다.

"박군, 어서 오게. 어김없이 나와 보는군! 그런데 오늘도 손님이 없는가봐……."

박씨는 걸어와서 두 사람 앞에 앉으면서 상류 쪽을 보았다.

"숙영이 어머니와 애들도 나왔군요!"

"음. ……자, 술이나 한 잔 들지?"

'예' 하고 씩씩하게 술을 받는 박씨의 전신에는 생기가 넘쳐흘렀다.

침착한 얼굴에는 인자한 기운마저 흐르고 있었다. 강씨 부인이 한 마디 건넸다.

"박씨, 이제 보니 박씨는 참으로 훌륭하게 생겼군. 많이 변했어……."

"예? 할머니 무슨 말씀을……?"

"아냐! 대단해. 촌장님 모습을 꼭 닮아간단 말이야."

"그래요? 고맙습니다, 할머니."

박씨는 가볍게 받아넘겼지만 속으로는 기뻤다. 자신이 항상 촌장의 마음을 배우려고 하는데, 곁에서 보기에 그 모습이 느껴진다면 공부가 제대로 되어가는 것이리라. 강가의 자리는 풍성했다. 숙영이 어머니와 정섭이, 숙영이도 함께 앉아서 얼마간 또 한담이 오고갔다. 얼마 후 날이 저무는 기색이 보이자 모두들 일어났다.

"자! 그럼, 이제 올라들 가지? ……그리고 영감은 날 업어야 하고……."

할머니가 웃음을 띠었지만 단호한 모습으로 말했다.

"예? 업다니요? 어디 불편하십니까?"

영문을 모르는 박씨는 의아해했다. 강씨 부인이 설명해 주려고 하는데 먼저 숙영이 어머니가 말을 꺼냈다.

"할머니, 그냥 가세요. 할아버지께서 무슨 힘이 있겠어요? 공연히 다치시면 어쩌시려고……."

"안 돼! 빈말을 하면 습관이 돼. 난 업힐 테야…… 흠."

"그럽시다. 허허…… 도중에 내리기 없기요?"

강노인은 부인을 잽싸게 업었다. 그러나 얼마가지 못하고 내려놓고 말았다. 모두들 웃으면서 마을로 향해 들어갔다. 강가에는 다시 고요가 깃들이고 점점 어둠이 덮여왔다. 어둠 속에서도 강물 흐르는 소리는 작지만 뚜렷하게 들리고 있었다. 주변의 산들은 그 모습이 점점 희미해지고 동쪽 하늘에는 목동자리의 별들이 한껏 생기를 머금고 반짝였다. 밤공기는 아직은 선선하지만 봄기운을 느낄 수 있었다. 강물은 달빛을 받아 어스름히 빛났다. 강가의 나무숲과 돌들도 모두 잠을 청했다.

휴식과 고요가 한동안 지나자 이윽고 새벽이 찾아왔다. 이와 함께 박씨도 나루터에 나타났다. 강가에 잠시 머무른 박씨가 떠나가자 나루터 주변은 인적이 없는 가운데 점점 더 밝아왔다. 강물은 햇빛을 받아 반짝이고, 벌판에는 아지랑이가 오르며, 숲의 새소리와 함께 나비의 모습도 보였다. 이름 모를 잡초들과 어울려 아름다운 봄꽃들도 보였다.

만물은 다양한 모습과 함께 제각기 다양한 뜻을 함유하고 있다. 만물은 무엇을 말하고 있는 것일까? 혹은 다른 사물의 존재를 그냥 느끼기만 하는 것인가? 아니면 만물은 표현하는 것도 없고 느끼는 것도 없는 것인가? ……사람이 없는 곳에서는 시간의 흐름은 빠른 것인가? 한가로운 강가의 시간은 느리지도 빠르지도 않게 며칠의 세월이 흘러갔다.

신필(神筆) 남씨(南氏)

어느 날 아침, 강을 건너간 임씨가 여느 때처럼 저녁이 되어서 강 건너편에 나타나자 박씨가 바라보니 이번엔 임씨 혼자가 아니었다.

"어! 웬 사람과 함께 왔군……."

박씨는 궁금하기도 하고 반갑기도 해서 바쁘게 노를 저었다. 강은 넓지가 않아서 얼마간 저어가자 강 건너편에 있는 사람이 확실하게 보였는데, 분명 낯선 사람이었다.

누굴까? ……박씨가 낯선 사람을 본 것은 지난해 여름 이후 처음인 것이다. 지난해에는 느닷없이 거지인 정섭이가 나타나면서 수많은 사건은, 그야말로 박씨가 평생 살아도 볼 수 없는 사건들이 폭발적으로 발생했다. 그러나 이번만은 별다른 일이 있을 것이란 생각이 아예 들지 않았을 뿐만 아니라 외지 사람을 봐도 그리 놀라지 않았다. 물론 반가움은 여전하였지만…….

배는 곧바로 닿았다. 박씨는 신속하게 닻을 끌어 배를 고정시키고 임씨 쪽을 바라보았다. 임씨는 예의 그 싱글벙글하는 표정으로 낯선 사람을 소개했다.

"이분은 말이야…… 멀리 서울서 오신 분이시네. 긴요한 일로 남선생님을 만나 뵈러 오셨어!"

"아…… 예, 먼 곳에서 오셨군요."

박씨는 악수를 청했다. 서울서 온 사람은 사십대 후반으로 보이는 사람으로 점잖고 침착한 풍모를 갖추고 있었다. 박씨는 속으로 생각해 보았다.

'남선생님이라면 남씨 형님이다! ……평소의 임씨라면 그냥 남씨 형님이라고 칭했을 것이다. 그런데 지금처럼 표현하는 것을 보면 무슨 이유가 있는 것일까?'

예전의 박씨라면 경솔하게 '남선생님이라니?' 했을지도 몰랐다. 그러나 지금의 박씨는 이미 범상한 속인이 아니었다. 박씨는 서울에서 온 이름 모를 사람을 배에 공손히 태우고 말없이 출발했을 뿐이었다.

잠시 후 배는 이편 나루터에 닿았고, 세 사람은 즉시 정마을로 향했다. 강변은 다시 조용해졌다. 나루터를 떠난 세 사람이 정마을의 남씨 집에 도착했을 때에는 마침 남씨가 집에 없었다. 남씨는 지금 숙영이 집에서 저녁 식사를 하고 있는 중일 것이다.

임씨는 어떻게 할까 잠시 생각해 본 후 자기 집으로 모시기로 하고, 박씨는 남씨를 찾으러 숙영이 집으로 가기로 했다. 서울에서 온 사람은 누구일까?

나중에 박씨가 임씨에게서 들은 사연은 다음과 같다.

임씨는 전에 촌장의 초상을 그렸는데, 거기에는 남씨에게 부탁하여 글씨까지 몇 줄 적어 넣었었다. 임씨는 이 그림을 겨우내 간직하다가 봄이 되어 생필품을 구입하러 가는 길에 표구를 하기 위해 춘천에 있는 어떤 화방(畵房)에 맡겼는데, 일은 여기서 비롯되었다.

마침 서울에서 다른 볼일로 춘천에 다니러 온 어떤 서예가 한 사람이 남씨의 글씨체를 우연히 한 번 본 후 아직 한 번 보지 못했던 글씨체였지만 그것을 보는 순간 이상한 전율이 온 몸을 휩싸는 동시에 크게 감동하여 이 그림(글)을 주인에게 사정사정하여 서울까지 빌려 갔었다. 글씨체를 자기의 스승에게 보여주기 위해서였는데, 서예가의 스승은 당년 칠십 세 노인으로서 가히 천하제일이라 할 만큼 명필이었다. 이 스승은 그림 옆에 씌어져 있는 남씨의 글씨체를 찬찬히 살펴본 후 너무 놀란 나머지 기절할 뻔했다면서 이렇게 탄식했다 한다.

"음…… 이건 사람의 글씨가 아니야. 신필(神筆)이지…… 고금을 통해 이런 글씨는 없을 거야. 내 평생에 처음 보는 글씨체로다……. 이 글씨체에 비하면 나의 글씨체는 어린아이의 글씨나 마찬가지지…… 허…… 참."

그리하여 제자를 다시 춘천에 보내 그분을 배알하게 하고 서울로 모셔오게 했다. 원래는 본인이 직접 찾아 뵈야 하겠지만 병환 중인데다, 노인의 기력이라 산중까지 가는 것이 불가능하므로 마지못해 제자를 보내는 것을 용서해 달라고 했다. 임씨가 처음 이런 얘기를 들었을 때는 완전히 농담으로만 알았다.

"예? 그래요? ……그럼 내 그림은 쓸모없고 글씨만 그렇다는 겁니까? 하하하……."

그러나 즉시 농담이 아니라는 것을 알고 나자 임씨는 입을 다물어 버렸던 것이다. 임씨는 속으로 생각했다.

'아니? ……남씨 형님이 그런 사람이라고? ……내가 보기엔 그저 그런 글씨 같은데! ……하긴 나 같은 사람이 어디서 글씨라는 것을 도무지 본 일이 있어야지…… 거 참…… 형님은 대단한 분이시구

나…… 호…….'

임씨는 원래 격식도 없고 사람에 대해서 의심을 할 줄 모르는 사람이다.

"정마을에 가자고요? 그럽시다요. ……남씨 형님에게 나쁜 일은 아닙니까?"

처음엔 이렇게 얘기하면서 정마을로 안내했는데, 오는 도중에 그 서예가가 남선생님, 남선생님 하면서 더욱 여러 가지를 묻는 바람에 임씨도 정마을 나루터에 올 때쯤에는 저도 모르게 남씨 형님이란 말이 없어지고 남선생님 소리가 저절로 나왔던 것이다. 나중에 박씨는 임씨에게 이런 사연을 듣고는 이만저만 놀란 것이 아니었다.

"허 — 참…… 세상에! 남씨 형님이……?"

남씨는 숙영이네 집에서 저녁을 먹고 나오는 길에 박씨를 만나 서울서 누가 찾아왔다는 말을 듣고 황급히 임씨 집으로 향했다.

"서울에서, 나를? 글쎄, 나를 찾아올 사람이 없는데……."

남씨가 이런저런 생각을 하며 임씨 집에 도착하자 문밖에는 벌써 서울에서 왔다는 사람과 임씨가 마중 나와 있었다. 남씨가 먼저 인사를 건넸다.

"서울서 오셨다고요? 제가 남씨인데……."

"아! 예. 남선생님이시군요. 저는 서울에 사는 이일재라는 사람입니다. 인사 올리겠습니다."

이일재라는 서예가는 머리가 땅에 닿도록 인사를 했다. 남씨는 당황해하면서 만류했다.

"저…… 우선 안으로 들어가시지요."

이렇게 인사를 통한 두 사람은 임씨 집 방 안에 앉혀졌고, 임씨는 한동안 연유를 설명했다. 이유를 다 듣고 난 남씨는 어이가 없다는 듯 웃으며 답변했다.

"허 — 참, 무언가 큰 착오가 계셨던 것 같군요. 저는…… 글쎄…… 글씨라는 것을 잘 쓰는 사람이 아닌데요…… 저는 글씨를 잘 못 써요. 아마, 잘 쓴 글씨라면 필경 제 글씨가 아닐 것입니다. ……거 참, 아무래도 제가 망신을 톡톡히 당한 것 같습니다……."

남씨가 의아해하면서 이렇게 말하니 서예가도 잠시 무슨 착오가 있나보다 생각했다. 보아하니 나이도 그리 많지 않고 행색은 산 속에 사는 촌사람인데 어떻게 신필이 될 수 있단 말인가?

서예가는 꿈꾸는 듯 한 기분으로 임씨를 쳐다보았다. 임씨도 이상해서 급히 그림을 펴서 서예가에게 보여주었다.

"서울 어른, 이 그림 옆에 있는 이 글씨를 보고 하시는 말씀이 틀림없습니까?"

서예가도 임씨의 말에 정신을 수습하고 글을 조심스레 살펴보았다. 그러고는 자기도 모르게 한숨을 쉬었다. 글씨는 틀림없었다. 사람도 틀림없다. 그리고 자기는 이 위대한 인물의 바로 앞에 앉아 있는 것이다. 서예가는 자리에서 일어났다. 그러고는 남씨를 향해 다시 큰절을 올렸다.

"어! 아니……."

남씨는 미처 말릴 사이도 없이 큰절을 받았다. 남씨는 계속 어이가 없다는 표정이었다. 남씨는 얼굴에 부끄러운 기색을 하며 속으로 생각했다.

'아니, 내 글씨가 잘 쓴 글씨라니…… 뭐? 신필? ……그것 참. 암만 봐도 내 글씨는 잘 쓴 것이 아닌데…….'

"남선생님!"

서울서 온 사람은 남씨의 마음을 아랑곳하지 않고 얘기를 시작했다. 한참동안 계속된 얘기를 다 듣고 난 남씨는 이제 고요한 표정으로, 그리고 또 무언가 허탈한 표정으로 대답했다.

"예. 말씀 참으로 고맙고 황송합니다. 그러나 저는 서울에 가볼 마음이 없습니다. 제 글씨에 대해 칭찬해 주신 것은 다시 한 번 생각해 보겠습니다."

이후 서예가는 몇 차례 간청을 해 보았지만 한사코 남씨는 정마을 밖에는 한 발짝도 나가지 않겠다고 했다. 하는 수 없이 서예가는 하룻밤을 지낸 후 정마을을 떠나갔다. 마음속으로 다시 찾아올 것을 결심하고……

현시(玄示)의 위대한 발견

이즈음 상계인 제석천 옥황부 관내에 있는 옥서각(玉書閣)에는 선인 현시(玄示)가 나타났다. 현시는 지우전(至又殿)에서 잡일을 하고 있는 동자선(童子仙)으로 오늘은 당직이 아니기 때문에 책을 읽기 위해 옥서각을 찾은 것이다. 지우전에는 많은 동자선이 있는데, 그 중에서도 현시는 가장 영민하여 난진인께서도 그 이름을 알고 있을 정도였다. 지우전은 난진인이 공식적으로 기거하는 천궁이다. 현시는 임무에서 해방되면 거의 모든 시간을 옥서각에서 보낸다.

현시가 옥서각에 들어서자 당직 사서(司書)인 미금선(未今仙)이 반갑게 맞이했다.

"현시인가? 어서 오게. 오늘은 쉬는 날인가 보지?"

"예."

현시는 두 손을 공손히 맞잡고 고개 숙여 인사를 올렸다.

"오늘은 무슨 책을 읽을 것인가?"

"예. 제가 지난번에 보던 《황정외경옥경(黃庭外景玉經)》입니다."

이 말에 미금선은 다정히 웃는 얼굴로 물었다.

"그래. 《황정경》이 잘 이해가 되나?"

"아니요."

"그럼, 왜 매번 그 책만 보는가?"

"이해가 안 되기 때문입니다."

"허허. 기특하구먼. 그래그래, 계속 읽으면 길이 열리는 법이지……
경치 좋은 곳에 앉아 있게. 책은 내가 가져다주지. 허허."

미금선은 현시가 대견한지 빤히 쳐다보며 웃는다. 오늘은 마침 옥
서각 후원 동지(東池)가 한적했다. 현시는 그곳 큰 나무 그늘에서 물
가를 보고 앉았다.

이내 미금선이 《황정경》을 내왔다. 현시는 무릎을 꿇고 두 손으로
그 책을 공손히 받았다. 미금선이 웃으며 물러가자, 현시는 즉시 《황
정경》에 몰두했다. 주변 정경은 그야말로 선경이었다. 호수의 물은
한없이 맑아서 깊은 바닥이 훤히 들여다보이고 끝없이 넓은 호수의
표면에는 물가 쪽으로 지역마다 각각 다른 수없이 많은 꽃들이 피어
있었고, 물속에는 신어(神魚)들이 한가롭게 노닐고 있다.

물가의 기암괴석들은 각종 빛깔의 보석이나 수정들을 끌어안고 있
으며, 호수 뒤쪽으로 열려진 광활한 정원에는 아름다운 풀과 꽃, 그
리고 신령한 나무숲들이 조화를 이루고 있었다. 그 중에는 천년에
한 번씩 열린다는 신귤과 천도, 만 년에 한 번 싹이 돋는다는 영지와
어초들도 한없이 많다. 하늘에는 상서로운 기운이 가득하고 곳곳에
여러 종류의 무지개와 안개들로 장관을 이루고 있다.

이러한 정경들은 우주의 무한히 깊은 기연들과 수억 년의 복으로
만들어진 별천지인 것이다. 이러한 세계 속에 사람의 존재는 너무나
미미하여 그 의미가 느껴지지 않을 정도이다. 그러나 천상천하의 경

치가 아무리 좋아도 인간의 정신은 그보다 더한 신묘한 모습을 하고 있을 뿐만 아니라, 그 정신이 이룩되는 데는 더 오랜 세월이 걸린 것이다.

그리고 자연이 한없이 변화하여 다른 모습을 만들어가듯 사람의 정신도 끝없이 변화해 나간다. 물론 범부의 정신은 변화 폭이 너무 적어서 항상 그대로라고 해도 될 정도이다. 그러나 군자의 정신은 시시각각 변화하여 일정한 경우가 없다. 그리하여 성인의 경지를 향해 쉬지 않고 발전해 나가는 것이다.

동선 현시는 《황정경》의 도리를 돌파하리라 마음먹고 주의력을 최대한 끌어올려서 경문을 한 줄 한 줄 뚫어져라 살피고 있었다. 시간이 흐르는 것을 잊은 지는 벌써 오래이다. 한나절의 시간이 순식간에 흘러갔다.

그러나 《황정경》의 깊은 도리를 깨닫기는 그리 쉽지 않았다. 《황정경》은 태상노군이 모든 우주의 선인들을 공부시키기 위해 지은 미증유의 신서(神書)인 것이다. 이러한 신서의 뜻이 그리 쉽게 풀릴 수는 없다.

현시는 자신의 온 생애를 통해 가지고 있는 역량을 동원하여 이리저리 생각해 보며 경문의 이치를 발견하려고 진력했다. 아무래도 현시에게는 아직 《황정경》을 깨우칠 시기가 아닌가보다. 현시는 잠시 졸음이 와서 꾸벅했다. 그러고는 즉시 자신이 졸았다는 것에 대해 화를 내고 정신을 더욱 바짝 차리고 몰두했다. 그러나 눈은 경문을 읽고 있으나 마음은 이미 산만해졌고, 졸음은 파도처럼 몰려왔다. 한 번 정신을 잃으면 그만큼 졸음의 파도가 그 위를 덮쳤다. 글씨가 멀어졌다 가까워졌다 하고 흐려졌다, 밝아졌다 했다.

현시는 이제 경문을 읽고 있는 것이 아니라 보고 있는 것이었다. 뜻은 이미 사라졌고 눈으로 글씨만 바라볼 뿐이었다. 눈에 힘을 주기 위해 눈을 가늘게 떴다. ……그런데 이상한 것이 보였다. 현시는 자기도 모르게 소리쳤다.

"어! 이게 뭐야…… 이거 무언가 잘못됐지 않은가? 앞뒤가 다르네……."

현시는 정신이 번쩍 들었다. 그러고는 《황정경》을 처음부터 빨리빨리 넘기면서 무엇인가 살펴보기 시작했다. 가끔 책장을 넘기다가 다시 앞으로 돌려 넘기기도 했다.

"음…… 틀림없군! ……문제가 있어! 아무래도 미금선관을 만나야겠군……."

현시는 당장에 일어났다. 서각을 향해 줄달음쳤다. 단숨에 서각 입구에 도달하자 거기에는 이미 미금선이 마중 나와서 미소를 짓고 있었다.

"현시! 무슨 일인가? 나를 급히 만날 일이라도 있나?"

"예. ……저."

현시는 숨이 차지는 않았지만 잠시 망설였다.

"대선관님, 어떻게 알고 나와 계신지요?"

"……음 육감이 이상해서 나와 있었지! ……누가 날 급히 찾아올 것 같았는데, 바로 현시였구먼…… 그래, 무슨 일인가?"

"예. 큰일 났습니다."

"뭐가……?"

"이 책을 좀 보소서. 전후가 다릅니다."

"책이란 원래 전후가 다른 것이 아닌가?"

"그게 아니고 글자가 다릅니다."

"허허허…… 책의 전후가 다르니 당연히 글자도 다를 수밖에……."

미금선은 현시가 귀엽다는 듯이 웃음을 머금고 있었다.

"아니, 대선관님. 글자가 아니라 글씨체가 다르단 말이옵니다!"

"뭐? 그럴 리가 있나? 그 책은 한 사람이 쓴 것인데……."

미금선은 웃음을 지우고 약간은 심각한 표정을 지었다.

"아니옵니다. 이 책을 보소서."

현시는 책을 미금선에게 건네주었다.

미금선은 책을 받아, 얼핏 들춰보며, 눈을 책에서 떼지 않은 채 천천히 말했다.

"글쎄? ……뭐, 이상한 것이 없는데……."

"이리 줘 보소서."

현시는 책을 빼앗다시피 잡아당겨서 책의 뒷부분을 넘겨주었다.

"여기를 보소서. 여기부터 이상하옵니다……."

"그래? ……어디 보자."

미금선은 한참동안 책을 살펴보았다. 그러고는 서서히 놀라기 시작했다.

"어허! ……이거 정말 이상하군. 확실히 처음과 글씨체가 다르군!"

《황정외경옥경》은 원래 상·중·하로 되어 있었는데, 하편의 중간부터 끝까지는 글씨체가 달랐다. 이것은 분명 다른 두 사람에 의해 쓰인 것이었다. 상편·중편까지는 한 사람이 쓰다가 하편이 얼마간 시작되자 쓴 사람이 바뀐 것이다. 그러나 두 사람 다 명필로서 필체도 같은데 여간해서는 그 차이를 찾아볼 수가 없다. ……그러니까 수십 년간 수많은 선인들이 이 책을 보았어도 그것을 지적한 사람이 없었다. 사실 미금선조차도 완전히 확신할 수 없는 극히 미세한 차이였던 것이다.

"음……."

미금선은 잠시 생각에 잠겼다.

"아무래도 서선(書仙)인 원지(原止)에게 감정을 받아야 되겠군……."

미금선은 근심스러운 표정으로 현시를 바라보며 당부했다.

"현시, 이 일은 누구에게도 얘기해서는 안 되네. ……사실이 밝혀질 때까지…… 자네는 앞으로 다른 책으로 읽도록 하게."

미금선은 급히 사라졌다. 현시는 고개를 끄덕이며 속으로 생각했다.

'어째서 이런 일이 있을까? ……하기야 내가 근심할 일이 아니지……《황정경》이야 서가에 많이 있을 테니까!'

현시는 생각을 그만두고는 주변을 두리번거리며 망설였다.

"심심한데…… 그렇지! 운동선(雲洞仙)이나 찾아가보아야겠군……."

현시는 이윽고 사라졌다. 이제 사람이라고는 아무도 없는 옥서각 후원 동지는 물고기들의 노닒만 한가로웠다.

이 시각 옥황부 별전에는 회의가 한창 무르익고 있었다. 회의 주재자는 천명관(天命官) 상일선(常日仙)이었다. 오늘 회의 주제는 대라명이 내려진 후의 상황을 종합적으로 점검하고 앞으로의 대책을 숙의하는 것이다.

"자! 그럼, 다음 문제로 넘어가도록 합시다."

상일은 차분한 음성으로 말하면서,

"예. 제가 알아본 바를 말씀 드리지요."

먼저 일어선 사람은 묵정선이었다. 원래 묵정선은 옥황부의 선인도 아니고 어떤 직책도 갖지 않았지만, 특찰 대라명에 따라 태상노군을 찾는 일에 협력하는 중이었다. 묵정은 원래 신중한 선인이기 때문에 묵정이 일어나서 얘기하려하자 좌중은 기대를 가지고 묵정을 바라봤다. 묵정은 고요한 음성으로 보고를 시작했다.

"누구나 알다시피 태상노군을 찾는 일은 먼저 진인을 찾아야 하겠거니와 머지않아 서왕모(西王母)께서도 여행을 마치고 회궁한다 합니다. 서왕모께서는 장소가 알려지지 않은 곳으로 육십여 년 전에 여행을 떠났는데, 그 시기는 태상노군이 남선부에 납시었던 시기와 비슷합니다. 더구나 서왕모께서는 연진인과 교분이 두터운 사이입니다. 그러므로 단정궁(丹晶宮)에 특사를 파견하여 서왕모를 배견하는 한편, 진인의 행방에 관해 여쭈어보는 것이 좋을 듯합니다."

좌중은 놀라서 잠시 술렁이었다. 상일선이 좌중을 제지하며 묵정선에게 물었다.

"묵정선께서는 서왕모의 회궁을 어찌 아셨소?"

"예. 단정궁에 총관 직책으로 있는 본유선(本幽仙)은 저와 교분이 있는데 그분이 제게 알려왔습니다."

"오, 그렇다면 그건 반가운 소식이오. 즉시 특사를 파견하도록 하겠소. 자 그럼, 다음 분 말씀하시지요."

"예. 제가 말씀 드리지요."

원원선(元園仙)이 일어났다.

"반갑지 않은 소식입니다. 각처를 순방하고 있는 순찰관의 보고에 의하면 최근 도처에 혼마(渾魔)가 출현한다고 합니다. 혼마는 천명을 크게 파괴하는 정령(精靈)으로서, 혼마가 있는 지역은 천명이 크게 어긋나는 일이 빈번하기 때문에 그 지역은 하늘에서도 전혀 다스

릴 수가 없을 뿐만 아니라, 인간이나 산천초목에 해를 주는 것이 극
단적이어서 그 수습 또한 용이하지가 않습니다."

상일선은 이내 근심스러운 표정을 지으며 물었다.

"그렇다면 위선을 파견하여 그 혼마들을 제거할 수는 없겠소이
까?"

"아니됩니다. 묘하게도 혼마들은 작위(作爲)로써 제거하려들면 더
욱 창궐하게 됩니다. 말하자면 혼마 하나를 제거하면 둘이 생겨나게
되는 것이지요!"

"그럼 방법이 없단 말이오?"

"글쎄요, 기다림도 방법이라면 그 방법밖에 없겠지요!"

"그게 무슨 뜻이오?"

"예, 원래 혼마 자체가 출현했다는 것이 천명이 크게 어긋나서 종
잡을 수가 없다는 뜻이 있습니다. 단지 혼마가 출현하는 지역에서 자
체적으로 혼마들을 제거한다면 다시 혼마가 생기지 않습니다."

"어허, 그 무슨 괴이한 이론이오?"

"아닙니다. 당연한 이치입니다. 혼마 자체는 불명으로 출현하는 것
이지만, 그 이후의 행적은 천명을 따르게 됩니다. 만일 외부의 힘이
억지로 그 혼마에게 가해지면 그 자체가 불명이기 때문에 혼마는 오
히려 힘을 얻어 더 많은 혼마를 발생시킬 것입니다."

"음…… 걱정스러운 일이오…… 그럼, 지역 자체라는 것은 대체 어
느 범위란 말이오?"

"예. 저도 자세한 것은 모릅니다. 혼마가 출현한 것은 수억 년 전으
로서 저는 그 이론을 문헌으로 공부한 바 있을 뿐입니다. 단지 그 문
헌에 의하면 대체로 혼마의 힘이 클수록 지역도 넓어지는 것이어서 혼

마의 힘이 강할수록 퇴치할 가능성도 넓어지는 것입니다. 대개는 한 소계 밖의 참여는 힘이 크고 강해 보이게 하는 것이 되므로, 소계 내의 자체적 힘에만 의존할 수 있을 뿐입니다. 단지 다행인 것은 현재 전 우주의 각 소계에는 많은 인재들이 있어서 스스로 혼마를 퇴치할 수 있을 것입니다."

"그렇다면 어떤 소계에서는 혼마를 퇴치할 수 없는 곳도 있을 것 아니오?"

"예. 그렇겠지요! 그럴 경우 혼마는 힘이 점점 증강되어 소계 밖까지도 그 침해 영역이 확산되므로 그때는 소계 밖에서도 그 혼마를 퇴치할 수 있는 명이 주어집니다. 따라서 혼마는 더 강한 적과 부딪치게 됩니다. 결국 혼마는 자체에서 해결되거나 그 힘이 더 커지다가 다른 더 큰 힘의 적을 만나 퇴치될 것입니다."

"오호, 그것 참 다행한 일이지만…… 만일 혼마가 퇴치되는 기간이 길면 길수록 그 지역이 혼란과 피해는 커질 게 아니겠소이까?"

"예. 그렇습니다만, 그것에 대해서는 아무런 방책이 없습니다."

상일은 얼굴에 근심이 가득했다.

"음…… 도대체 그 혼마에 관한 문헌은 누가 지은 것이오?"

"예. 그것은 복희신께서 지은 것입니다."

복희신이 거론되자 좌중은 다시 술렁거렸다. 복희신은 당금 우주에서 태상노군과 더불어 최고의 경지에 있는 신이다. 그리고 특찰 대라명 하에서도 복희신을 찾고 있는 중이 아닌가! 상일선은 잠시 생각 속에 파묻혀 있다가 평상심을 되찾고 다음 문제로 넘어갔다.

곡정선(谷靜仙)의 건위천(乾爲天)

"자, 그럼, 다른 보고는 없습니까? 다른 보고가 없다면 여기서 잠 깐 복선(卜仙)의 점괘를 살펴보기로 하지요."

이 말이 떨어지자 곡정선(谷靜仙)이 일어섰다. 곡정은 복선으로서 옥황부 내에서 주역 부분의 권위자였다.

"예. 제가 문복(問卜)한 결과를 말씀 드리지요. 저는 백 일간의 재계 후에 시초를 나누어서 한 괘를 얻었습니다. 옥황부 산하의 삼십삼천 의 운명에 관한 것입니다. 그 괘는 바로 건위천(乾爲天 : ☰☰)입니다."

복선에 의해 건위천 괘가 나왔다는 것이 발표되자 좌중의 각 선궁 들은 그 괘를 해석하고 음미하기 위해 잠시 침묵했다. 태산 같은 고 요가 엄습했다. 그 고요는 얼마간 지속되어서 잠시 후 상일선의 목소 리가 들려왔을 때 그 목소리는 작았지만 하늘을 가로지르는 천둥소 리와도 같았다.

"건위천이라면 그 뜻이 어떻게 되는 것이오?"

상일선은 사무적으로 물었다. 사실 이 자리에 모인 선인들 중에 건 위천 괘가 뜻하는 바를 모를 사람은 하나도 없었다. 모든 선인들은 이미 마음속으로 괘를 해석하여 이제부터 일어날 옥황부 산하 전 우주의 현상에 대해 감지하고 있는 중이었다. 그러나 지금 자리는 공식회의 중이므로 곡정선은 건위천 괘를 설명할 수밖에 없었다.

"예. 그럼 간단히 말씀 드리겠습니다. 주지하시다시피 건괘는 모든 것에 선행한다는 뜻이 있으므로 사물의 원인이란 뜻입니다. 즉 이제부터 옥황부 산하 전 우주에서 일어나는 일은 전에 일어난 일이 없는 전혀 새로운 일들이라는 뜻입니다. 따라서 예측하기 어려운 일들이 많이 발생한다는 뜻이고, 옥황부의 행동 지침은 미래를 예측해서 신중 하라는 것을 가르치고 있습니다. 그 외에 아무런 동기나 원인이 없는 제멋대로의 사건들이 발생한다는 것입니다. 보통 세속에서의 경우에는 새로운 왕조가 일어난다는 뜻도 있고, 사업에 있어서는 훌륭한 출발을 의미하는 뜻도 있지만, 목하 현재의 우주에 있어서 이런 괘는 혼돈을 의미할 뿐입니다. 결론은 흉입니다."

……곡정선은 더 이상 설명이 필요 없다는 듯이 일찍 결론을 내려 버렸다. 모두들 침묵하고 분위기는 무거웠다. 건위천 괘에 관해서는 별로 새로운 내용이 없었고, 누구나 알고 있는 내용을 형식적으로 설명했을 뿐이었다.

"……음."

상일선은 침울한 기분으로 휴회를 선언했다.

"그럼, 잠시 쉬었다 다시 하기로 합시다."

좌중은 하나둘 일어나 밖으로 나가 회의장은 금세 텅 비었다. 그러고는 얼마간의 시간이 흘렀다. 이윽고 회의가 다시 시작될 시간이 되었다. 그런데 이때 아무도 없는 회의장 안에 갑자기 변고가 일어났다.

"콰앙!!"

천장이 내려앉은 것이다. 황급히 선인들이 모여들어 웅성거렸다. 그러나 누가 분명한 말을 하는 것은 아니었고, 갑자기 일어난 변고에 아연실색할 뿐이었다. 한동안 상황을 해석하기 위해 선인들은 침묵했지만 의미는 뻔한 것이었다.

건위천 괘에 따른 사건 하나가 발생한 것이었다. 사건은 너무 빨랐다. 앞으로 무슨 일이 일어날지 알 수가 없었다. 불안한 마음이 여러 선인들 마음에 아지랑이처럼 일어나기 시작했다.

"……자, 회의나 다시 시작합시다."

상일선은 회의 개시를 선언했다. 좌중은 금방 평상을 회복했으나 회의장 중앙에 무너진 돌무더기는 선인들을 비웃기나 하듯이 아무렇게나 널려있었다. 그러나 모두들의 마음은 서로 약속이나 한 듯이 이 문제를 외면하기로 하고 회의에만 전념했다.

"다음 문제는 무엇이오?"

상일선이 좌중을 돌아보며 물어보자, 원명선(原明仙)이 일어났다. 원명은 지우전(至又殿)의 총관으로서 난진인을 보필하는 것이 그 임무이다. 원명선은 좌중을 둘러보며 밝은 미소를 지었다. 표정에서만 보면 뭔가 반가운 소식을 전할 것 같은 느낌이었다.

"……난진인의 근황을 전할까 합니다."

난진인이란 말이 나오자 분위기는 금방 숙연해졌다.

"난진인께서는 얼마 전 당금의 사태에 대해 연구하기 위해 기한부 폐관에 들어가셨습니다…… 머지않아 출관하게 될 것을…… 말씀드리는 바입니다. 저의 생각입니다만…… 난진인께서 그간 연구를 성취하셨는지 모르겠지만, 그 어른이 출관하면 현 사태의 수습에 진전이 있을 것으로 기대됩니다."

여기까지 얘기한 원명선은 좌중을 다시 한 번 둘러본 후 얼굴에 미소를 머금고 자리에 앉았다. 여기저기서 여러 선인들이 고개를 끄덕였다.

'분명 그럴 것이리라!'

난진인께서 폐관하여 심혈을 기울여 연구를 하였다면 필경 훌륭한 방책이 출현할 것이다. 상일선도 무엇인가 생각하며 고개를 끄덕였다. 그러고는 다시 좌중을 돌아보며 회의를 독려했다.

"다음은 누가 말씀하시겠소?"

잠시 동안 정적이 지나갔다. 아무도 나서는 사람이 없었다. 상일선은 마음속으로 생각했다.

'……음, 이제 회의를 끝내야겠군.'

"자! 그럼, ……오늘 회의를……."

이때 누군가 회의장 안으로 급히 들어섰다.

"잠깐, ……실례를 하겠소이다."

좌중이 돌아보니 옥서각주(玉書閣主) 대측선(大則仙)이었다. 대측선은 옥황상제의 근위 보좌관으로서 학덕이 높고, 그 직위가 상일선과 동격이었다. 마침 회의를 끝내려 하던 차에 뜻밖에 대측선이 나타나자 회의는 다시 연장되고 말았다. 상일선은 생각했다.

'……음, 참으로 예측할 수 없는 일이 근래 잘도 일어나는구나…….'

대측선은 좌중을 돌아보며 미안한 듯한 표정을 짓고는 의장인 상일선에게 양해를 구했다.

"긴급한 일이 있어 이렇게 왔는데 지금 얘기를 해도 되겠소?"

대측선은 회의장에 들어서자마자 회의가 막 끝나려는 것을 알고 급히 막았기 때문에 송구스러운 마음을 금할 길 없었다.

상일선은 웃으며 답례했다.

"그리 급한 일이오? ……어서 얘기해 보시오."

대측선은 좌중에게 다시 정중히 예를 표한 후에 얘기를 꺼냈다.

"오늘 발견한 일입니다. 오늘 오전 지우전의 동자선 현시가 《황정경》을 읽다가 이상한 점을 발견했습니다. 현시가 읽던 책은 서선(書仙) 연행(然行)이 글씨를 쓴 것이었는데, 그 책은 실은 앞과 뒤가 달랐던 것입니다. 필체가 달랐습니다. 즉 쓴 사람이 다른 것이지요…… 그 책은 즉시 회수되어서 정밀 감정을 한 결과 역시 두 사람 손에 의해서 쓰인 것이 판명되었습니다. 이게 그 책입니다."

대측선은 문제가 된 책을 상일선에게 건네주었다. 상일선은 책을 뒤적였다.

"음…… 너무 비슷해서 나로서는 확실히 구분이 안 가는구려. 그러나 정밀 감정 결과가 그렇다니 이건 큰 문제로군요."

상일선은 좌중을 둘러보며 말했다.

"여러분들은 이 문제를 어떻게 생각하오?"

"예. 그것은 우선……."

일어난 사람은 정동선(晶洞仙)이었다.

"태상노군에 대한 불경입니다. 우리 모두에겐 그 책임이 있습니다."

정동선의 이 말에 좌중은 침묵했다.

이것은 분명 불경이었다.

"……그리고."

정동선은 계속했다.

"옥황상제를 기만한 대역 불충입니다. 그 책임자를 엄히 처단해야 합니다."

상일선은 고개를 끄덕였다.

"큰일이군요. ……차분히 생각해 봅시다. 이번 일이 태상노군의 사라짐과 무슨 연관이 있을까요?"

상일선은 좌중에게 물었다. 천류선(川流仙)이 일어났다.

"제 생각을 말씀 드리지요, 이번 일 때문에 태상노군이 은둔하셨다는 증거는 없습니다. 단지, 우리가 이런 불경을 저질렀다면 태상노군을 찾는 데는 큰 문제가 될 것입니다."

좌중은 술렁거렸다. 천류선의 말이 백번 지당하기 때문이다. 목하 온 우주가 협심하여 태상노군의 행방을 찾고 있는데, 그분에게 이런 죄를 지어놓고 어떻게 찾아다닐 수가 있다는 것인가? 이 일은 《황정경》을 모독한 것이니 그 저자(著者)인 태상노군을 모독한 것이 된다. 생각하기에 따라서는 태상노군이 상심하여 숨을 수도 있는 것이다. 모두들 여러 가지 생각 때문에 회의장에는 한참 동안 정적이 흘렀다. 예의 상일선이 정적을 깨뜨렸다.

"자! 여러분, ……누가 이 사건의 배경을 아시는 분은 없으시오?"

"예. 그 문제는 제가 아는 것이 있습니다."

일어난 사람은 여곡선(如谷仙)이었다.

"그 책은 백 년도 채 되기 전에 쓰인 것입니다. 그 당시 서선 연행은 옥황부 산하 변방에 있는 광정국(光井國)에 있었습니다. 광정국 왕은 그 이름이 서정(西正)인데, 당시 옥황부에 경사가 있어 그 기념으로 서정에게 명하여 《황정경》 제 일 권을 써 올리라고 하였습니다. 서선 연행은 당금 옥황부 산하 삼십삼천에서는 견줄 사람이 없는 대명필입니다. 마침 그 사람이 《황정경》을 쓴 일이 있기 때문에 그런 명이 내려진 것입니다. 연행선에게도 큰 광영이었고, 물론 그 사람을 신하로 두고 있는 서정에게도 마찬가지였을 것입니다. 당시 책은 정해진 기일에 당도하여 옥황부에서는 백 일간의 재계 후에 그 책을 수령하여 옥서각에 비치하게 된 것입니다. 그런데 그 책에 하자가 있다면 이는 크게 난감한 문제입니다."

상일선은 속으로 생각했다.

'음…… 이런 엄청난 문제가 백 년 가까이나 숨겨져 있었다니…… 천계의 어둠은 한이 없구나…….'

오늘 회의에서는 기쁜 소식과 슬픈 소식이 함께 있었다. 이제 회의를 끝낼 때가 되었음을 느낀 상일선은 조용한 음성으로 폐회를 선언했다. 회의가 끝나자 단정궁과 광정국으로 즉시 특사가 파견되었다.

육감, 그리고 떠나는 사람들

이럴 즈음 인규는 서울에서 건영이 아버지와 자리를 함께 하고 있었다. 건영이 아버지는 길게 한숨을 쉬며,

'해결 방법이 없군…… 모든 것을 다 버리고 여기를 떠나는 수밖에……'

하는 막다른 생각까지 하고 있었다. 건영이 아버지가 직면하고 있는 문제는 어처구니없게도 폭력배에 관련된 일이었다. 건영이 아버지는 원래가 정직하여 많은 사람에게 모범이 될 만한 인격자이고, 그야말로 법 없이도 살 사람이었다. 그런데 지금 건영이 아버지 문제는 세상에 법이 없기 때문에 있는 문제이다.

건영이 아버지는 남대문 시장과 명동에서 제법 큰 사업을 하고 있었다. 그렇기 때문에 국가에 내는 세금 외에도 폭력 조직에게 법에도 없는 세금을 낼 수밖에 없었는데, 그 불법세가 요즘 하도 올라서 견딜 수가 없게 된 것이다. 건영이 아버지는 인격자인데다 사회를 잘 살펴볼 줄 아는 융통성이 있는 사람이기에 폭력 조직에도 미움을 받지 않고 적당히 상납을 하면서 사업을 유지해 왔다.

그러나 최근에는 지역 패권을 잡은 폭력 조직이 바뀌는 바람에 고초를 겪고 있는 중이었다. 당초 건영이 아버지 사업을 강제로 보호 관리하고 있던 조직은 조금은 인정이 있어서 세금을 뜯어가도 어느 정도였는데, 새 지배자는 인정사정없는 포악무도한 자들로서 어떻게 감당할 수가 없었다. 이미 건영이 아버지는 사업을 지탱할 수 없게 되었다. 그런데도 악당들의 횡포는 늦춰질 생각도 안 하고 이제는 보따리까지 내놓으라는 식이 된 것이다.

건영이 아버지는 억울하기는 하지만 가족들의 목숨이 달린 문제인 만큼 모든 것을 포기하고 멀리 떠나고 싶었다. 그러나 한평생 일군 터전을 버리고 어디로 간단 말인가? 목숨을 걸고 싸울 것인가? 어쩔수 없어서 경찰에 이 문제를 의논해 보았지만 돈만 더 들어가고 의논했다는 사실마저 폭력 조직에 밀고 되어 심한 매를 맞아 목숨마저 잃을 뻔했다. 그래서 할 수 있는 방책은 다 동원해 보았다. 이제 남은 방법은 재산에 미련을 버리고 도피하여 목숨만이라도 유지하는 길뿐이었다.

건영이 아버지는 자살까지도 생각해 보았다. 그러나 자살이 문제를 해결하는 것은 아니었다. 그 폭력배들은 사람 하나쯤 죽는 것에 대해서는 눈도 깜짝하지 않는다. 이들은 하는 일이 자신들의 뜻대로 되지 않으면 살인도 서슴지 않기 때문에 만약 그 당사자가 자살하면 자신들에게 자살로써 세상 이목을 집중시킨다고 하여 오히려 더욱 화가 나서 남아있는 가족들을 괴롭힐 것이 뻔하다. 실제로 그런 일도 있었다.

건영이 아버지는 여러 장소를 생각해 본 끝에 마침내 정마을을 생각하기에 이르렀다.

'……음, 그곳은 평화로운 곳이야…… 속세를 떠나 여생을 그곳에

서 보내자!'

건영이 아버지는 깡패들을 감당하기 위해 많은 빚을 얻어 썼기 때문에 사업을 처분하면 겨우 빚을 갚을 수 있을 뿐이었다. 그러나 사업을 처분하는 문제도 쉬운 일이 아니었다. 우선은 그 폭력 조직에서 가만있을 일이 아니었고, 둘째는 이런 복잡한 사업체를 누가 인수할 것인가? 그냥 통째로 사업체를 폭력배에게 넘기자니 빚이 문제였다. 이러지도 저러지도 못할 입장이었다. 모든 것을 버리고 나 몰라라 하고 도망가자니 빚을 준 사람에게 도리가 아니었다.

건영이 아버지는 지난 몇 달간을 생각해 보았다. 아니 저절로 생각이 떠올랐다. 후회될 일도 있었다. 당초 두 폭력 조직이 패권 다툼을 할 때 한쪽 편을 드는 것이 아니었다. 편든 쪽이 이기면 다행이지만, 지금처럼 졌을 경우는 그 보복도 따르게 마련인 것이다. 그렇지만 어쩌랴? 처음부터 세금을 바쳐온 곳에 의지할 수밖에 없었던 것이 아닌가? 모든 것이 운명일 뿐이다. 지금과 같은 세상에 태어난 것이 죄라면 죄일 뿐이다.

건영이 아버지는 눈물을 닦으면서 인규의 손을 붙잡았다. 그러고는 겨우 말을 이었다.

"인규야, 건영이 몸은 다 나았니?"

"그럼요. 아주 건강해요. 전보다 더……."

"그래. 다행이구나. 그렇지만 인규야, 건영이에게는 말할 필요가 없다…… 단지 세상이 싫어서 정마을에서 살고 싶다고만 말해라. 그리고 강노인을 비롯해 마을 사람들에게도 잘 좀 말해 놓고……이곳 일을 대충이나마 정리하고 떠나야겠다. 글쎄…… 그곳에 가기 전에 죽을지도 모르겠지만……."

건영이 아버지는 맥없이 웃었다. 그러나 그 마음속에는 한없이 울고 있었다. 인규도 눈물을 흘렸다.

"아버님, 너무 상심마세요. 우선은 건강하셔야지요. 전 이 길로 즉시 정마을로 가겠어요. 그간 몸 보중하세요."

인규는 마음이 바빠지자 뒤도 안 돌아보고 줄달음쳐 건영이 집을 나왔다. 인규는 택시를 타고 청량리에 도착하여 부랴부랴 차표를 끊고 춘천행 기차에 올랐다.

정마을 사람들은 여전히 평화로운 가운데 일상생활을 꾸려 나가고 있었다. 아침에 나루터에 다녀온 박씨는 무료함을 달래기 위해 남씨 집을 찾기로 했다. 박씨의 마음은 가볍고 한가로웠다. 새삼 봄이 온 것을 느꼈다.

'이젠 완연한 봄이로구나……'

박씨는 주변에 피어있는 꽃들을 무심히 바라보며 걸었다. 하늘은 맑고 작은 실개울이 졸졸 흘렀다. 숲의 그늘 속은 생동감을 한껏 발산하면서도 그 신비한 침묵을 지키고 있었고, 새소리는 박씨가 지나갈 때마다 들려서 마치 인사를 하는 것 같았다. 저쪽에 남씨 집이 보였다. 남씨는 문밖에서 농기구를 손질하고 있는 중이었다.

"형님, 저예요."

"어! 박씨인가…… 어서 오게."

남씨는 일손을 놓고 박씨와 함께 마루에 걸터앉았다.

"날씨가 참 좋구나……."

남씨가 혼잣말로 중얼거렸다. 박씨도 별로 할 말이 없어서 건성으로 대답했다.

"예. 참 좋은데요."

두 사람은 잠시 말없이 앉아 있었다. 이때 박씨의 마음속에는 갑자기 한 생각이 떠올랐다.

'나는 왜 오늘 이쪽으로 오게 되었을까? ……내가 그냥 결정해서? ……아니다! ……내 마음속에서 스스로 남씨 형님이 떠올라 이곳으로 온 것이다. 만약 강노인이 생각났다면 그쪽으로 갔을 것이 아닌가? 마음속에서 저절로 일어나는 생각들은 다 우연히 일어나는 것이다. 그렇다면 사람의 행동은 우연이다. 그런데 어떻게 수많은 우연들이 모여 이룩되는 운명을 알 수 있단 말인가? 참으로 기이한 일이로구나! 그리고 장차 마음속에서 일어날 일들을 미리 조절할 수는 없는 것인가? 그렇게 해서 만들어지는 마음도 역시 우연인가? 우연? 우연이란 무엇인가?'

박씨는 여기까지 생각이 미치자 복잡해져서 더 이상 생각을 진행시킬 수가 없었다.

'음, 후에 건영이에게 이 문제를 물어보자…… 주역이란 학문은 이 문제를 어떻게 다룰까?'

박씨는 생각을 이렇게 정리하고 현실로 되돌아와서 옆에 함께 앉아 있는 남씨를 슬쩍 보았다. 남씨는 아무렇지도 않은지 꼼짝도 않고 저 아래쪽만 바라보고 있었다. 한가롭고 태평한 얼굴엔 번민이라곤 한 점도 보이지 않았다. 박씨는 새삼 남씨의 위대함을 보는 것 같았다.

'참으로 태평하고 침착하구나. 무엇을 생각하는지 알 길도 없고. ……무심 ……무심?'

박씨는 다시 무료해져서 아무 말이나 걸기로 작정했다.

"형님, 형님은 인생을 어떻게 생각하세요?"

뜻밖의 질문에 남씨는 잠시 어리둥절했다.

"뭐? 인생?"

남씨는 이렇게 말해놓고는 크게 웃었다.

"하하…… 하하하……."

남씨는 한참동안 계속 웃어댔다.

"아니! 형님, 왜 그렇게 웃으세요?"

"하하하……."

남씨는 그래도 웃다가 마지못해 얘기했다.

"박씨는 지금 나에게 인생이 뭐냐고 물은 거야? 인생이 뭐냐고? 하하하, 아니 그런 걸 왜 나에게 묻는 거지? 내가 뭘 안다고…… 내가 무슨 도사인가?"

"예? 뭐 도사라야만 인생을 얘기하나요? 저는 그냥 형님 생각을 물어본 거예요."

"그래? 그래! 내 생각? 좋아! 내가 요즘 알고 싶은 것이 바로 그거야. 오히려 나는 박씨에게 그 문제를 묻고 싶었는데 말이야……."

"저에게요? 제가 뭘 알아요."

"글쎄. 내 생각엔 말이야. 인생이란 보는 사람마다 다른 것이겠지. 그래서 박씨 생각을 묻고 싶었던 것이야. 물론 내가 보는 세계, 나의 느낌, 이런 것들이 나의 인생이겠지. 그러나 나라는 좁은 창을 통해서 본 인생은 아무래도 너무나 편협해. 더 넓은 마음, 더 넓은 눈으로 세상을 본다면 과연 내 눈으로 본 것과 같을까? 아니겠지! 나 같은 사람이 본 인생은 너무나 작아서 별 의미가 없을 거야. 오히려 나보다는 박씨의 정신세계가 더 넓을 거야! ……그런데 나에게 인생을 물어보다니! 나는 방금 두 어린아이가 서로에게 묻는 것 같은 생각이 들어서 웃음이 나왔던 것이지! 하긴 박씨는 어린아이가 아닐지도 모르지…… 아마 그럴 거야…….”

“아니, 형님, 무슨 말씀을 하시는 거예요? 아무래도 생각은 형님이 더 깊을 것이 아니겠어요?”

“뭐? 어째서 그럴까? 박씨는 천진하고 겸손해서 끝없이 발전할 거야! ……나는 아무것도 아니지!”

남씨는 약간 심각한 것도 같고 무엇인가 비관하는 것 같기도 했다. 박씨는 분위기를 바꿔야겠다고 생각하여 화제를 돌렸다.

“형님, 그건 그렇고…….”

박씨는 건성으로 또 다른 이야기를 꺼내려다가 언뜻 중요한 생각이 떠올랐다.

“형님! 형님은 촌장님이 보고 싶지 않으세요?”

“응? 촌장님? 왜 안 보고 싶겠어! 만약 촌장님께서 다시 나타나신다면 이젠 죽자고 따라붙을 생각이야. 그렇지만 이젠 다 틀린 생각이지!”

박씨는 고개를 끄덕이며 속으로 생각했다.

‘……그렇지, 이젠 끝난 일이야. 떠나간 촌장님께서 돌아오실 일은 없을 테니까…….’

“형님, 그런데 촌장님께서 형님한테도 글을 남기신 게 있지요?”

“응. 그래.”

“그 내용을 물어봐도 되겠어요?”

“글의 내용? 뭐 별 내용이 없었어. 책을 두 권 남겨주시고 열심히 공부하라고 하셨어. 붓도 하나 남겨주셨지. 그렇지만 붓은 아직 한 번도 사용 안 했어. 잘 쓰는 글씨도 아닌데 공연히 촌장님께서 주신 붓을 더럽히는 것이 싫었어…… 나중에 좀 더 공부해서 글씨가 제

대로 되면 그때 사용해야지…… 그리고 행복을 찾으라고…… 행복을 어떻게 찾아야 하는지 방법도 가르쳐주시지 않고 말이야…… 단지…… 대범한 마음만 가지라고 하셨지…….”

“그래요? 대범한 마음이라……?”

박씨는 반문하여 속으로 생각해 보았지만 어떤 것이 대범한 마음인 줄 알 길이 없었다. 그렇지만 태연하게 다시 물었다.

“형님, 그래서 대범해지셨나요?”

이 말을 해놓고는 박씨도 남씨도 서로 바라보며 웃었다. 그러나 웃음소리를 내지는 않았다.

“글쎄? ……난 도무지 내 마음이나 성격을 모르겠어. 단지 촌장님이 내게 대범해지라고 하신 걸 보면 내 마음이 옹졸한 것이 아닐까 하고 생각할 뿐이지…….”

“그게 아닐 거예요. 형님은 옹졸하시지 않아요…… 그런데 형님, 촌장님이 남기신 책은 어떤 책이에요?”

“응. 《황정경》이란 책과 《육도 삼략》이란 책이야.”

《황정경》과 《육도 삼략》이란 책은 박씨로서는 처음 들어본 것이었다.

“그건 무슨 책인데요?”

“응. 나도 잘 모르겠어. 《황정경》은 칠언시로 되어있는데, 몸을 얘기하는 것 같기도 하고 마음을 얘기하는 것 같기도 해서 전혀 이해가 안 돼…… 그냥 보고 외워보는 중이지…… 그런데 말이야! 《육도 삼략》이란 책은 처세술과 정치라든가 하는 병법에 관한 책인데 이해가 좀 되더군…… 하지만 산 속에 사는 나한테 그런 이론이 무슨 소용이 있을까?”

“형님, 촌장님께서는 무슨 생각이 있으셨겠지요. 언젠가 형님도 깨닫게 될 거예요."

박씨도 알 길이 없었으나 나름대로 생각이 있어서 이렇게 얘기했다. 남씨는 묵묵히 듣고만 있다가 화제를 돌렸다.

"박씨, 우리 술이나 들까?"

"술이요? 좋지요!"

이내 술상이 차려졌다. 봄날의 술자리는 참으로 한적했다. 박씨는 오늘 새삼 느끼는 것이 하나 있었다. 남씨와의 술자리는 긴긴 세월동안 수없이 가졌지만 오늘은 너무나 색달랐다. 보통의 경우에는 약간 소란하고 잡담이 많았는데, 오늘의 자리는 왠지 엄숙하기도 하고 차분하기도 하여 꿈속의 자리인 것처럼 느껴졌다. 술맛도 전례 없이 맛이 있는 것 같았다.

'……마음이 변해서 느낌도 달라지는 것일까? ……형님도 많이 변하셨구나. ……사람의 마음이 달라지면 세상도 다르게 느껴지겠구나…… 촌장님 같은 분에게는 세상은 어떤 느낌이 드시는 것일까?'

술자리는 길어졌지만 박씨의 마음에는 순간순간이 새롭게 느껴만졌다. 어느덧 시간은 흘러 저녁때가 되었다. 나루터에 나갈 시간이 약간 지나있었다. 박씨는 속으로 생각했다.

'나루터에 가볼 시간인데, 술을 더 들고 싶구나. 별일 없겠지. 뭐 사람이 찾아오겠나?'

박씨는 나가지 않기로 작정했다. 매일 두 차례씩 나루터에 나가는 일은 종종 지켜지지 않을 때도 있었으니 오늘 일도 특별한 경우는 아니었다. 박씨가 나루터에 안 나가기로 마음속으로 작정하고 그냥 눌러앉아 있는 것에 대해 남씨도 별다른 느낌을 갖지 않았다.

두 사람은 한가롭게 대화를 나누며 술을 계속 마셨다. 박씨는 생각해보니 자기 자신이 대견스럽게 느껴지기도 했다. 왠지 전보다는 자신의 수행이 높아진 것 같고, 그래서 술자리도 더욱 격조가 높아진 느낌이었다.

'……도인들의 술자리란 이런 것일까?'

이렇게까지 생각한 박씨는 스스로 부끄러운 생각이 들어 금방 생각을 지워버리고 혼자 웃음을 지었다.

"박씨, 무슨 우스운 일이 있나?"

남씨가 박씨의 기색을 살피고 궁금한 듯 물었다.

"아니, 아니에요. 아무것도……."

박씨는 황급히 대답했다. 남씨가 무슨 말을 더 하려 하는데 저 아래쪽에서 인기척이 났다. 두 사람이 동시에 내려다보니 올라오고 있는 사람은 뜻밖에도 건영이었다. 박씨는 반가워서 자리에서 일어났다.

"건영이, 웬일인가?"

"어서 오게."

남씨도 반가운지 얼굴색이 환해졌다.

"안녕하셨어요."

건영이는 씩씩하게 인사를 하고는 마루에 올라앉았다. 그러고는 남씨가 술잔을 주자 정중히 받아서 시원하게 잔을 비웠다.

"저…… 아저씨……."

건영이는 무슨 할 말이 있어서 올라온 것 같았다. 박씨는 어떤 낌새를 느끼고는 건영이 쪽을 쳐다봤다. 건영이는 천천히 말을 이었다.

"오늘은 나루터에 안 나가세요?"

"응? 나루터? ……그래. 오늘은 술도 했으니 그냥 안 나가게 됐구먼…… 왜?"

"예. 저…… 오늘은 나가보시는 게 좋을 거예요. 인규가 오고 있는 것 같아요!"

"그래? 인규랑 오는 날짜를 약속했니?"

"아니요. 그냥 제 육감이 그래요. 아마 지금 오고 있을 거예요."

"그래? 그럼 나가봐야겠군."

박씨는 번개같이 일어났다.

"형님, 저 가겠어요. 술 잘 마셨어요."

"아저씨, 저도 그냥 갈게요. 나중에 다시 오지요."

건영이는 남씨에게 인사를 하고 박씨 뒤를 따라나섰다. 남씨는 두 사람이 급히 떠나가는 것을 보고 생각에 잠겼다.

'육감이라고? 음, 과연 인규가 지금 마을로 오고 있는 중일까? …… 그것이 사실이라면 참 대단한 일이지…… 아마 건영이에게는 그런 것이 당연한 능력인지도 모르지…… 워낙 신통한 아이니까…… 그런데 육감이란 무엇일까? 어떻게 인간에게 그런 힘이 가능할까? ……이것은 아마 우주의 깊은 구조와 상관있는 일일 것이다. ……우주는 무엇일까? ……또 인간의 마음이란 무엇인고?'

박씨가 건영이와 나루터에 도착하자, 날은 이미 어두워지기 시작했다. 두 사람은 늦도록 기다리기로 작정하고 편안한 자리에 앉았다. 강물은 여전히 한가로이 흐르고 주변은 적막했다.

'인규가 분명 오고 있을까?'

박씨는 이미 마음속으로 굳게 믿고 있었지만 그래도 건영이의 확신을 다시 한 번 듣고 싶어서 건영이 얼굴을 쳐다보면서 조심스레 물었다.

"글쎄요! 단지…… 그런 느낌이 들 뿐이에요."

건영이는 분명히 대답하고는 침착한 표정으로 강 저쪽을 주시하고 있었다. 박씨도 이젠 기다리는 수밖에 없었다. 그리고 속으로 생각했다.

'그래! ……인규가 오든 안 오든 기다리는 것은 나쁘지 않아. 다른 문제나 물어봐야겠군……'

"건영이!"

"예."

"요즘 공부는 잘 되나?"

"글쎄요. 열심히 하려고는 하는데 어떻게 되어 가는지 모르겠어요."

박씨는 생각해 보았다.

'……공부가 잘 되는지 모르겠다는 것은 공부가 잘 되는 것이다. 공부가 잘 안 되는 것은 누구나 알 수 있는 것이지. 잘 모른다고 하는 것은 공부가 된다는 뜻이야. 그러면 그럴 테지, 건영이가 누군데……'

이렇게 생각하며 고개를 혼자 끄덕이고 있는데 이번에는 건영이가 물었다.

"아저씨, 아저씨는 공부가 잘 되세요?"

"응? 나? ……난 공부가 잘 안 되는 것이 확실해. 갈수록 모르는 것이 많아져!"

"그래요? 그럼 공부가 잘 되는 거예요. 갈수록 모르는 것이 많아진다는 것은 문제가 분명해진다는 뜻이지요!"

박씨는 또 생각해 봤다.

'……그렇지. 그러나 내 마음속의 문제는 문제다운 문제일까? 다른 훌륭한 사람이 볼 때 내가 생각하는 것은 아무런 문제가 아닌 유치한 잡념일 수도 있을 것이다. 만일 어떤 사람이 훌륭한 의문을 갖고 있다면…… 그리고 그러한 의문이 점점 많아진다면 분명 그것은 공부가 잘 돼 가고 있는 것일 것이다. 애당초 범속한 사람들은 의문 자체가 없거나 또 있어도 유치하여 답을 생각해 볼 가치가 없는 것일 것이다. ……그렇다면 ……나는 ……의문을 많이 갖는 사람이 되어야겠지! 그렇지, 내가 모르는 수많은 의문을 찾아내고 더 나아가서 그 답을 차차 알아나가야 하는 것이지…….'

박씨는 무엇인가 한 가지를 또 깨달은 것이다. 의문하고, 그 답을 찾고, 다시 의문하고, 답을 찾고, 이렇게 하여 사람이 점점 발전해 나아가는 것이다. 박씨는 밝은 표정이 되었다.

'……오늘은 공부가 잘 되는구나. 그렇지 옳지! 아까 생각해 본 문제를 물어보자.'

"건영이, 우연이란 무엇일까?"

"예? 우연이요? ……우연이란 예측되지 않은 채 일어나는 사건이지요…… 그렇지만 세상에 우연이란 것은 생각하기에 따라서는 없는 것이겠지요! 글쎄? ……잘 모르겠군요!"

건영이는 고개를 갸우뚱하고 잠시 생각하는 듯했다. 박씨는 속으로 묻는 방법이 잘못됐다고 생각하고는 꼼꼼히 말을 골라가면서 다시 물었다.

"저 말이야, ……사람의 행동 말이야. 생각에서 비롯되겠지! ……그런데 생각은 미리 알 길이 없이 돌발적으로 일어나는 것인데…… 따라서 행동도 그럴 것인데 어떻게 운명을 알 수 있는 것일까? ……주역에서는 이 문제를 어떻게 생각하나?"

"예, 그것은…… 사물이란 미세하게 분해하면 각각은 이치가 분명하지요. 그러나 많은 사물이 모여 집단을 이루게 되면 각각의 존재는 의미가 약해지고 마치 자연 현상들은 우연인 것처럼 관찰되지요. ……그러나 사물은 집단을 이루었을 때, 총체적인 어떤 법칙에 따르게 되지요. 즉 사물 하나하나는 어찌될지 모르지만 총체적으로는 필연성이 많아진다는 것이지요. 주역은 분석적으로 자연을 규명하는 것이 아니라 종합적으로 규명하는 것이지요."

"응? 종합적이라고, 그게 무슨 뜻인데?"

"예를 하나 들어볼게요. 책상을 보세요. 분해해 보면 나중에 나무 조각으로 분해되지요. 그런데 나무 조각을 분석해서 아무리 뜻을 합쳐봐야 책상이란 뜻은 안 나와요. 그러면 책상을 보세요. 책상이 나무로 만들어졌던지, 쇠로 만들어졌던지 책을 펴놓을 수 있는 판이 있고, 그 밑에는 받쳐주는 것이 있지요. 판·받침대, 이런 것들은 모여서 책상이란 의미가 만들어지는 것이지요. 우리는 개개의 사물이 어떻게 되는지는 모르지만 장차 책상이 파손될 것을 알 수 있지요. 다른 예를 들지요. 전쟁이 나서 패하게 됐다면…… 그 전쟁에 참여하고 있는 각각 군인들 개개인의 장래는 알 수 없지요. 죽을지, 살지, 다칠지, 그러나 전쟁에서 패했을 때 나라의 운명은 망하는 것이겠지요? 나라가 망하는 것은 알 수 있어도 그 안에 있는 사람의 운명은 알 수 없다 이런 뜻이지요. 책상에 커다란 바위가 떨어지면 책상은 부서진다는 것을 알 수 있지만, 어디가 어떻게 부서질지는 알기가 어려워요. 주역이란 총체적인 상황을 규명하는 것이지요. 그러나 이것만이 주역은 아니에요. 더 큰 문제를 다루지요. 주역은!"

"더 큰 문제라니?"

"예. 이 우주 자연의 모든 현상은 서로 연관이 되어 있어서 따로 떨어져 있는 곳의 사건도 사실은 관련이 있는 거예요. 예를 들어 저 멀리 별나라에서 작은 돌멩이 하나가 굴렀다면 그것은 그곳의 문제만이 아니라 이 우주 전체의 사건인 거예요. 따라서 그로 인해, 이 지구에서 홍수가 날 수도 있지요."

"뭐라고? 그게 어떻게 그럴 수 있을까? 저 먼 세계는 이곳과 동떨어져 있는데……?"

"실은 그게 아니에요. 동떨어져 있다는 것은 인간의 생각일 뿐이지요. 우주는 멀고 가까운 곳이 동시에 연결되어 있지요."

"그런가? 글쎄! 어렵군…… 다른 예를 하나 들어줄래?"

"예. 그러지요. 여기 상자가 두 개 있고 구슬이 하나 있다고 해요. 구슬을 한 상자에 넣고 두 상자를 멀리멀리 떨어지게 했다고 하지요. 이 세상 끝과 끝에 놓여 졌다고 말이에요. 이때 한 상자를 열어서 구슬이 없으면 다른 곳에 있는 상자에는 구슬이 있겠지요. 이처럼 세상에는 이곳에 이런 일이 있으면 반드시 저 곳에는 저런 일이 있는 것이지요."

"글쎄, 잘 모르겠는데!"

"그럼, 하나만 더 예를 들어볼게요. 내게 구슬이 두 개 있다고 해요. 빨강과 초록으로 말이에요. 눈을 감고 하나를 아저씨에게 줬어요. 다음 나는 하나 남은 나의 구슬을 보고 아저씨가 가진 구슬의 빛깔을 알아맞힐 수 있지요? 이것은 전체 구조, 즉 두 개의 구슬이 있고, 둘 중에서 하나를 빼면 하나가 된다는 부분 법칙이 있지요? 우주는 이렇게 되어있기 때문에 다른 곳의 사건도 보지 않고 알 수가 있는 것이지요."

"어허. 참, 알 듯 말 듯하구나. 나중에 곰곰이 생각해 봐야겠는데! 우주란 하나로 연결되어 있고, 동시적으로…… 그리고 사물이 집단을 이루면 집단 특유의 법칙이 있게 된다고?"

박씨는 멋쩍게 웃었다.

"그래그래. 나중에 생각 좀 하고 다시 얘기해 보자. 그리고 점이란 무엇이냐?"

"점 말이에요? 그건 천지자연에게 일어날 사건을 물어보는 것이지요."

"뭐? 천지자연에게 물어봐? ……천지자연이 사람인가?"

"하하……."

건영이는 크게 웃었다.

"아저씨, 그게 아니에요. 자연은 스스로 알고 있는 것이고, 단지 사람의 정신이 그것을 확인하는 것이지요. 정신은 자연과 깊게 연결되어 있는 것이에요."

"도무지 무슨 소린지 모르겠구나. 내가 다시 묻지! 만일 말이야 점을 쳤는데 어떤 괘가 나왔다 하자…… 해석 방법은 주역에 있다고 치고…… 그 괘가 어떻게 나왔느냐 말이지, 그냥 눈감고 점구를 가지고 골라서 우연히 나온 괘가 어떻게 미래와 관련이 있느냐 그 말이야?"

"예. 그게 바로 인간 정신의 작용이란 말이에요. 인간 정신이 자연에게 물어서 그 답을 점구에 나타나게 하는 것이지요."

"그래? 그럼, 누구나 되는 것이니? 눈만 감고 고르면 점괘가 나오는 것이야?"

"그건 아니지요. 점괘를 뽑는 행위를 복(卜)이라고 하는데 복이 제대로 되기 위해서는 복심(卜心)을 가져야 되요."

"복심? 그게 뭔데?"

"예. 그것은 천지가 감응할 수 있는 마음이에요. 그 마음이 되지 못하면 백 번 괘를 뽑아도 그것은 아무런 의미가 없는 것이지요. 그리고 복을 하지 않아도 주역의 괘상을 잘 알면 일어날 자연 현상이나 인간의 운명 등을 알 수가 있지요."

"그런가? ……점점 어려워지는구나. 그래, 오늘은 그만하자. 너무 복잡해서 알았던 것도 잊어먹겠다. 그것보다도 주역 괘상이나 하나 설명해줘."

"괘상 하나요? 하하…… 아저씨, 정말 열심이세요. 그렇지만 주역이란 괘상 전체를 한꺼번에 알아야지 하나씩 알다가는 한이 없어요……."

"그래? 그래도 어쩌겠니! 나 같은 사람은 하나씩 알기도 힘든데……."

"알았어요. 아저씨, 그럼 알고 싶은 괘상 아무거나 하나 골라보세요."

"글쎄. 뭘 알아야지…… 전부 모르는데."

"아이참 아저씨두! ……그래도 아는 것도 많이 있잖아요. 그냥 아무거나 모르는 것으로 하나 물어보세요."

"그럴까? 그럼 하나 생각해보자."

박씨는 잠시 생각해보다가 아무렇게나 마음에 떠오르는 괘상 하나를 잡았다. 천산돈(天山豚:☰☶) 괘였다. 건영이는 즉시 설명을 시작했다.

"하늘 아래 산이 있는 것이 돈괘입니다. 왜 하늘 아래 산이 있으면 돈일까? 돈이란 피한다, 숨는다, 도망 간다의 뜻입니다. 하늘 아래 산이 있으면 어째서 숨는다는 뜻이 있을까요? 산의 모습을 보세요. 바로 ☶ 이렇게 생겼지요.

이 그림은 음이 아래에서부터 두 개가 쌓여서 있고 양 하나가 위에 있습니다. 즉 음은 양을 하나도 받아들이지 않고 양은 음이 있는 곳으로 침투하지 못하고 있습니다. 원래 양은 위에 있는 것이고 음은 아래에 있는 것이라는 것을 알고 있지요? 음이 음 있는 곳에 쌓여 있는 것은 마치 흙이 쌓여서 무더기를 이루고 있는 것과 같지요? 흙무더기 이것이 곧 산입니다. 산이란 땅에 엎드려 있는 것입니다. 연못이 하늘을 향해 누워있다고 생각해 보세요. 왜냐하면 연못은 하늘을 보고 열려있는 것이지요! 연못 속으로 하늘에서 쉽게 들어갈 수 있지요. 그런데 산은 어떻습니까? 산의 흙 속은 막혀 있습니다. 즉 산은 하늘을 등지고 외면하고 땅에 엎드려 있는 것입니다. 그리고 하늘 아래 산은 높은 산일까요? 낮은 산일까요? 하늘은 높은 것입니다. 높은 것 아래에 있는 것은 낮은 것입니다. 땅은 낮은 것이므로 땅위의 산은 높다는 뜻을 갖고 생각해보면 하늘 아래 산이란 것은 이미 낮다는 뜻이란 걸 알 수 있겠지요?

하늘이란 무엇일까요? 이 세상을 말합니다. 드러난 세상, 하늘은 훤히 드러나 있지요? 그런데 산은 낮게 엎드려서 세상을 등지고 있습니다. 숨어있는 것이지요. 자, 이제는 산에서 하늘을 보기로 하지요. 산은 무겁게 정지해 있습니다. 무겁습니다. 하늘은 멀리 있는 것입니다. 멀리 있는 것이 하늘이란 뜻입니다. 하늘은 멀리 있고 산은 쫓아가지 못합니다. 하늘은 산의 입장에서 보면 도망 가 있는 것입니다. 그래서 상천 하산(上天下山)을 돈이라고 하는 것입니다. 물론, 하늘과 산을 각각 세 가지 구조로 분해하면 더 상세한 뜻을 알 수 있지만 대충 이 정도로만 하고 다음에 또 연구하기로 하지요!"

건영이가 단숨에 설명을 하고 정밀부분은 다음에 다시 설명한다고 하자 박씨는 겨우 정신을 차린 듯했다. 박씨는 너무 골똘하게 설명을 청취하다보니 정신이 없었다. 건영이의 설명이 번개 같은데 비해 박씨가 이해하는 것은 너무 느렸기 때문이었다. 아무튼 박씨로서는 흡

족하게 설명을 들은 듯했다.

"그래. 뭔가 좀 알 것 같기도 한데…… 그전보다 많이 쉬워진 것 같기도 하고."

분명 박씨는 이전의 박씨가 아니었다.

건영이도 이 사실을 잘 알고 있었다. 그래서 설명을 하는데도 거침없이 이론을 전개했던 것이었다. 두 사람은 주역 공부를 끝내고 일반 세속사에 대해 얘기하면서 한가롭게 앉아있었다. 날은 이제 상당히 어두워졌다. 박씨는 속으로 인규가 오지 않는 것이 아닐까 하고 생각도 들었지만, 건영이가 마치 약속한 사람 기다리듯 태평히 강 건너를 의식하면서 앉아 있으니 막연히 기다릴 수밖에 없었다. 주변은 더욱 어두워져 하늘에는 별들이 떠오르기 시작했다. 박씨는 이제 그만 들어가자고 얘기하려는 중인데 강 건너에 불빛이 보였다. 인규인지 누구인지는 알 수 없으나, 이쪽을 향해 플래시를 흔드는 것이 익히 정마을을 아는 사람임에 틀림없었다. 박씨는 이쪽에 사람이 있다는 것을 알리기 위해 소리를 질렀다.

"어이 ——"

저쪽에서는 이쪽의 소리를 들었다는 표시로 플래시로 한 바퀴 원을 만들어보였다. 박씨는 신속하게 배를 띄웠다. 건영이는 건너가는 배와 저쪽의 인규, 그리고 밤하늘을 동시에 바라보면서 시름에 잠겼다.

'……분명 반가운 소식은 아닐 것이다. 무슨 일이 있었을까? 혹시…… 아버님이……?'

건영이는 몹시 불길한 생각이 들었지만, 애써 마음을 안정하려 했다.

'이제 인규가 건너오면 무슨 일인지 알 수 있겠지!'

박씨는 어느덧 사람을 싣고 강을 건너 되돌아왔다. 인규였다. 건영이는 배에서 내리는 인규를 친절히 마중했다.

"밤중에 오느라고 고생이 많았구나. 내일 밝을 때 올 것이지?"

"응. 오히려 밤길이 더 쉬울 거라고 생각했어. 나는 강변에서 아침까지 기다리려고 했는데……."

인규는 이미 강을 건너오면서 박씨에게 밤늦게까지 강변에서 기다리게 된 연유를 듣고 있었다. 세 사람은 서둘러 정마을로 향했다. 건영이는 무슨 얘기든 빨리 듣고 싶었지만 강변이 어두운 데다가 인규가 피곤해 할까봐 우선 정마을로 들어갈 때까지 참기로 했다. 정마을로 가는 길목에서 건영이는 침묵을 지켰다. 인규도 별 말없이 걷고 있었으나 박씨는 금방 분위기가 심상치 않음을 느꼈다.

'……음, 서울에서 무슨 일이 있긴 있구나…… 평소에 명랑하던 아이들이 아무 말도 안 하는 것이…….'

정마을까지는 평소보다 멀게 느껴졌다. 박씨도 아무 말 없이 걸음을 재촉하다가 먼저 말을 꺼냈다.

"건영이, 내 방으로 갈까?"

박씨가 말한 방은 전에는 촌장이 살던 그 방이었다.

"그러지요!"

건영이가 무겁게 대답하자 박씨는 급히 먼저 앞장섰다. 잠시 후 세 사람은 방에 들어가 앉았고 인규가 먼저 조심스레 얘기를 시작했다.

"건영이, 좋은 소식이 아니야."

이렇게 서두를 꺼낸 인규는 건영이 아버지가 처한 상황을 하나도 빠짐없이 설명해 나갔다. 건영이와 박씨는 인규가 말하는 도중에 아무런 말도 꺼내지 않고 끝까지 듣기만 했다. 이윽고 인규의 얘기는 끝이 났다.

"이것이 전부야. 어떡하면 좋을까?"

세 사람은 서로를 쳐다보지 않은 채 잠시 침묵을 지켰다. 각자 속으로 생각하며 당면한 상황에 적절한 대책을 궁리했다.

"……음."

박씨가 먼저 기적을 했다. 박씨는 건영이 얼굴을 슬쩍 살펴 본 다음에 말을 꺼냈다.

"아무래도 아버님을 모셔와야겠군…… 누가 가야 할까? 위험이 있을지도 모르겠는데!"

박씨는 이렇게 말하면서 속으로 생각했다.

'이런 일은 나 밖에는 누가 할 수가 없을 텐데, 그러나 나는 정마을을 떠날 수가 없어…….'

박씨는 촌장이 당부한 말을 기억에 떠올렸다.

'건영이를 잘 보호하게나…… 건영이 곁을 떠나서는 아니 되네…….'

박씨의 마음속에는 여러 가지 생각이 교차했다.

'어떻게 하나? 그냥 인규가 혼자 가서 모셔 와도 별 탈이 없을까? ……만약 감시를 당하고 있다면……?'

박씨는 결론을 얻지 못하고 건영이 얼굴을 똑바로 쳐다봤다. 건영이가 무슨 말을 해주기를 바라는 마음에서였다. 건영이는 잠시 동안 더 생각하다가 이윽고 생각을 정리한 듯 분명한 음성으로 말을 꺼냈다.

"아저씨, 아무래도 아저씨가 수고스럽지만 서울을 다녀오셔야겠어요."

"그래? 그렇긴 해야겠는데 건영일 놔두고 정마을을 떠날 수는 없고…… 어쩌지?"

"예? 왜요?"

"촌장님이 너를 항상 지키라고 하셨어!"

건영이는 박씨의 말을 듣고 미소를 지었다.

"아저씨, 저를 지킬 게 뭐 있어요. 저는 그냥 정마을에 있는데⋯⋯ 이곳은 안전한 곳이에요."

"그래도 안 돼. 촌장님의 지시인데⋯⋯."

박씨가 망설이자, 건영이는 안타까운 듯 목소리를 좀 높여서 얘기했다.

"아저씨, 아저씨가 못 가시겠다면 제가 혼자 서울에 가겠어요."

건영이는 이렇게 말하고는 자리에서 일어나려고 했다. 박씨가 황급히 건영이 손을 잡고 만류했다.

"건영아, 잠깐 앉아봐. ⋯⋯생각 좀 해보자."

박씨는 속으로 재빨리 생각해봤다.

'⋯⋯건영이의 생각을 꺾을 수는 없을 거야! ⋯⋯혼자라도 가버리면 큰일이지. ⋯⋯차라리 내가 갔다 오는 것이 나을 거야. ⋯⋯정마을에 있으면 뭐 위험한 일이 있을라고? 이곳은 괜찮을 거야⋯⋯.'

"음. 그렇다면, 건영아, 내가 내일 서울로 가서 아버님을 모셔오지⋯⋯ 걱정 말아라."

박씨는 하는 수 없이 결심을 굳히고 시원스레 말했다. 건영이는 혼자 무엇을 생각하면서 고개를 끄덕였다. 그러고는 중대한 결심을 발표하듯 단호한 표정을 지으며 얘기했다.

"그런데⋯⋯ 아저씨, 아저씨가 서울 가서 아버님을 모시고 오라는 것뿐만이 아니에요!"

"뭐, 그럼?"

"아저씨는 그저 제가 말씀 드리는 대로만 해 주세요. 제가 생각한 것이 있어요. 그럼 아저씨는 내일 떠나도록 하시지요. 전 이만 가볼게요. 준비할 일도 있고 해서…… 내일 아침에 다시 얘기해요."

건영이는 일어났다. 박씨는 무슨 소린지 모르지만 무조건 건영이가 시키는 대로 할 생각으로 고개를 끄덕였다.

"그래, 피곤할 텐데 그만 가서 쉬어라. 나는 내일 떠날 준비를 하고 있을게."

건영이는 박씨의 집을 나서자 자기 집으로 가지 않고 남씨네 집으로 발길을 돌렸다. 인규가 의아스럽게 물었다.

"건영아! ……어딜 가려고?"

"응. 남씨 아저씨를 만나려고 해……."

"지금?"

건영이는 아무런 대꾸 없이 부지런히 앞장서 갔다. 인규는 영문은 모르지만 건영이가 무슨 생각이 있겠거니 하고 말없이 뒤따라갔다. 남씨의 집은 불이 켜져 있었다. 건영이가 불렀다.

"아저씨!"

남씨는 급히 문을 열고 나왔다.

"어, 건영이 아니냐, 웬일이야? 인규도 왔구나. 자, 들어가자."

"아니에요. 마루에서 얘기하지요."

"그래. 무슨 할 얘기가 있어서 왔구나. 인규는 서울 잘 다녀왔고?"

"예."

인규는 간단히 대꾸하고는 마루에 앉았다. 인규는 건영이가 여기 온 이유를 모르기 때문에 잠시 기색을 살피는데, 건영이가 얘기를 꺼냈다.

"아저씨, ……저 부탁이 있는데요."

"그래, 뭔데?"

"예. 저…… 죄송한 말씀이지만 내일 제 대신 서울 좀 다녀왔으면 하는데요."

"뭐? 내가?"

남씨는 깜짝 놀랐다.

"아저씨, 저의 아버지 일 때문이에요. 큰일이 생겼어요."

건영이는 인규에게서 들은 서울에서 일어나고 있는 자기 집의 상황을 소상히 들려주었다. 얘기를 듣고 난 남씨는 근심스런 표정을 지으면서 인규를 마주 쳐다보았다.

"그거 참, 난감한 일이군…… 세상에 그런 나쁜 놈들이 있나! …… 그래, 그런데 내가 서울 가서 무슨 일을 하지?"

남씨는 속으로 생각해보았지만 자기가 서울 가서 할 수 있는 일이란 아무것도 없을 것 같았다. 남씨는 의아스럽다는 듯이 건영이 얼굴을 빤히 쳐다보았다.

"예, 아저씨. 서울에는 박씨 아저씨도 가시는데 아저씨가 함께 가셔서 꼭 할 일이 있어요."

"응? ……그게 뭔데?"

"세 가지 일이에요. 첫째로는 저의 아버지를 설득시켜서 그 못된 놈들을 물리칠 마음 자세를 갖게 하는 일이요…… 도망 다니실 것이 아니라고, 둘째로는 박씨 아저씨가 결연한 마음을 갖고 단호하게 행동할 것을 일러주셔야 해요. 그리고 셋째로는 서울에서 박씨 아저씨가 일하는 동안 상황을 지휘하는 것이지요. 박씨 아저씨는 너무 순박하셔서 힘만 쓰시려 할 뿐, 해야 할 행동과 안 해야 할 행동을 빨리 구별할 수가 없을 것 같아요."

"그래? ……나는 뭐 박씨보다 생각하는 게 나을까?"

"예. 아저씨는 충분히 하실 수 있어요. 아저씨는 결단력이 있고, 굳은 의지, 게다가 사물을 깊게 파악하는 힘이 있어요!"

남씨는 건영이의 이 말에 크게 웃었다.

"하하하…… 아니! 내가 그런 사람이라고? 난 잘 모르겠는데…… 건영이는 언제부터 나를 그렇게 높이 평가해 주지?"

건영이도 웃었다.

"미안해요 아저씨, 그렇지만 제가 판단한 것은 외람되지만 틀림없을 거예요."

남씨는 마지못해 고개를 끄덕였다.

"그래, 알았다. 비행기 그만 태워라. 내가 서울에 따라가 보지……."

건영이는 일어났다.

"고마워요, 아저씨. 그럼 저희들은 이만 가볼게요. 내일 아침 일찍 강변에서 만나요."

두 젊은이를 보낸 남씨는 혼자 생각해 보았으나 서울 가서 자기가 일을 잘 해낼 것이라는 자신이 없었다. 그러나 생전 처음 서울이란 곳을 가보는 것에 대해서는 마음이 설레고 묘한 흥분을 느꼈다.

'잘 돼야 할 텐데…… 팔자에 없는 줄 알았는데 서울 구경을 하게 되었구나.'

남씨는 즉시 잠을 청했다. 그러고는 밤새도록 나쁜 꿈에 시달렸다. 새벽이 되자 맑은 새소리가 들리고, 지난밤과는 달리 어느 정도 밝은 기분을 찾을 수 있었다. 꿈에 관해서는 아예 잊어버리기로 했다. 남씨는 급히 서둘러 나루터로 향했다. 나루터에 도착해 보니 다른 사람들은 벌써 나와 있었다. 박씨가 먼저 남씨에게 말을 걸었다.

"형님, 형님도 함께 가시게 됐다면서요?"

"응, 그래. 난 영문도 모르겠어. 그냥 건영이가 함께 가보라고 해서 쫓아가는 것뿐이야."

건영이는 옆에 있으면서 못 들은 척하고 강 쪽만 쳐다보고 있었다. 네 사람은 긴 말은 하지 않고 배에 올랐다. 박씨가 배를 출발시키자 건영이가 노를 젓겠다고 했다.

"아저씨, 노를 이리 주세요. 오늘은 제가 저을게요."

"그럴래? 노를 저을 줄 아니?"

"예. 가끔 강가에 나와 배를 타봤어요."

박씨는 고개를 끄덕이고는 안쪽으로 자리를 옮겨 앉았다. 건영이는 제법 능숙한 솜씨로 노를 저어 나갔다. 박씨는 점점 멀어져 가는 정마을 쪽 나루터를 바라보며 편안한 기분이 되어갔다. 지금 건영이가 노를 저으니 왠지 건영이에게 보호를 받고 있다는 느낌도 들고, 어떤 운명의 세계로 안내받고 있는 생각도 들었다.

'……나는 어떤 곳으로 가는가? ……건영이가 나를 안전하게 인도해 가는 것일까?'

배는 강의 맞은편에 도착했다. 건영이도 따라 내렸다.

"아저씨, 잘 다녀오세요. 제가 너무 무리한 부탁을 해서 죄송해요. 그리고 인규야, 아저씨들 모시고 잘 다녀오너라."

작별 인사를 끝낸 건영이는 돌아서려 했다. 이때 박씨가 아쉬운 듯 말을 걸었다.

"건영아, 내가 서울 가서 무슨 일을 하는 거지? 아버님만 모셔오는 것이 아니라면서……."

"예. 그건 남씨 아저씨와 의논하시면 돼요. 단지, 아저씨는 악을 퇴치하겠다는 굳은 마음을 가져주세요. 피신이 아니라 퇴치예요."

하고는 건영이는 돌아섰다.

"자, 그럼 우리도 떠나지."

남씨가 재촉하자 세 사람은 숲 속을 향해 장도에 올랐다. 건영이는 다시 강을 건너오자 곧바로 정마을로 돌아가지 않고 강변에 그냥 앉아있었다. 그리고 거의 반나절이나 앉아있더니 품속에서 무엇을 꺼냈다. 그것은 대나무를 얇게 자른 것으로 길이는 보통 연필보다 약간 긴 듯했다. 이것은 점을 치는 산목이란 것으로 건영이는 지난해 이것을 만들어두고 정마을에 있는 우물의 물로 일백 번을 씻어두었다. 건영이는 그간 점이라는 것을 한 번도 쳐보지 않았다. 그러나 이제는 점을 쳐봐야겠다는 생각을 한 것이다. 아무래도 서울로 떠나간 사람의 일이 편치 않았기 때문이었다.

건영이는 품에서 꺼낸 오십 쪽의 대나무 중 한 쪽만을 따로 내려놓고 거기에다 큰절을 했다. 그 다음 강가 쪽을 향해 단정히 앉았다. 잠시 흐르는 강물을 바라보다 조용히 눈을 감았다. 건영이는 모든 생각을 정리해 가기 시작했다. 따라서 호흡은 깊어지면서, 잠깐 동안에 마음의 파도는 호수로 변해져 잔잔해지기 시작했다. 그리고 끝없는 고요가 건영이의 몸을 감싸고 그 기운이 점점 주변의 모든 것을 압도해 갔다. 태산보다 더 안정되고 죽음보다도 적막한 분위기가 시간의 흐름도 멈추게 하는 듯했다.

이제 건영이의 마음은 우주의 근원과 합치되어 호연의 기운이 건영이의 마음속으로 흘러들었다. 동시에 마음의 고요는 더욱 깊어만 갔다. 이 마음의 고요는 천지가 아직 있기 전인 허원(虛原)의 그것이었다. 이것은 완전한 죽음과도 같은 것이었다. 미래도 과거도 다 떠나 있었고 현재마저도 있는 것이 아니었다. 건영이의 마음은 이 우주의 어디에도 있는 것이 아니었다. 그러면서도 우주에 가득 찬 천현(天玄), 그 자체였다.

이때 건영이는 하나의 의심을 일으켰다. 그것은 서울로 간 박씨의 앞날이었다. 건영이는 이것이 궁금해서 견딜 수가 없었다. 그러나 속으로 이리저리 생각해 보지 않았다. 그저 궁금해 할 뿐이다. 이 마음은 갓난아이의 마음과도 같은 천진, 그 자체였다.

건영이의 모든 마음은 의문에 집중되었다. 그럴수록 점점 잡념은 없어지고 건영이의 정신은 그대로 하나의 의문덩어리 그 자체가 되었다. 박씨의 앞날을 알고 싶은 마음 외에는 아무것도 건영이의 마음에 남아있는 것이 없었다.

이윽고 건영이는 쥐고 있던 산목을 절반으로 나누었다. 이 순간 천지 자연 속에 숨어있는 미래의 비밀이 감응했다. 이 우주는 건영이의 마음에 감응하여 몸을 통하고 손을 통하여 산목에 그 결과를 알려주기 시작했다. 건영이는 산목을 나누는 일을 여섯 번을 계속했다. 이렇게 산목을 나누어가는 작업은 무심한 상태에서 자연히 이루어지는 것이고, 마음은 여전히 천진한 어린아이의 의심뿐이었다. 한 번 한 번 산목을 나누고 그 개수를 센 뒤 그것을 땅바닥에 기록했다.

"양, 음, 음, 음, 양 그리고…… 음."

드디어 하나의 괘를 이루었다. 괘는 수뢰둔(水雷屯 : ䷂)이었다. 이것이 바로 박씨의 앞날인 것이다. 건영이는 이제 평상의 마음으로 돌아왔다.

'음…… 수뢰둔이라…… 괘가 좋지가 않구나…… 그러나 최악은 아니군……'

건영이의 기분은 편치 않았지만 속으로 점괘를 음미했다. 수뢰둔 괘는 구름 속에 들어간 우레, 숲 속에 너무 깊게 들어간 사냥꾼과도 같은 것이다. 이것은 혼돈이다. 그러나 혼돈 속에서도 쉬지 않고 움직인다. 큰 강을 건너는 것과도 같다. 부인이 어린아이를 잉태하고 있는 것과도 같다. 그래서 꽉 차 있는 것이다. 그리고 실질이 있다. 수고한 보람이 있는 것이다. 과정은 어려우나 결과는 있다. 그렇다면 박씨는 상처를 입을 것이다. 그러나 사건은 그런대로 해결이 된다. 건영이는 혼자 고개를 끄덕이며 불안한 기색이 되었다. 박씨는 얼마만한 상처를 입을 것인가?

건영이는 한숨이 저도 모르게 새어나오며 진땀이 흘러나왔다. 한기가 엄습했다. 몸이 으슬으슬 춥고 떨리기 시작했다. 얼굴은 열기로 홍조를 띠었다.

'……아무래도 병이 난 것 같구나. ……안 되겠어, 빨리 방에 들어가 누워야지!'

건영이는 혼잣말을 하면서 힘없이 정마을로 향했다.

여행을 떠난 박씨 일행은 벌써 숲을 벗어나서 서울행 기차를 타고 있었다. 박씨도 남씨와 마찬가지로 서울은 처음 가보는 것이어서 여러 가지 생각에 마음이 설레였다. 두 사람 모두 기차를 타본지가 이십 년이나 가까이 되었다. 차창 밖으로 새로운 풍경들이 쉴 새 없이 지나갔고 멀리 들판 건너 있는 흐릿한 산들은 세상이 끝없이 넓다는 것을 보여주고 있었다. 남씨는 세상이 신기하지도 않은지 잠들어 있었고, 인규는 가끔 창밖을 볼 뿐이다.

박씨만은 정신없이 창밖을 보고 있었다. 시간은 흘러 어느덧 서울이 점점 가까워오자 박씨는 설렘과 함께 약간의 걱정이 일기 시작했다.

'······아무래도 불량배들을 상대로 싸움을 해야 할 것 같은데. 싸움이란 것은 해봤어야 알지, 도무지 힘만 가지고 되는 것일까? 그리고 힘을 가지고 사람을 혼내주는 것도 한두 명이지, 폭력 조직을 어떻게 전부 상대할까?'

박씨로서는 아무리 생각해봐도 어떻게 대처하는지 알 길이 없었다. 단지 위안이 되는 것은 건영이가 남씨를 딸려 보내면서 무엇인가 방법을 일러주었다는 것이었다. 박씨는 또다시 생각에 잠겼다.

'······도대체 폭력배는 어느 정도의 힘을 가지고 있을까? 나처럼 힘이 센 사람도 있을까? 아니면 힘이 없어도 어떤 뛰어난 싸움 기술이 있는 것일까?'

박씨는 자신의 힘에 관해서만은 확실히 알고 있었다. 맨손으로 황소라도 잡을 수 있고, 바위를 부수고, 나무를 뽑을 수 있다. 그러나 힘세고 동작이 빠른 호랑이라면 어떨까? 박씨는 적이 호랑이 같다면 자기가 물리칠 수 있을까 하고 생각해 보았다.

'적이 호랑이 같다면? ······그리고 숫자가 많다면······?'

박씨는 불현듯 신령인 능인 할아버지가 생각났다.

'······그분은 호랑이 두 마리를 동시에 잡았다. 그것도 손가락 하나 대지 않고······ 그분이 계시다면 아무런 걱정이 없겠지······ 그러나······ 그분은 지금 어디 계실까?'

박씨는 능인이 몹시 그리워졌다. 박씨는 능인의 모습을 그리며 멀리 있는 산들을 바라보았다. 산들은 끝없이 이어져있고 그 산 뒤에도 희미한 산들의 모습이 아른거렸다.

좌설의 출정

박씨가 마음속에 그리고 있는 능인은 지금 저 멀리 산맥들이 뻗어나가다가 영월군과 원성군 사이에 위치한 높이 일천이백십팔미터의 치악산 정상에 그 모습을 나타내고 있었다. 치악산에는 좌설이 수도하고 있는 진동(眞洞)이 있는데, 능인은 그곳에 지금 막 도착하는 중이었다. 입구에는 좌설의 도제인 중야(中野)가 마중을 나왔다.

"능인 도형, 어서 오십시오."

"음, 중야 자네인가? 어떻게 알고 나와 있는 것이지?"

"하하…… 예. 좌설 사형께서 나가보라고 하셨어요. 능인 도형께서 오실 것 같다고……."

"허어, 대단하구먼."

능인과 중야는 얼굴에 반가운 표정을 가득 싣고 서로를 쳐다봤다.

"이곳은 별일 없고?"

"예. 여전합니다."

"그렇겠지. 자, 올라가 볼까?"

능인은 주변의 정경도 다 정겨운지 옆에 있는 바위와 숲들을 살펴보며 말했다. 이때 갑자기 중야가 정색을 하고 능인의 길을 막아섰다.

"안 됩니다."

"음? 안 된다고?"

능인의 눈에는 미소가 떠올랐다.

"예. 도형께서는 그냥 올라가실 수는 없고, 저와 한 가지 시합을 해야 합니다. 그렇지 않으면 못 올라가십니다."

"허어, 그래 무슨 시합을 하자고 그래?"

"그럼, 허락하시는 거죠?"

중야는 기쁜 음성으로 다짐을 받았다.

"거참, ……시합은 무슨 시합이야……?"

"돌에다 구멍 뚫기입니다!"

"응? 돌에 구멍을 뚫어? 어떻게?"

"맨 손가락으로 말입니다!"

"허허…… 그거야 이미 십 년 전에 시합을 해서 자네가 지지 않았나? 그런데 뭘 또 하자고 그래?"

"그러니까 다시 하자는 것입니다. 전 십여 년을 벼르고 있습니다. 도형께서 나타나시면 이번에는 꼭 이겨보일려고요!"

"그거 참, ……돌에 구멍을 자꾸 뚫으면 뭘 해?"

"자, 긴 말씀 마시고 돌을 고르소서."

중야는 이렇게 말하고 당장 큼직한 돌덩이 하나를 집어 들었다.

"그래그래, 알았다."

능인도 웃으면서 돌덩이 하나를 골랐다. 중야는 즉시 호흡을 조절했다. 잠시 숨을 멈추고는 돌을 노려보면서 정신을 집중했다. 이미 황정을 떠난 기운은 독맥을 타고 상승하기 시작했다. 이어 기운은 가슴과 어깨를 감싸고 압력을 증강시키면서 잠시 가슴 쪽에 멈추었다. 또다시 황정에서 발생한 기운이 파도처럼 부풀어 올랐다. 이 기운은 먼저 와 있던 기운에 조용히 흘러들었다.

중야는 어깨에 십성(十成)의 공력을 끌어 모아 서서히 팔을 감싸고 손으로 운행시켰다. 손가락은 빳빳하게 폈다가 다시 검지만을 남겨 놓고 나머지 손가락을 감싸 쥐었다. 검지는 파르르 떨며 눈에 보이지 않는 기운을 공기 중에 방출하면서 굳어갔다. 손가락은 순식간에 강철보다 강한 불괴의 날카로운 물체로 변했다.

"야 — 압."

날카로운 일성이 고요한 산림을 가로질렀다. 돌덩이에는 섬광이 번쩍였다. 중야의 손가락은 순식간에 돌덩이를 꿰뚫고 그 속에 파묻혀 있었다. 돌은 부스러기 한 점 떨어지지 않았을 뿐만 아니라 금도 가지 않았다. 마치 부드럽게 쌓인 눈에 막대기를 찔러 넣는 것과도 같았다. 중야는 손가락을 가볍게 뽑아 뚫린 구멍을 살펴보았다. 그러고는 만족한 표정을 지으며 크게 웃어댔다.

"하하…… 자, 이젠 도형 차례입니다."

능인은 그 광경을 바라보며 고개를 끄덕였다. 어느덧 미소는 말끔히 가시고 차가운 눈빛이 되었다. 이어 전신이 약간 떨리는 듯 하더니 기합 일성을 토해냈다.

"야 — 압."

능인의 손가락도 돌덩이 속에 파묻혔다. 그런데 잠시 후 돌덩이는 두 조각이 나면서 땅바닥에 떨어졌다. 능인은 한숨을 쉬는 듯했다.

"……흠."

이 모습을 예의 긴장하고 주시하고 있던 중야의 얼굴에는 미소가 피어올랐다.

"하하하…… 하하, 도형, 도형께서 지신 것 같은데요. 하하하……."

능인은 웃으며 대답했다.

"그래? 그런가! ……좋아, 이젠 어쩔 텐가?"

"하하하……."

중야는 다시 한 번 웃어댔다.

"음…… 어떻게 했으면 좋을까요? ……하하하. 이 산에서 쫓아낼 수도 없고, 좋습니다. 이번만은 한 번 봐주어서 쫓아내지 않고 저희 도장에 들어오시게 하겠습니다. 그 대신, 조건이 있습니다."

"조건? 그게 뭔데?"

능인은 눈을 가늘게 뜨고는 미소를 잃지 않고 반문했다.

"예. 그것은 제게 한 가지 가르침을 주십시오."

"흠. 거참 대단하군. 좋아. 그럼, 주역의 괘상 하나를 설명해주지, 어때?"

"좋습니다. 하하하……."

"자. 그럼, 화풍정(火風鼎 : ䷱) 괘에 대해 설명하지……."

중야는 이내 웃음을 거두고 엄숙한 표정으로 경청할 자세를 취했다. 능인은 설명을 시작했다.

"나무 위에 불이 있는 것이 정인데, 이것은 사물의 완성, 결말을 뜻하는 것으로 들에 피어있는 꽃과도 같다. 그러므로 형상이란 뜻이 있고, 불은 덩어리를 말하는데, 그 속을 파고드는 바람이 있으니 이것은 양의 기운으로 덩어리를 부드럽게 하는 것이다. 또한 익힌다는 뜻이 된다. 그리고 여기서 바람은 솥과 같고, 불은 고깃덩어리와 같아서 솥 속에서 익는 고기를 뜻한다. 어린 사람이 경험과 가르침에 의해 굳은 것이 부드럽게 완숙해 간다는 뜻으로 해석된다. 또 이것은 밝은 대낮에 탄탄한 길을 걷는 것처럼 순탄한 흐름을 상징하기도 한다. 그뿐만 아니라 질서와 평화를 뜻하며, 형식이고, 실속이 없다는 뜻도 있다. ……음 더 설명해 줄까?"

"예? 이것이 다 이옵니까? 제가 아는 것뿐이옵니다! 좀 더 자세히 설명해 주소서!"

능인은 고개를 끄덕이며 눈을 찡긋해 보였다. 중야는 능인의 마음 속을 헤아릴 길이 없어 그저 바라볼 뿐인데 능인의 설명이 다시 시작되었다. 그런데 이번에는 웃음을 머금고 있는 것 같았다. 나무 위의 불, 나무덩어리, 나무 위의 고기, 능인은 고기라는 말에 힘을 주더니…… 갑자기 설명을 중단하고는 중야에게 질문을 했다.

"나무 위에 사람이 있으면 이게 뭐지?"

"예? 그 속에 무슨 뜻이 있습니까?"

"그건 말이네, 나무는 즉 바람과 뜻이 같기 때문에 그 위에 있는 사람은 허풍이 심하고 실속이 없는 사람이란 뜻으로 해석되지…… 또한 그 사람은 바람, 즉 경험에 의해 점점 익어간다는 뜻으로 해석되고, 철이 들어간다는 뜻도 있어, ……그리고 그 사람은 아주 외교적인 사람이고 남과 화합하는 사람이지. 그러나 허술하기도 한 사람이지……."

능인의 설명은 왠지 진지하지 못한 것 같아서 괘상의 뜻을 얘기하는지 어떤지 중야는 어리둥절해 있었다.

"자네, 허술한 사람을 만나본 적이 있나?"

"예? 무슨 말씀이신지요? 산 속에서 무슨 사람을 만나요?"

"허허, 산 속이라도 그런 사람이 있어…… 누구냐 하면…… 바로."

이때 갑자기 벼락같은 소리가 들려와서 능인은 말을 멈추었다.

"이놈, 어디서 쓰잘데 없는 소리를!"

능인은 이 소리를 들으면서 유쾌한 듯 웃어젖혔다.

"하하하……."

동시에 나무 위에서 하나의 커다란 물체가 떨어져 내렸다. 쿵 — 소리는 나지 않았다. 그것은 사람이었는데 바로 좌설이었다.

"어! 사형께서……?"

중야는 갑자기 나무 위에서 나타난 좌설을 보고 어안이 벙벙했다. 좌설은 이미 오래 전부터 나무 위에 있었는데 친구인 능인을 놀려주려고 숨어있었던 것이다.

"허어, 좌설, 그래 나무 위에는 바람이 잘 불든가? 그렇다면 철이 많이 들었겠는데……."

"뭐? 내 참, 이 사람 누굴 망신 주나?"

"허허, 그러게 누가 숨어있으랬나? 손님이 왔으면 냉큼 나와 맞이할 것이지. 그리고 숨어있으려면 꼬리나 감춰야지! 허허허……."

능인은 눈을 가늘게 뜨고 중야를 쳐다봤다. 중야도 이제야 진상을 깨달았다. 능인은 좌설이 나무 위에 숨어 있었던 것을 진작부터 알고 있어서 놀려주려고 주역의 괘상을 빗대서 설명한 것이다. 좌설은 능인의 깊은 관찰력과 괘상을 자유자재로 응용, 구사하는 것에 또한 감명을 받았다.

"능인, 역시 자네한테는 못 당하겠군…… 그런데 자넨 내가 나무 위에 있는 것은 어찌 알았나?"

"오, 그건 자네 숨소리가 벼락소리 같더구먼. 허허……."

"뭐, 내 숨소리를 들었다고?"

좌설은 내심 당황했다. 자신은 능인의 예리한 관찰을 피하려고, 숨을 아예 멈추고 있었던 것이다. 그런데 숨소리를 들었다고? ……그럴 리가 없을 텐데 대체 어찌된 건가?

"하하하……."

능인은 또 한 차례 앙천대소했다.

"좋아, 좋아. 내 설명해주지. 실은 처음에 나도 몰랐지. 그런데 생각나는 것이 있었어. 바로 자네 성격이지! 자네는 내가 올 것을 알았을 것이라고 나는 생각했네. 그런데 자네는 원래 내가 찾아오면 언제나 직접 마중을 나왔네. 만일 마중을 나오지 않는다면 그것은 무슨 특별한 사정이 있어서겠지! 그러나 이곳엔 아무런 일도 없었어, 중야가 이곳에 별일 없이 여전하다고 했지. 그렇다면 자네가 마중을 나와야 하지 않겠나? 그런데 자네가 안 보인다, 그렇다면 어디 숨어 있겠군! 자연히 이렇게 생각되지 않겠나? 그래서 나는 중야와 얘기하면서 자네를 찾기 시작했네. 찾으려고 마음먹으니 쉽더군. 나는 먼 곳은 안 보고 바로 이 나무가 있는 곳이 보이더군…… 아까 돌을 뚫는 척하면서 자네를 발견했네."

좌설은 웃으면서 고개를 끄덕였다.

"허허. 역시 그렇군. 나는 꼬리를 감출 수 없어…… 그건 그렇고 아까 시합에서는 무슨 실수인가? 돌을 깨뜨리다니!"

"음. 그거, 글쎄……?"

능인이 머뭇거리자 좌설은 불현듯 어떤 생각이 스쳐서 땅바닥에서 돌을 집어 들었다. 그 돌은 조금 전 능인이 깨뜨린 것이었다. 좌설은 돌을 찬찬히 살펴보더니 고개를 끄덕였다. 그러고는 벼락같이 웃어젖혔다.

"와하하하…… 하하."

이어 좌설은 그 돌을 중야에게 던져주었다.

"중야, 네가 졌다. 돌을 잘 살펴봐라."

"예?"

중야는 조심스레 돌을 살펴보았다. 돌은 두 조각인데 마치 칼로 사과를 자른 것처럼 그 절단면이 매끈했다. 굴곡은 전혀 없었다. 당초 능인은 돌에 구멍을 낸 다음 일부러 예리하게 반쪽을 자른 것이었다. 돌을 부숴버리는 것은 쉬운 일로서 중야도 이것은 쉽게 할 수 있으나 손가락 하나를 가지고 구멍을 낸 상태에서 이토록 가지런히 돌을 자른다는 것은 어림없는 일이었다.

중야는 돌조각 두 개를 한데 합치면서 말했다.

"도형, 제가 졌습니다. 저를 놀리셨군요! 그것도 모르고 혼자 잘난 척했으니……."

"허허, 무슨 소리? 자넨 크게 발전했더구먼."

중야는 웃지 않고 오히려 부끄러운 표정을 지었다.

"자, 자. 이만 올라가자고."

좌설이 앞장서자 두 사람은 뒤따라 진동으로 올라갔다.

진동은 폭포가 떨어지고 있는 가파른 절벽에 겨우 사람이 드나들 수 있는 틈 속에 입구가 있었다. 이곳은 그 절벽 자체가 너무 높고 험한데다가 주변 경계가 깊은 심처로서 인간이 드나들 수가 없는 곳이다.

진동의 입구 속으로 세 사람이 들어서자 상당히 넓은 공간이 나타났다. 여기가 바로 진동으로, 좌설이 수도하는 곳이다. 이 넓은 공간에는 암반 속으로 동굴이 있고, 그 동굴은 수십 갈래로 나누어져 수직 수평으로 한없이 깊게 이어져 있다. 능인은 십여 년 전에 이곳을 다녀간 후 이번에 처음 온 것이다. 진동은 변한 곳이 없었다.

"음. 여전하군……."

능인이 주위를 두리번거리며 혼잣말처럼 내뱉고 잠시 옛날을 회상하듯 침묵했다. 시간이 잠시 흐르자 중야가 정적을 깨고 다정한 음성으로 말을 꺼냈다.

"도형, 곡차를 내올까요? 마침 일품 곡차가 있습니다."

이에 능인은 중야를 바라보며 즐거운 표정을 짓고, 중야는 즉각 일어나서 술을 준비하러 어디론가 사라졌다. 좌설은 중야가 사라지는 쪽을 바라보다 고개를 능인에게 돌려 조용히 물었다.

"능인, ……어쩐 일로 왔나?"

"음. 스승님께서 보내셨어. 자네에게 급히 지시할 일이 있으셨네……."

능인의 스승은 풍곡의 도반인 한곡(寒谷)이었다. 따라서 한곡은 좌설에게도 스승이었다.

"급히? 무슨 일인데?"

"서울엘 가야 할 일이야."

"무어? 서울에?"

"자네 강리(座里)를 잊지 않고 있지?"

"강리? 그럼, 잘 알고 있네! 잊을 수가 없지…… 그런데 그자가 어떻다고?"

"음. 스승님께서는 그자를 제거해야 한다고 하셨어!"

"제거라니?"

"죽여 없애는 것……."

"뭐? 죽이라고? …… 아니 그자가 뭐가 그리 대단하다고 한곡 스승님께서 신경을 쓴단 말인가?"

"그게 아니야. 스승님 말씀에 의하면 그자는 사람이 아니라고 하는구면……."

"사람이 아니면? 뭐지?"

"음. 인비인(人非人)이야. 바로 혼마(渾魔)지!"

"아니! 혼마라고……?"

좌설은 깜짝 놀라 크게 소리 질렀다.

"혼마라면? 전설 속에 있는 그 혼마란 말이야?"

"음. 그렇다나봐……."

"아니 그럼, 옛날에 진작 처치했어야지 이십여 년이나 지난 지금 그 자를 어떻게 찾아?"

"찾는 방법은 있어…… 아니 이미 찾아놨지. 찾는데 십 년 이상이나 걸렸지만……."

능인이 얘기하는 혼마 강리 이야기는 대충 이렇다.

이십여 년 전에 한곡이 수도하고 있는 덕유산에 한 사건이 있었다. 그 당시 한곡이 덕유산을 소요하고 있었는데, 산 속에서 심한 상처를 입은 수도인 한 사람을 만났었다. 이 사람은 절벽에서 떨어져 여러 날을 혼수상태로 있어 죽기 바로 직전이었는데, 마침 한곡을 만나 목숨을 건졌다. 그런데 이 사람은 심리 상태가 괴이하여 한곡의 예리한 분석으로도 종잡을 수가 없었고, 가끔 행실이 옳지 못하여 얼마간만 한곡의 문하생 비슷하게 공부를 하다가 쫓겨났었다. 이 사람이 바로 강리란 자인데, 이십 년이 지난 지금에 와서 혼마라는 것이 밝혀진 것이다. 좌설은 어떻게 된 일인지 알 길이 전혀 없었다.

"그자가 혼마라면, 언제 다시 스승님께서 그자를 만났던 것인가?"

"아니! 그런 것은 아니야."

"그럼, 이제 와서 그자가 혼마인 줄은 어떻게 아셨지?"

"음. 그것은 스승님께서 그자를 떠나보낸 후 긴 세월을 연구해서 알아낸 것이라네! 스승님께서는 강리를 삼 년 정도 가르쳤는데, 그 당시를 회상하여 연구 분석한 결과 그자가 혼마임을 분명히 깨닫게 되신 거야."

좌설은 고개를 끄덕이며 말했다.

"음. 그래? 그렇다면 반드시 제거해야 할 텐데……."

"음. 그자가 있는 곳은 바로 서울 근교에 있는 인왕산이야! 스승님께서는 어떤 사람에게 부탁하여 전국을 샅샅이 찾아다니게 한 끝에 그자가 인왕산 어디엔가 은거하면서 가끔 서울에 드나든다는 확증을 잡으셨지. ……그래서 좌설, 이젠 자네에게 그자를 직접 찾으라 하신거야! 그리고 그자를 찾아내면 즉시 제거하라는 것이지……."

좌설은 조용히 과거를 회상해 보았다. 좌설의 기억 속에는 강리에 대한 잊지 못할 많은 추억들이 생생하게 살아있었다. 당시 강리는 너무 진보가 빠르고 총명하여 종잡을 수가 없었고, 어느 때는 두렵기조차 했다. 후에 한곡 스승이 강리를 쫓아냈다고 했을 때 적이 안심이 되었던 기억이 아직도 생생하다. 강리는 왠지 불안했던 존재였고, 한곡 스승의 가르침에 힘입어 날로 발전해 갈 때는 정말 괴로웠던 것이었다. 그런데 그자가 혼마라니! 지금쯤 그자는 어떻게 변해 있을까? 좌설의 마음속에는 불길한 예감이 번개처럼 스쳐갔다. 좌설은 혼자 고개를 끄덕였다.

"음. 스승님께서는 나에게 그 임무를 맡기셨단 말이지? 그래 좋다. 내가 나서서 그자를 찾아야지! ……오늘은 쉬고 내일 하산 하겠네…… 특별히 다른 지시는 없으셨나?"

"음. 단지 조심하고, 최선을 다하라고만 하셨어 ……그리고 힘에 부치면 즉시 철수해야 한다고……."

"그 점은 알았네. 오늘은 술이나 드세."

마침 중야가 커다란 술통과 산 과일을 한 보따리 움켜쥐고 나타났다.

"많이 기다리셨지요? 아예 안주까지 마련하느라고 시간이 좀 걸렸습니다. 자, 도형께 먼저 한 잔 올리지요."

별천지에서의 술자리는 이렇게 해서 어우러졌다. 내일 일은 천명에 맡기고 오늘은 술로써 천지와 하나가 되는 것이다. 한가하고 천진하게 술을 들고 있는 이들의 마음은 현재 외에는 아무것도 없었고, 술자리는 새벽이 될 때까지 계속되었다. 동이 트자 능인과 좌설은 간단히 행장을 갖추고 하산을 서둘렀다.

"중야, 내가 없는 동안 진동을 잘 지키고 있게. 공부 열심히 하고……."

좌설은 사제에게 간단히 작별 인사를 건넸다.

"예. 이곳 일은 염려마시고 조심히 다녀오십시오. 그리고 능인 도형께서도 자주 좀 찾아오시지요!"

"음. 그래, 잘 지내게…… 나도 이곳에 며칠쯤 더 있고 싶은데, 스승님께서 즉시 돌아오라고 하셨기 때문에 급히 가는 것 일세……."

좌설과 능인은 진동을 뒤로 하고 빠른 속도로 하산했다. 어느덧 치악산 경계를 벗어날 때가 되었다.

"좌설, 우리도 여기서 헤어져야겠군!"

"음. 그래, ……내가 서울 일을 마치면 곧바로 덕유산으로 가서 보고하겠네."

"음. 아무쪼록 조심하게."

두 사람은 작별을 하고 좌설은 지체 없이 서울로 향했다.

난진인의 출관

이즈음 천계의 옥황부 지우전에서는 폐관에서 수련 중이던 난진인이 출관했다. 출관 마중은 지우전의 총관인 원명선 혼자 봉행했다. 난진인 같은 분들은 원래 번거로움을 싫어한다는 것을 원명선은 잘 알기 때문이었다. 원명선은 지우전 내에 있는 유동(幽洞)의 관문 앞에서 경건한 자세로 기다렸다. 얼마 후 관문이 조용히 열리며 난진인이 걸어 나왔다. 그 모습은 여전히 자연스럽고 한없이 평화스러웠다. 원명선은 급히 무릎을 꿇고 고개 숙여 인사를 올렸다.

"삼가 진인을 뵈옵니다."

"음. 원명인가? 그간 별고 없었는가?"

"예. 모든 것이 그대로이옵니다. 진인께서는 평안하시옵니까?"

"음. 그렇다네. ……그리고 나는 청실에서 혼자 좀 있을 테니 내일 인시(寅時)에 찾아오게."

"예!"

원명은 난진인이 걸어 나가는 모습을 한순간도 놓치지 않고 경건히 주시하다가 그 모습이 사라지자 평상 업무로 돌아갔다. 청실에 당도

한 난진인은 정좌한 후 잠시 생각하고는 산목을 꺼냈다. 그리고는 즉시 괘를 벌이기 시작했다. 잠시 후 괘가 만들어졌다. 난진인은 혼자 고개를 끄덕이고는 괘를 음미했다.

'……천하동인(天下同人∶☰☲)이라…… 커다란 섭리에 동참하는 것…… 음, 여행을 해야겠구나…….'

여기까지 생각한 난진인은 다시 눈을 감고 현정(玄定)에 들었다. 난진인의 마음속의 시간은 정지했다. 시간은 외부세계에만 있는 것이다. 외부세계의 시간이 흘러 다음날 인시가 되자 난진인의 눈은 스르르 열리고 원명선이 조용히 걸어 들어왔다. 원명선은 무릎을 꿇고 인사를 올렸다.

"부르심을 받잡고 왔사옵니다."

난진인은 대답 없이 고개를 끄덕이고는 원명선을 밝은 모습으로 바라보며 말하기 시작했다.

"원명, 나는 태상노군을 찾아 나서야겠네. 그간 옥황상제님을 잘 보필하게. 나는 폐관 중에 당금 우주의 혼란에 대해 그 원인을 깨달았으나 그 혼란을 없애는 방법은 연구해 내지 못했네. 그래서 태상노군을 찾아 나서기로 했네."

여기까지 얘기한 난진인은 침묵했다. 원명선은 잠시 망설이다가 조심스럽게 물었다.

"황공하옵니다만 어른께서는 어디로 행차하시려는지요?"

"음. 글쎄 나도 잘 모르겠네. 바람 부는 대로 흘러 다녀야겠지. 잘 있게……."

난진인은 정좌한 채로 소리 없이 사라졌다. 원명선의 마음속에는 걷잡을 수 없는 혼란이 일어났다.

'……난진인께서는 어디로 가시는 걸까? ……태상노군을 찾을 수 있을 것인가? ……혼란의 원인은 무엇이고? 또 세상은 어찌되는 것일까?'

원명선은 가슴이 답답하고 마음은 어두웠으나, 자기로서는 어쩔 수 없어 평상 업무로 돌아갔다.

난진인이 처음 나타난 곳은 남선부였다. 남선부의 관문을 지키고 있던 위선들은 황급히 무릎을 꿇었다.

"삼가 어른을 뵈옵니다."

"음……."

난진인은 위선들의 인사에 가볍게 응대하고는 관문으로 들어섰다. 잠시 후 남선부의 총관 분일이 나타나 난진인을 맞이했다. 분일선이 난진인이 걸어오는 길목을 약간 비켜서서 무릎을 꿇었다.

"진인께 인사를 드리옵니다."

"음…… 분일인가? 대선관은?"

"예. 황송하옵니다만 대선관 소지는 지금 연진인의 벌을 받느라 금동에서 근신 중이옵니다. 그래서 제가 감히 어른을 맞이하는 것이옵니다."

"음…… 그런가? 알겠네. 나를 태상호로 안내를 하게."

"예."

분일선은 급히 일어나서 앞장을 섰다. 잠시 후 태상호에 당도하자 입구를 지키고 있는 위선들이 무릎을 꿇었다.

"삼가 어른을 뵈옵니다."

"그대들 수고가 많네. 나는 태상정을 구경하고 싶네."

"예."

위선들은 급히 대답부터 하고는 난진인 바로 옆에 시립해있는 총관을 슬쩍 쳐다보았다. 어떻게 했으면 좋겠냐는 뜻이었다. 이에 총관이 급히 나섰다.

"어른께 잠시 아뢸 말씀이 있사옵니다."

"음……?"

난진인은 인자한 모습으로 분일선을 쳐다봤다.

"예. 다름이 아니옵고 태상정에는 지금 평허선공께서 계시는데 저희들에게 근접하지 말라고 명하셨기 때문에 어찌해야 좋을는지요?"

"그런가? ……안내는 필요 없네. 나는 평허선공을 만나러 온 것이네! ……그리고 총관!"

"예."

분일선은 경건히 대답했다.

"이곳에 옥황부 특사들이 와 있나?"

"예."

"그럼 책임자를 즉시 데려오게."

"예."

분일선은 급히 사라졌다가 잠시 후 옥황부에서 파견된 남선부 감시 책임자가 나타났다. 책임 특사 정지선(正止仙)은 난진인을 보자 놀라며 무릎을 꿇었다.

"……어른께서 납시었사옵니까?"

"음. 나는 평허공을 만나러 왔거니와 그대는 이곳에 무슨 일로 와 있나?"

"예. 평허선공을 감시하러 왔사옵니다."

"감시라니?"

"예. 평허선공은 연진인의 명으로 이곳에 와서 기다리는 중이기 때문에 저희는 연진인을 만나기 위해 숨어서 기다리는 중이옵니다."

"음. 그런가? 참으로 어리석군……."

"예? 무슨 말씀이시온지요?"

"허허. 무슨 말대꾸인가? ……그대들이 어리석다는 말일세. ……모두들 이곳을 떠나게. 필요 없는 짓들 말고…… 이곳에 연진인은 아니 올 것이네. 그리고 평허선공도 곧 이곳을 떠날 것이야. 지금 즉시 감시를 풀고 철수하게!"

난진인은 이렇게 말하고는 혼자 태상호 입구 쪽으로 성큼 들어갔다. 정지선은 어떻게 대꾸할 수는 없고 해서 난진인의 뒷모습을 망연히 바라볼 뿐이었다.

"허참, 철수를 해야 하다니……."

정지선은 한숨이 절로 나왔다.

'흠, ……결국 연진인은 찾을 수 없는 것일까?'

정지선은 옆에 있는 분일선을 서로 맥없이 바라보다가 이내 현실로 돌아왔다.

"분일, 나는 가야겠네. ……아쉽기는 하지만 어른의 지시이니 어쩔 수 없지."

분일도 말없이 고개를 끄덕였다.

이로부터 얼마 후 옥황부에서 파견 나온 특명 감시선들은 속속 철수를 시작하여 반나절도 되지 않아 옥황부 선인들은 남선부에는 하나도 남지 않게 되었다.

난진인은 태상정으로 들어갔다. 태상정은 그리 크지 않은 아담한 정자로, 태상호를 한눈에 내려다볼 수 있는 위치에 세워져 있었다.

호수도 그다지 넓지는 않은데, 주변의 정경과 어우러져 완벽한 경치를 연출하고 있었다. 물가 둘레에는 신령한 풀들이 여기저기 한가하게 피어있고 기기묘묘한 형상을 이루고 있는 바위 사이에는 수정이나 보석들이 군데군데 흩어져있다. 그리고 얕은 물에는 뺑대숙이란 난초도 있었다. 이 풀은 지극히 신령한 풀로서 하계의 인간세계에서는 이미 수만 년 전에 자취를 감춘 것으로 그 줄기는 산목으로 사용하는 것인데, 천계에서도 귀히 여기는 신초이다. 태상호의 물은 한없이 맑고 그 주변의 돌과 바닥의 흙은 호수 속에 생겨있는 탁한 기운과 잡물들을 끊임없이 흡수 정화하고 있었다. 난진인은 태상호를 한눈에 바라보고 내심 감탄을 금치 못했다.

'……음, 대단한 경관이군. ……과연 태상노군께서 다녀가실 만한 곳이야.'

난진인은 태상호의 경치를 음미하면서 정자 쪽을 바라보았다. 태상정에는 평허선공이 단정히 앉아서 멸진정에 들어있는 모습이 보이는데, 이 모습 또한 태상호의 경치와 어울리는 한 송이 꽃과도 같았다.

난진인은 평허선공의 모습을 바라보고 천천히 고개를 끄덕였다. 그러고는 안개처럼 소리 없이 날아서 평허선공의 옆에 내려섰다. 평허선공은 바깥세계하고는 완전히 절연한 채 미동도 하지 않고 앉아 있었다. 난진인은 평허선공을 쳐다보지 않고 잠시 동안 방향을 바꾸면서 여기저기를 주시했다. 그러다 어느 한 방향에 시선을 고정하고는 혼잣말을 내뱉었다.

"오호, 이제야 모든 것을 알겠구나. ……그래서 ……연진인과 태상노군이 사라진 것이리라. ……그렇다면 어디로? 여전히 어려움이 남아있군……."

난진인은 잠시 생각을 정리하고는 고개를 평허선공에게로 돌렸다. 평허선공을 바라보는 난진인의 얼굴에는 한없이 자비스러운 기운이 감싸고 있었다.

'음, 평허는 많이 발전했군……'

난진인은 혼잣말을 하고는 평허선공과 좀 떨어진 자리에 조용히 앉아 명상에 돌입했다. 잠시 후 평허선공의 저 깊은 심동(心洞) 바닥에는 아지랑이와 같은 미세한 생기가 피어올라 평허선공의 죽음과도 같은 침묵을 동요시켰다. 이 찰나 평허선공의 예민한 마음에는 작용이 폭발적으로 발생하고, 평허선공의 의식에는 하나의 신호가 수용됐다. 이 신호는 급격히 증폭되어 평허선공의 주의력을 끌기에 충분한 상태가 되자 평허선공은 즉시 의식을 일부러 일으켜서 세계와의 절연 상태를 해소했다.

'……음, 연진인께서 나타나신 것일까?'

평허선공은 의식을 완전히 회복하기 바로 직전에 이런 생각을 하며 눈을 떴다. 그러고는 뜻밖의 상황에 흠칫 놀라움을 나타냈다. 아니! ……평허선공은 찰나 동안에 다시 평정을 찾으면서 급히 예를 갖추었다.

"어르신께 문안드리옵니다."

평허선공은 일어나지 않은 채로 두 손은 바닥에 짚고 머리를 조아렸다. 난진인은 평허선공을 똑바로 보지 않고 호수 쪽을 비스듬히 바라보면서 조용히 얘기했다.

"허리를 펴게!"

"예. 황공하옵니다."

"그대의 휴식을 방해해서 미안하군!"

"아니옵니다. 어르신께서는 제게 무슨 가르침이라도 계시온지요?"

"허어! 그댄 여전히 성미가 급하군. 나는 그저 그대하고 얘기를 좀 하고 싶을 뿐이네……."

"예. 무슨 말씀이신지요?"

"음. 우리 천천히 얘기하세! ……우선 어쩌자고 이곳에 있는 건가?"

"예. 저는 연어른을 기다리고 있었사옵니다. 죄를 지었기 때문에……."

"그런가? 무슨 죄를 지었는고?"

"예. 탈주죄 이옵니다."

"허허, 그댄 여전 하군…… 필경 그대 때문에 많은 사람이 다쳤겠군!"

"예. 그렇게 되었사옵니다."

"그래? 그럼 앞으로 어쩔 텐가?"

"죄에 대한 벌을 받겠사옵니다."

"허허, 간단한 말이군…… 죄를 지었으니 벌을 받겠다 이거지? …… 그댄 그렇게밖에 능력이 없나?"

"예? 저는 무슨 말씀이시온지 모르겠사옵니다."

"열심히 공덕을 쌓으라는 말일세……."

펑허선공은 난진인의 말뜻을 자세히 알 수가 없기 때문에 그저 침묵할 수밖에 없었다. 잠시 침묵이 흐른 후 다시 난진인의 음성이 들려왔다.

"내가 그대를 본 지 꽤 오래 되었지?"

"예. 천 년이 좀 넘은 것 같사옵니다."

"……음. 그래! ……그런데 이 세계엔 무엇 때문에 나와서 고생인가?"

"예. 납득이 가지 않는 일이 있어 그것을 연구하러 나왔사옵니다."

"그것은?"

"예. 천명이 어긋나고 우주의 질서가 파괴되는 이유를 알고 싶사옵니다."

"음…… 그럴 테지. ……그대는 착하군…… 하지만 좀 게을러……."

"예? 황공하옵니다만 저는 전력을 다하고 있다고 생각하옵니다."

"허어, 말대꾸도 여전하고…… 여보게, 마음과 행동이 적절해야지…… 그대는 생각해야 할 때는 행동하고 행동해야 할 때는 생각을 하니 어찌 게으르다 하지 않겠는가?"

"예. 황송하옵니다. 가르침에 감사드리옵니다."

"허허…… 좋아, 그대에게 심부름을 좀 시키겠네."

"예? 저는 죄인의 몸인데 어찌 어른의 명을 받을 수 있겠사옵니까?"

"음, 걱정하지 말게! 그대의 죄는 내가 사하여 주겠네. 이 시각부터 그대는 이 세계에 와서 지은 모든 죄는 용서된 것이네…… 알겠는가?"

"예? 예. 어른의 은혜에 감사드리옵니다."

"음…… 그리고 그대에게 이걸 주겠네."

이렇게 말하면서 난진인은 품에서 한 물건을 꺼내 평허선공에게 주었다.

"아니! 이건…… 어르신네의 영패(靈牌)가 아니옵니까?"

"그렇다네! ……그대에게 일을 처리하도록 맡기겠네. 신중히 처리하도록 하게……."

"예? 무슨 일이시온지요?"

"그건 천기라 누설할 수가 없네. 단지 그대가 알아서 한다면 될 일이지! ……그리고 나중에 피할 수 없이 어려운 일이 생기면 이것을 펴보게……."

난진인은 영패에 이어 밀봉한 목찰 하나를 또 꺼내주었다. 평허선공은 뭐가 뭔지 잘 모르겠으나, 우선은 받아두고 볼 일이었다.

"자…… 이만 나는 가보겠네."

난진인은 앉은 채로 그 자리에서 사라졌다.

"흠……."

평허선공은 길게 탄식을 하고는 망연히 태상호를 바라다봤다.

맑은 태상호에는 깊숙한 곳까지 훤히 들여다보이고 그 속에는 신어들의 노닒만 한가로웠다. 평허선공은 잠시 생각을 하는 듯 하다가 어디론가 급히 떠나갔다. 며칠 후 평허선공이 당도한 곳은 동화선궁이었다.

동화선이 관문으로 나와 황급히 맞이했다.

"선공께 인사 올리옵니다."

"음, 그간 별고는 없고?"

"예. 평온하옵니다. 어서 안으로 드옵시지요."

동화선은 얼굴에 기쁜 기색을 완연히 드러내며 앞장서서 청실로 안내했다. 동화선은 걸으면서 생각했다.

'……떠나간 평허선공이 아무 사고 없이 다시 나타난 것은 분명 길조이다. ……그렇지 않고서야 이곳에 나타나실 리가 없겠지…… 필경 문젯거리가 해결된 것이겠지!'

청실에 도착하자 자리를 마련하고 평허선공이 좌정하자, 동화선은 선 채로 기색을 살폈다.

"어쩐 일이시옵니까? 제가 번거롭게 해도 되겠사옵니까?"

"음, 괜찮네! 자네도 거기 앉게."

"예. 감사하옵니다."

평허선공이 자리를 함께 해도 좋다고 하자 동화선은 급히 감사를 표하고 자리에 앉았다.

"내가 다시 와서 궁금하겠군! 안 그런가?"

"예. 하옵지만 천명이라 생각하옵니다."

"천명? 허허, 그래그래…… 그럼 그간의 일을 좀 상세히 들려주게……."

"예? 선공께서는 이곳 선부의 일을 물으시는 것이온지요?"

"아닐세. 옥황 천하를 말하는 것일세. 여전히 세상이 혼란스러운가?"

"아, 예."

동화선은 금세 알아차리고는 말을 이었다.

"그새 여러 가지 일들이 있었사옵니다. 천명이 어긋나는 일은 여전하고…… 지금 옥황부 휘하 삼십삼천에는 특찰 대라명이 내려져 있사옵니다."

"음? 특찰 대라명?"

"예. 태상노군과 복희신, 그리고 연진인을 찾고 있사옵니다."

"호오! 연진인께서도 사라졌다고? 좀 더 소상히 일러보게."

"예. 처음에는 당금 온 세계에 천명이 어긋나는 사태에 대해 태상노군과 복희신께 자문을 구하려 했사오나, 두 분 신께서 사라지셨기 때문에 연진인을 찾으려 하는 것이옵니다."

"그래…… 연진인은 왜 찾는가?"

"예. 최근 연진인께서 태상노군을 수행하고 있는 것으로 생각되기 때문이옵니다."

"음…… 그간 그런 일이 있었구먼……."

"아니! 선공께서는 모르고 계셨사옵니까?"

"음, 나는 연진인께 체포되어 재판을 기다리는 중, 멸진정에 들었었네."

"그렇사옵니까? 그럼, 어떻게 이곳에 오셨사옵니까?"

동화선은 적이 근심스런 얼굴로 물었다.

"음, ……나로서도 뜻밖일세. 난진인께서 죄를 면하여 주셨네."

"그렇게 된 것이로군요!"

동화선의 얼굴은 다시 밝아졌다.

"그렇다네…… 요즘은 세상이 하도 이상하니 화가 복이 되는 수도 있는가 보네! 허허……."

평허선공이 얼굴에 미소를 보이자 동화선은 더욱 편안한 마음이 되어 다시 물었다.

"이곳엔 얼마나 머무르시겠사옵니까?"

"글쎄, ……그건 나도 모르겠네. 생각해 봐야겠지……."

"그럼, 저…… 곡차라도 하시겠사옵니까?"

"아닐세…… 나는 지금 생각해 볼 일이 많다네. 그대하고는 나중에 또 마주할 기회가 있겠지……."

"아, 예. 죄송하옵니다. 저는 그저 선공님을 다시 뵐 수 있었다는 것으로도 과분하옵니다. 제가 공연히 욕심을 부렸사옵니다…… 그럼, 폐처(閉處)로 옮기심이 어떠하올까요?"

"아닐세. 그냥 이곳에 있겠네. 곧 나가봐야 할 것 같으니까."

"예. 저는 이만 물러가겠사옵니다. 분부가 계시면 다시 오겠사옵니다."

동화선이 물러가자 평허선공은 즉시 눈을 감고 현기를 운행하여 생각들을 정리하기 시작했다. 평허의 마음속에는 수천수만 가지의 그림이 그려지고 다시 지워지면서 선택된 그림이 점점 분명해져 갔다.

단정궁의 총관 본유선(本幽仙)

한편 서왕모를 배견하러 떠난 옥황부 특사는 긴 행정(行程)을 거쳐 단정궁(丹晶宮)에 도착했다. 입구에는 이미 소식을 듣고 총관(總管) 본유선이 마중 나와 있었다. 본유선은 여자인데, 하계의 세속 기준으로 본다면 이십대 초반으로 보이는 절세의 미인이다.

옥황부 특사 인월선(仁月仙)은 단정궁 관문에 도달하자, 내심 상당히 놀라 동요를 금할 수 없었다. 단정궁은 여러 빛깔의 안개 속에 감싸여 있었는데, 주변의 공기는 맑고 시원하여, 새벽 공기처럼 신선했다. 그리고 어찌나 고요한 느낌을 주는지 벼락 천둥이 쳐도 그 소리는 주변의 적막한 경관에 압도되어 숨을 죽일 것 같은 느낌이 들었다. 단정궁의 뒤편으로는 끝없이 중첩되어 있는 산이 안개 속에 희미한 모습을 감추고 있었고 옆으로는 깊고 깊은 어두운 호수가 자리 잡고 있었다. 단정궁은 그 명성만큼은 크게 보이지 않았으나 아마 지하로 넓게 자리 잡고 있을 것으로 짐작된다.

특사 인월선이 놀란 것은 첫째 본유선의 자태인데, 물론 이곳에 오기 전에 본유가 여자임을 알고 있었지만, 이렇게까지 어리고 아름다

우리라는 것은 예상하지 못했다. 사실 옥황부 내에서 이만큼 아름다운 여자는 찾아볼 수 없으리라. 둘째는 옥황부 특사를 맞이하는 공식 절차에 이토록 조촐하게 여인 홀로 나온다는 것은 나쁘게 생각하면 옥황부 권위에 대한 모욕이고 좋게 생각하면 가련해 보이는 것이다.

옥황부 특사는 일단은 좋게 생각하기로 했다. 인월선이 주변 경관에 마음까지 동화되어 앞에 있는 여인을 바라보니 이 여인도 한없이 고요하기 때문에 먼저 무슨 말을 꺼내기 민망할 지경이었다. 인월선은 속으로 생각해봤다.

'……이 여인이 과연 총관인 본유선이란 말인가? ……아니라면? ……그럴 리는 없겠지! ……특사를 맞이하는 중요한 절차에 총관이 안 나올 수는 없을 거야. 그런데 이렇게 젊을까?'

단정궁의 총관이라면 대단한 중책이므로 커다란 능력과 깊은 수행이 되어있는 선인이어야 할 텐데, 이 여인은 암만 봐도 도를 닦은 선인의 모습은 아니었다. 인월선은 종잡을 수 없는 생각으로 마음이 잠시 어지러운 중에 신비스러운 음성이 들려왔다. 그 목소리는 사람의 마음을 차분히 가라앉히는 고요하고 아름다운 음악처럼 더없이 맑고 시원했다.

"인사드리옵니다. 특사께서는 원로에 고초가 많으셨지요?"

"흠…… 그대가 이곳 총관인 본유선이오?"

인월선은 얼떨결에 말이 나왔다.

"예. 소녀가 바로 본유이옵니다. 무슨 가르침이라도 계신지요?"

"아니, 아니오! 들어갑시다."

"예. 저를 따라오시옵소서. 본궁은 조금 걸으셔야만 하옵니다!"

특사는 한 발짝 떨어져서 뒤를 따랐다. 가는 길은 이름 모를 부드러운 풀밭이었고, 주변에는 붉은색의 보석덩어리들이 여기저기 신비하게 무리져 있는 것이 보인다. 멀리는 낮은 나무숲이 우거져 있었고, 가까이에는 여러 빛깔의 꽃들이 조용히 피어있었다. 그러나 특사의 눈에 가장 신비하고 아름답게 보이는 것은 바로 앞에 걷고 있는 여인의 모습이었다. 머리에는 예쁜 장식이 붙어있고, 목 뒤에 옥같이 하얀 살결이 조금 드러나 보이며, 긴팔의 옷을 입었으나 그 옷은 망사처럼 속이 훤히 보여 어깨까지는 맨살이 보이고 있었다. 상의와 하의치마는 같은 빛깔로써 아름다운 꽃무늬가 있고 허리는 좁게 잡아매어가지고 그 위에 흰 망사 같은 옷이 한 겹 씌워져 부드럽게 내려져 있었다. 걸음을 뗄 때마다 약간씩 흔들렸고 옷 속에 있는 알몸은 미세한 율동을 만들고 있었다. 인월선은 속으로 흠칫 놀라서 마음을 가다듬었다.

'어허, 내가 무슨 생각을 하는 거야…… 그저 단순한 아름다움인데 감상에 젖다니…….'

인월선은 마음속에 약간씩 일어나는 듯한 감정을 태산 같은 힘으로 억눌렀다.

'……음 ……내가 공연히 긴장하는구나.'

인월선은 왠지 허전한 마음이 진동하는 것을 느끼지 않을 수 없었다. 인월선은 다시 마음을 깊은 곳에 가두어 놓고 명상을 하듯이 감정을 단절시켰다. 이내 마음의 평화가 오고, 주변의 신비롭고 아름다운 경관을 음미할 수 있게 되었다. 두 사람은 마치 인적이 없는 숲 속의 길을 함께 산책 나온 연인과도 같이 한가롭게 거닐고 있는 듯 보였다. 인월선은 주변의 정경과 어우러져 있는 자기 자신을 포함한 두 사람의 모습만을 애써 느끼지 않으려고 마음을 조금 먼 숲 속과 멀리 보이는 산 그림자로 보내버렸다. 안개는 끝없이 계속되고 고요도 점점 깊어지는 듯해서 꿈길을 걷는 것처럼 세상사가 몽롱하게만 느껴졌다. 인월선은 속으로 생각했다.

'길이 멀기도 하군…… 이렇게 먼 거리라면 차라리 신족(神足)을 운행하는 것이 나을 텐데…… 그러나 공식 절차에 품위를 잃는 것은 안 되지…….'

이때 또다시 천상의 음률과도 같은 아름다운 음성이 들려왔다.

"특사께서는 지루하지 않으시온지요?"

"아니오. 경관을 구경하고 있는 중이오!"

인월선은 감정 없이 말하려다 보니 어쩐지 부자연스럽고 약간 화가 난 듯하게 들렸다. 스스로도 속으로 약간 어색함을 느꼈는지 애써 말 한 마디를 꺼냈다.

"이곳의 안개는 참으로 상쾌하오…… 언제까지나 안개는 걷히지 않는 것이오?"

"예, 이쪽 길은 일 년 내내 안개가 걷히지 않사옵니다. 하지만 궁의 저쪽 뒤에는 안개가 없사옵니다."

……인월선이 다시 할 말을 찾으려 하는데 본궁으로 들어가는 입구가 나타났다.

"이제 다 왔사옵니다. 여기가 본궁 입구이옵니다."

본유는 이렇게 말하면서 인월선을 돌아보며 미안한 듯한 다정한 미소를 지었다. 인월선은 아예 쳐다볼 생각도 안 했지만 본유의 아름다운 모습이 보이는 것을 막을 수는 없었다. 이렇게 특사는 단정궁의 본궁에 들어설 수 있게 됐고, 이내 청실에 안내되었다. 특사가 청실에 안내되자, 총관 본유선은 나가고 잠시 후 다른 여인이 들어와 공손히 무릎을 꿇었다.

"특사님께 인사드리옵니다."

인월선이 쳐다보니 역시 젊은 미녀로서 도를 닦은 기색이라곤 전혀 찾아볼 수 없는 청초한 여인이었다.

"음…… 그대는 누구인고?"

"예. 소녀는 원화당주(元和堂主) 가원(家園)이옵니다."

"당주라니?"

"예. 이곳 단정궁 내에서 귀빈을 대접하는 직책이옵니다. 이곳 청실도 원화당 소속이옵니다."

"그런가? 대단하군. 그대는 참 침착하구먼……."

"과찬이시옵니다. 우선 차를 올리겠사옵니다. 차는 임다(臨茶)이라 하옵니다."

"뭐? 임다라고? 그런 귀한 차가 있단 말이오?"

"예. 그러나 특사께서는 더욱 귀한 분이시옵니다."

"무어? 허허……."

특사는 기분이 나쁘지는 않았다. 임다라는 차는 아주 귀한 것인데 또한 어여쁜 여인의 공손한 태도가 적이 맘에 들었던 것이다. 가원은 상냥한 미소를 머금고 공손히 물러간 뒤, 잠시 후 임다를 끓여 내왔다. 그러고는 차를 아주 조심스럽게 탁자 위에 놓고는 아름답고 상냥한 음성으로 고개를 숙였다.

"제가 차 끓이는 솜씨가 없어서 맛이 어떠하올는지요?"

"음, 좋아. 좋아……."

특사는 고개를 끄덕이고는 찻잔을 집어 들었다.

"그럼, 쉬고 계시옵소서. 소녀는 분부가 계실 때까지 물러가 있겠사옵니다. ……그리고 저녁때에는 특사님을 모시는 공식 환영연을 준비했사옵니다.”

“……허허, 기특하구먼.”

가원은 공손히 절하고는 물러갔다. 특사는 기분이 더욱 좋아졌다. 옥황부 특사에 대해 이렇게 마음에 드는 환대는 어느 곳에서도 있을 법하지 않았다. 우선은 환대하는 사람부터가 다른 것이다. 얼마나 예의가 바른가? 게다가 또…… 특사는 마음속으로 자신이 유쾌한 이유가 상대의 예의바름 외에도 그 상대가 바로 여인이라는 데에도 있다는 것을 간과할 수 없었다.

“흠…….”

특사는 속으로 탄식을 하면서 마음을 감독하기 위해 명상에 들었다. 이내 마음의 파도가 가라앉고 태산 같은 고요가 청실에 가득 채워지며 시간의 흐름이 멈추었다. 이 상태에서는 찰나가 영원이고 영원이 곧 찰나였다. 이때 마음의 문을 때리는 미약한 신호가 있어 명상을 깨고 현실로 돌아왔다. 눈은 그냥 감은 채로 두었다. 잠시 후 기척이 나더니, 예의 가원이 나타났다.

“방해가 되지 않았사온지요? ……특사님을 뫼시러 왔사옵니다.”

가원은 빛깔이 짙은 예쁜 옷으로 화려하게 차려입고 밝은 미소로 공손히 서 있었다.

“음…….”

특사가 기척을 하자 가원이 앞장서서 안내를 하고 특사는 그 뒤를 따랐다. 두 사람이 조금 걷자, 작은 문이 하나 나오고, 그 문을 열고 들어서자 좌우로 수십 명의 여인이 시립해 서서 특사를 맞이했다. 좌우의 여인들은 특사가 들어서자 두 손을 맞잡고 고개를 깊이 숙여 인사를 했다.

“특사님을 환영하옵니다…….”

인월선(仁月仙)의 자멸(自滅)

가원과 특사는 수많은 여인이 도열해 있는 그 사이를 통과하여 또 하나의 큰 문에 들어섰다. 여기가 바로 환영 연회장이었다. 연회장은 상당히 넓었는데, 아직 아무도 와있지 않았고, 특사는 가원의 안내로 먼저 상석에 앉았다.

"특사님…… 이곳에 앉으시옵소서. ……곧 천하제일의 곡차를 준비하겠사옵니다."

"음? 천하제일의 곡차라니?"

"예. 이곳의 곡차가 단연 천하제일이옵니다. 옥황부에도 없는 것이옵니다."

"호오, 그런가?"

가원은 말없이 미소를 짓고는 공손한 자세로 조용히 나갔다. 특사의 마음속엔 또다시 기쁨의 아지랑이가 피어올랐고, 오늘의 연회에 대한 기대로 마음이 미세하게 설레는 것을 느꼈다. 특사는 속으로 생각했다.

'……내가 긴장을 하고 있구나…… 마음을 가라앉혀야겠는데…….'

그러나 특사가 마음을 가라앉힐 새도 없이 문이 열리고 여러 명의 여인들이 손에 음식과 술을 받쳐 들고 들어왔다. 여인들은 모두 이십 대 초반의 모습으로 화려한 복장을 했는데, 표정이 깨끗하고 미인인 데다 행동 하나하나가 공손하고 예의바른 태도여서 누구라 하더라도 흡족해하지 않을 수가 없었다. 특사는 속으로 생각했다.

'……음, ……모두들 참으로 예의가 바르고 너무도 아름답구나…….'

음식을 나르는 여인들은 누구나 한 번씩만 들어와서 음식을 차려 놓고는 다시 들어오는 법이 없었다. 이것은 최상의 귀빈을 맞이하는 예법으로서 한 가지 음식을 한 사람이 대접하는 식으로 상을 하나 가득 차리기 위해서는 많은 사람이 필요했다.

특사는 차례차례 드나드는 여인들을 살펴보는 한편, 연회장 내부를 찬찬히 살펴보았다. 특사가 앉은 바로 건너편 벽은 불투명한 하얀색의 평평한 돌로 되어있었는데, 그 넓은 벽이 하나의 돌로 되어있는지 이음새라곤 전혀 찾아볼 수 없고, 벽 전체에 광대하고 화려한 색상의 산수화가 그려져 있었다.

그림의 솜씨는 인간의 세계에서는 결코 있을 수 없는 완벽한 그림이었다. 그림이 어찌나 묘한지 이곳 연회장 전체가 그림 속의 경관과 어우러져 그림 속의 세계와 실제의 연회장이 구분되지 않았다.

그런데 그림도 가까이 가서 살펴보면 실은 벽에다 물감으로 그린 것이 아니라 단순한 벽에다 각종 빛깔의 보석들을 박은 것이었다.

보석들은 절묘하게 돌 속에 박혀있는데, 바늘 끝만한 점에서부터 넓은 면에 이르기까지 정밀하게 조화를 이루고 있었다.

특사가 앉은 쪽 벽에는 주역의 괘상들이 여러 가지 그려져 있었고, 우측 벽에는 신선들이 수도하는데 요결이 되는 경전의 문장들이 장엄하게 쓰여 있었다. 물론 주역의 괘상이나 경전의 글들도 먹물로 쓰인 것이 아니라 검은색의 보석을 박아 넣은 것이었다.

바닥에는 널리 여러 가지 경관이 이루어져 있었는데, 맑은 샘물이 흘러나와 벽 한쪽으로 흐르면서 조그마한 연못들을 여러 개로 만들고, 그 연못 주변에는 신령한 화초들이 무성하게 피어있어서, 고요하고 신비한 여운을 자아내고 있다. 화초 위쪽으로는 폭 좁은 길이 연회장 전체를 둘러있고, 경전이 쓰여 있는 쪽은 자그마한 돌들로 가산이 만들어져 있어서 이곳 연회장 전체가 하나의 아름다운 별천지를 이루고 있는 것이다. 드넓은 천장은 여러 가지 빛깔의 투명하고 거대한 보석으로 되어있었는데, 은은한 빛들이 끝없이 내려와 연회장 전체를 환상적인 분위기로 만들고 있었다. 특사는 내심 너무나 감탄하여 기가 막힐 지경이었다.

'아, 아름답구나…… 장엄하구나…… 이토록 훌륭한 궁전이 어떻게 만들어질 수 있었을까? ……이렇게 신묘한 정경은 옥황부 천하 어디에서도 볼 수 없는 것이야…….'

특사가 감탄하여 깊은 생각에 잠겨있는 동안 술과 음식은 모두 차려지고, 이번에는 각종 악기를 손에 든 십여 명의 악사들이 조용히 들어와 먼저 특사에게 인사를 하고는 자리에 앉았다.

특사가 바라보니 이 여인들은 하나같이 경건하고 청초한 모습에 절정의 미모를 자랑하고 있었다. 마지막으로 들어온 여인은 두 사람, 즉 당주인 가원과 부당주인 주령(周岺)이었다. 두 여인은 특사의 좌우에 앉고 그 한층 밑에 악사들이 앉아서 부당주인 주령의 지시에 따라 낙원의 음악을 연주하기 시작했다. 음악은 고요하고 깨끗하고 아름다웠다.

"특사님께 먼저 잔을 올리겠사옵니다."

가원이 상냥한 미소를 지으며 술을 따랐다.

"음, 훌륭한 정경이군!"

특사가 기분이 한껏 좋아서 술잔을 받으며 답례를 했다.

"특사님, 이곳의 술과 음식도 천하제일이옵니다. 물론 경치도 최고
지만……."

"허허, 과연 그렇구먼."

특사는 시원스럽게 한 잔을 비우고 술맛을 음미하고는 가원의 자
랑을 인정했다.

"소녀도 한 잔 따르겠사옵니다."

이번에는 주령이 따랐다.

"흠, 자네는 누군가?"

"예, 소녀는 이곳의 부당주인 주령이옵니다."

특사는 고개를 끄덕이고는 또 한 잔을 비웠다. 잔이 비워지자 가원
은 즉시 빈 잔을 채웠다.

"그대들도 한 잔씩 하게."

특사는 기분이 좋아 여인들에게도 술을 권했다.

"예, 감사하옵니다."

가원과 주령은 밝은 미소를 지으며 자기의 잔을 채웠다. 음악은 점
점 음률이 오묘해지면서 취흥을 돋우기 시작했다.

특사는 연거푸 술을 들며 가원과 주령을 바라보며 즐거워했다.

"자, 내가 한 잔씩 따르지……."

특사는 취기가 돌자 더욱 즐거운 기분이 되어 가원과 주령에게 술
을 따라주었다.

"예, 영광이옵니다. 특사님께서도 좀 드시옵소서."

두 사람은 번갈아 술을 따르고 음식도 권했다. 연회는 점점 흥이 더해가고 특사는 완전히 도취되었다. 얼마간 시간이 흐르자 주령이 가볍게 손바닥을 쳐서 신호를 보내자, 문이 열리면서 수십 명의 무희가 줄지어 들어왔다. 이 여인들은 화려한 옷을 입고 머리를 곱게 빗어 장식을 꽂았고 연회장에 들어와서는 즉시 특사를 향해 무릎을 꿇어 인사를 올리고는 음악에 맞춰 춤을 추기 시작했다.

수십 명의 여인이 한데 어우러져 추는 춤은 그야말로 살아있는 꽃들의 가장 아름다운 동작들이요, 가장 신비한 움직임들이었다.

'오호, 훌륭하도다, 아름답도다……'

특사는 속으로 연신 감동하면서 계속해서 술을 들이마셨다. 그러는 사이 춤을 추는 여인들은 어느덧 사라지고 다시 다른 여인들이 들어왔다. 이번에 들어온 여인들은 겉옷은 하얀 망사 옷으로 속이 훤히 들여다보였고 속에 한 겹의 옷을 더 입고 있었으나 그 옷은 더욱 투명하여 알몸을 그냥 드러내 보이고 있었다.

춤은 때로 고요하였고, 때로는 격렬하여 묘하게 관능을 자극하였으며, 그 아리따운 몸매의 움직임은 한순간도 눈을 뗄 수 없게 만들었다.

"음……"

특사는 속으로 탄식했다.

'이토록 아름답다니……'

특사는 취기가 점점 더 올랐고 알몸이 훤히 보이는 절묘한 춤은 혼을 빼앗아가는 듯했다. 점점 춤에 취해 자신도 모르게 술을 쉬지 않고 마셨고, 정신은 점점 몽롱해져갔다. 그런데 이 순간 돌연 특사의 마음속에는 한 여인의 모습이 꿈처럼 피어올랐다. 그 여인은 바로 총관인 본유였다. 특사의 무의식은 이곳에 드나든 모든 여인들과 본유의 모습을 비교하며 즐기는데, 마음속에서는 모든 여인의 모습이 점점 사라져가고 오로지 한 여인의 모습만 분명해져 갔다.

'음, 본유가 보고 싶구나…… 어디를 갔을까?'

특사는 본유와 함께 걸었던 길과 그 주변의 정경, 그리고 본유의 한없이 맑고 고요한 모습이 못 견디게 보고 싶어졌다. 특사는 바로 눈 아래에서 춤을 추고 있는 알몸의 여자들에게서 본유의 모습을 그리기 시작했다. 특사의 귀에는 어느덧 음악 소리가 들리지 않았고 앞에서 춤을 추는 여인도 보이지 않았으며, 본유의 모습만 애타게 그리며 꿈속으로 빠져들고 있었다.

간혹 격렬한 음악 소리에 정신이 환기될 때는 오히려 여인들의 알몸에서 본유의 알몸을 상상해내고 더욱 본유가 그리워졌다. 이제 특사는 본유가 보고 싶어서 견딜 수가 없을 지경에 이르렀다.

"가원!"

특사는 옆에 있는 당주를 불렀다.

"예……."

당주는 맑은 모습으로 특사를 바라봤다.

"총관은 여기에 오지 않는가?"

"예. 총관께서는 갑자기 일이 생겨 궁 밖에 나가있사옵니다."

"음, 그런가? ……언제 돌아오는가?"

"예. 소녀는 잘 모르옵니다. 하지만 일이 끝나는 대로 즉시 돌아와 특사님을 뫼시겠다고 하였사옵니다. 그동안 저보고 잘 모시라고 지시하였사옵니다."

"음……."

특사는 고개를 끄덕였지만 속으로는 여간 서운한 것이 아니었다. 특사는 하는 수없이 기다릴 수밖에 없었는데, 마음은 점점 초조하였고 가슴은 탔다. 시간은 흐르고 연회는 계속되었지만 본유는 나타나지 않았다. 특사는 다시 한 번 재촉했다.

"총관은 먼 곳에 갔는가?"

"아니옵니다…… 일은 금방 끝난다고 했사옵니다."

"그래? ……그런데 이토록 늦는가?"

"예. 곧 나타나실 것이옵니다. 특사님."

"음, ……누가 알아볼 방법은 없는가?"

"예. 정확히 어디로 갔는지 알 수가 없사옵니다…… 특사님, 조금만 더 기다리시지요."

가원은 상냥한 미소를 지으며 술을 따랐다. 특사는 허전한 마음으로 술잔을 받아 비우고는 가원에게도 한 잔 따라주었다. 그러나 특사의 마음속으로는 본유에게 술을 권하고 있는 것이었다.

"예. 감사하옵니다."

특사는 가원의 목소리에서 본유의 목소리로 마음이 흘러들어갔다. 특사는 처음, 단정궁에 도착했을 때부터 본유의 모든 모습, 목소리, 몸짓, 걸음걸이, 뒷모습, 옆모습, 미소 등을 하나도 남김없이 상상하고 그리면서 무의식적으로 술을 마시고 있었다.

종종 연회장 문이 열리면서 음식을 치우고 나르는 여인이 드나들 때마다 혹시 총관 본유가 들어오는 것이 아닌가 하고 특사는 문 쪽을 힐끗힐끗 바라봤지만 본유는 오래도록 나타나지 않았다.

시간은 점점 흘러갔다. 다시 문이 열리며 어떤 여인이 들어와 특사

옆에 있는 가원을 바라보자 가원은 급히 일어나서 문 쪽으로 다가갔다. 특사가 슬쩍 바라보니 들어온 여인은 가원에게 무엇인가 작은 말소리로 보고를 하는 것 같았는데, 가원의 얼굴은 이내 밝아지고 있었다. 특사는 가슴이 두근거리기 시작했다.

'본유가 온다는 기별이 아닐까……?'

들어온 여인은 다시 나가고 가원은 빠른 걸음으로 특사 곁으로 다시 와 앉았다. 가원이 특사에게 말을 하기도 전에 특사가 가원의 얼굴을 바라보자 가원은 미소를 지으며 말했다.

"특사님, 총관께서 연락해 왔사옵니다. 곧 일을 끝내고 궁으로 들어오시겠다 하옵니다. 특사님께서는 이곳에서 총관을 보시겠사옵니까?"

"음, 글쎄……."

특사는 본유가 온다는 말에 정신이 번쩍 들고 가슴은 더욱 두근거렸다. 특사가 어쩔 줄 몰라 망설이자 가원이 말을 이었다.

"특사님, 술자리를 다른 곳에 마련하올까요? 경치 좋고 조용한 곳이 있사옵니다! ……특사님께서도 총관을 조용한 곳에서 별도로 보시는 것이 어떠하올는지요?"

"음? 그래. 그게 좋겠군."

특사는 마음이 설레면서 급히 대답했다. 조용한 곳에서 본유를 별도로 본다면 이보다 좋은 일은 없을 것이다. 음악도 춤도 음식도 다 없어도 좋다. 오직 본유를 볼 수 있다는 것이 즐거웠다. 본유를 볼 수 없으면 괴로워 죽을 것만 같았다. 부당주 주령이 손뼉을 가볍게 치자 춤이 멈추어지고 무희들이 사라지자 음악도 멈추었다. 연회장은 순식간에 고요해지고 영롱한 불빛만 여전히 실내의 모든 정경을 밝히고 있었다.

"특사님, 그럼 자리를 옮기실까요? 제가 안내해 드리겠사옵니다."

"음……."

특사는 짧게 대답하고는 즉시 일어나서 가원의 뒤를 따라나섰다. 문을 열고 연회장을 나서자 문밖에는 역시 수많은 여인들이 고개를 숙여 인사를 하며 특사를 환송했다.

여인들의 모습은 누구나 밝고 청초했다. 가원은 이 여인들 사이를 빠져나와 석벽 사이의 긴 복도를 거쳐 후원으로 나왔다. 특사는 가슴만 설레면서 아무 말도 하지 않고 가원의 뒤만 따라 걸었다.

후원은 상당히 넓었다. 가는 길목에는 아름다운 초목들이 곱게 조화를 이루고 있었고, 날은 이미 어두워져 하늘은 캄캄한데, 별들이 빛나고 있었다. 길은 꼬불꼬불 길게 이어져서 한참만에야 목적지에 도달하였다. 그곳에는 작은 정자가 하나 있었고, 저쪽 앞으로는 작은 연못이 있었으며 연못 건너편으로는 숲이 끝없이 이어져 있었다. 특사가 정자에 오르고 보니 정자 안에는 이미 조그마한 술상이 차려져 있었고 좌석도 마련되어 있었다.

"특사님, 이곳이옵니다…… 마음에 드시는지요?"

"음, 괜찮네……."

특사는 이곳 분위기가 몹시 마음에 들었다. 주변은 깊고 고요한 데다 좌석을 보니 한 사람만 더 앉을 수 있게 되어서 본유와 단둘이서만 자리를 즐길 수 있게 되어 있는 것이었다. 특사는 기쁜 마음에 자리에 털썩 앉아서 주변의 정경을 여유 있게 음미했다.

"특사님, 소녀는 이만 물러가겠사옵니다. 여기서 잠시 쉬시면 총관이 올 것이옵니다."

가원은 미소를 지으며 고개를 숙여 인사를 했다.

"음, 수고 많았네…… 나는 이곳에서 쉬고 있겠네!"

가원이 물러가자 주변은 더욱 고요했고 가슴은 더욱 설레었다. 특사는 혼자 술을 한 잔 따라 천천히 들이마셨다. 그러고는 또 한 잔의 술을 따랐다. 특사의 마음속에는 갖가지 상상과 함께 본유의 모습이 아련히 떠올랐다. 특사는 마음속에 나타난 본유의 모습을 잠시도 놓치지 않고 음미하면서 자기도 모르게 신음소리를 냈다.

"흠…… 왜 빨리 안 오는 걸까?"

특사는 마음이 초조해서 잠시의 시간이 한없이 길게만 느껴졌다. 주변의 모든 것은 한없이 고요하였고, 컴컴한 하늘에 별들도 숨을 죽이고 있는 듯했다.

특사는 귀에 온 신경을 집중해서 아무리 작은 소리라도 놓치지 않고 있었다. 그러나 사람의 발자국 소리는 들리지 않고 시간만 자꾸 흘러갔다. 특사의 마음속에는 불안한 생각도 일어났다.

'……혹시 안 오는 것은 아닐까?'

특사는 또 잔을 들어 술을 마셨다. 그리고 또 따랐다. 그런데 인기척이 났다. 발자국 소리였다. 분명 본유였다. 특사는 육감으로 그것을 알 수 있었다. 가슴은 두근거리기 시작했다. 이윽고 본유가 나타났다.

"특사님, 오래 기다리셨지요? ……지루하지는 않으셨사옵니까?"

"오, 총관이오? ……이곳 경치가 좋아서 괜찮았소."

특사는 짐짓 침착하게 대답했다.

"미안하옵니다. ……갑작스런 일이라서."

본유는 특사 옆에 다소곳이 앉았는데, 특사가 바라보니 화사하고 투명한 옷을 입었다. 달빛에 속살이 어렴풋이 비쳐보이었고, 맑고 고요한 얼굴에는 신비함과 청초함이 가득했다. 특사가 먼저 잔을 권했다.

"본유, 내가 한 잔 따르겠소이다."

"아니옵니다. 제가 먼저 잔을 올리지요. 그리고 특사님, 말씀을 낮추옵소서. 그렇지 않으면 소녀는 어려워서 특사님을 오래 모시지 못할 것이옵니다."

"음? 허허허……."

특사는 본유의 아름다운 목소리에 마음이 크게 동요되어서 아무 말도 못 하고 그저 웃을 뿐이었다. 특사는 떨리는 손으로 잔을 들어 마시고는 그 잔을 본유에게 돌렸다.

"본유, 그럼 내가 한 잔 따르겠소이다……."

"예. 고맙사옵니다. 그런데 특사님, 말씀을 낮추시지 않을 것이옵니까?"

"허허, 알았소 ……아니, 알겠네……."

"특사님, 그럼 됐사옵니다. 한 잔 더 받으소서."

본유는 더욱 다정한 표정을 지으며 몸을 특사 쪽으로 돌려서 술을 따르는데, 특사의 눈에는 본유의 전신이 보였고, 달빛에 비치는 본유의 하얀 알몸은 꿈틀거려서 특사의 마음을 현란하게 했다.

특사는 크게 마음이 동요되고 강한 정욕의 불길이 타오르기 시작했다. 특사는 자기도 모르게 느닷없이 본유의 손을 잡았다. 감촉은 한없이 부드럽고 청량했다. 본유는 약간 놀라며 가볍게 손을 빼내었다.

"특사님……."

본유는 무엇인가 말을 하려다가 그만두고 다른 말을 이었다.

"술이나 더 드시옵소서."

"아니! ……술은 많이 들었네."

특사는 본유가 따르는 술을 물리치다가 잘못 건드려 술병을 놓쳤다. 술은 본유의 고운 치마에 쏟아졌다.

"어머!"

본유는 가볍게 신음했고, 술은 치마 속으로 스며들어 여인의 하얀 허벅지가 드러났다.

"본유, 이거 미안하구먼……."

본유는 아무 대답을 하지 않았다. 특사가 본유의 얼굴을 보니 여전히 신비한 침묵에 청초한 모습은 가냘프게 보였다. 특사는 옆으로 성큼 다가가서 거리낌 없이 두 손을 잡았다. 특사의 손은 떨리고 있었다.

"특사님!"

본유의 아름다운 목소리가 들렸다.

"……진정하시옵소서."

본유는 이렇게 말하면서 한 손을 가볍게 뿌리쳤다. 그러나 한 손은 여전히 특사의 손에 잡혔는데, 본유는 손을 빼내지는 않고 고개만 돌려 다른 곳을 보고 있었다. 특사는 더욱 다가가서는 본유의 양쪽 어깨를 끌어당겼다. 본유는 힘없이 끌려와 특사의 가슴에 안겼다. 본유는 약하게 물리치면서 애절하게 말했다.

"특사님, 왜 이러시옵니까? 많이 취하셨사옵니다!"

"뭐 내가 취했다고? 그래! 아니, 나는 취하지 않았다네, 단지……."

특사는 이제 본유의 상체를 완전히 끌어당겨서는 그 얼굴에 입술을 맞대고는 본유의 입술을 찾아 미친 듯이 달려들었다. 특사의 손은 이미 본유의 허리를 감싸 쥐고 손을 옷의 안쪽에 집어넣어 맨몸을 더듬고 있었다.

"특사님, 잠깐만…… 제 얘기를 들으시옵소서."

특사는 잠시 동작을 멈추고 본유의 얼굴을 바라봤다. 팔은 여전히 본유의 등과 허리를 끌어안은 채였다.

"특사님…… 제발 진정 하시옵소서…… 저를 어떻게 하시려고 하옵니까?"

"음, 나는 그대를 갖고 싶어……."

"강제로 말이옵니까?"

본유의 차분하고 깨끗한 목소리에 특사는 잠시 진정했으나 끓어오르는 욕정은 잠재울 수가 없었다. 그러나 강제로 갖겠느냐는 질문에는 적당한 대답을 생각해 낼 수가 없었다.

"음…… 본유, 당신은 너무나 아름다워. 난 당신을 갖지 않을 수가 없어……."

"특사님, 저의 육체가 좋사옵니까?"

특사는 생각해보니 그런 것만은 아니었다.

"아니, 나는 당신을 좋아해. 몸도, 마음도……."

"특사님, 저도 특사님을 존경하옵니다. 하지만 특사님은 두렵지 않으시옵니까?"

"무엇이 두려운가?"

"저를 소유한다는 사실이 말이에요…… 점점 욕망이 커질 테온데요……."

본유의 음성은 떨리는 듯했다. 특사는 본유가 자신을 허락했다는 것을 느꼈다. 특사는 이미 결심했고, 한없는 욕망이 화산처럼 분출되어 걷잡을 수 없었다.

특사는 더 이상 가만있지 않았다. 본유의 허리를 감싸고 있는 손은 더욱 아래로 내려 둔부를 더듬으면서 옷을 잡아당겨 하체의 알몸을 드러냈다.

"아…… 음."

본유는 가볍게 탄식하고는 눈을 감았다. 특사는 본유를 바닥에 아무렇게나 눕히고는 상체의 옷마저 잡아당겨 찢었다. 본유의 완벽한 육체가 드러났고, 실오라기 하나 걸치지 않은 알몸에는 달빛이 와서 부드럽게 빛나고 있었다.

특사는 전신을 더듬었다. 그러고는 자신의 입술을 본유의 입술에 맞대고는 가볍게 빨았다. 본유는 여전히 눈을 감은 채 고개를 약간 옆으로 돌렸다.

특사는 손으로 다시 얼굴을 당겨 바로하고는 한참동안 입술을 탐닉했다. 이윽고 특사는 자신의 아래 도포를 벗어내 자신의 하체의 알몸을 드러냈다. 이어 자신의 남성을 여인의 가장 깊은 곳에 밀어 넣고는 황홀경으로 빠져들었다. 본유는 신음 소리를 냈다.

"음…… 아."

그리고 두 손으로 특사의 머리를 가볍게 감싸고는 손을 등의 한 곳으로 더듬어 내린 뒤 어느 지점을 손가락으로 약하게 찔렀다. 그러고는 미세한 기운을 주입하기 시작했다. 이어 한 손은 내려 남자의 둔부 어느 지점을 찌르고는 또한 기운을 주입했다. 그 순간 특사의 몸에는 이상한 현상이 나타났다. 특사의 몸에는 야릇한 쾌감이 전신을 감돌며 의식은 점점 특사의 남성 부위 쪽으로 집중되어 그 힘이 한없이 강화되었다.

특사는 더욱더 정사에 몰두하면서 극한의 쾌감을 느끼고 정액을 분출했다. 그런데 분출했던 남성의 힘은 약해지기는커녕 더욱더 강해지면서 쾌감도 더욱 증가되어 깊게 깊게 육체의 낙원으로 빠져들어 갔다.

특사의 천 년 동안 지켜온 평정은 서서히 무너지고 끝없이 증가하는 육체적 쾌락에 전신이 진동했다. 또다시 정액이 분출했다.

그러나 이번에도 힘은 더욱 강해지고 욕정도 증강되어 갔다. 욕정이 증강되자 온 신경은 더욱더 남성 부위에 집중하게 되었고, 이제는 외부에 대한 감각은 완전히 문을 닫은 채 육체의 늪으로 한없이 빠져들었다.

정액의 분출은 계속 되었다. 그러나 찰나동안 힘이 보강되었고 사정하면서 쾌감은 끝없이 치솟았다. 이제는 아무도 특사를 깨어나게 할 수는 없었다. 특사는 걷잡을 수 없이 정사에 몰두하였다. 천 년 동안 모았던 기운을 아낌없이 방출하면서, 꿈속을 헤매었다.

본유는 손가락을 통해 등과 둔부 쪽으로 더욱 강한 기운을 주입시키면서 특사의 몸속에 있는 모든 신경과 장기를 쾌감을 느끼는데 몰두하게 만들었고, 최후의 한 방울의 기운도 남김없이 뽑아냈다.

마침내 특사는 날이 밝고 나서도 정신없이 수백 수천 번의 쾌감 속에 한없이 정액을 쏟아내고는 끝내 본유의 배 위에 엎드려 죽었다.

본유는 특사가 죽었어도 잠시 더 기운을 주입하여 죽은 시체 속에 남아있는 마지막 정액마저도 뽑아냈다.

특사의 몸은 이미 죽었는데도 진동하며 뼛속까지 녹아서 흐느적거리다가 쭈글쭈글해졌다. 이윽고 본유는 특사의 껍질만 남은 육체를 가볍게 밀쳐 던지고는 일어나서 알몸을 드러낸 채 정자로부터 걸어 내려와 숲 속의 길로 사라져갔다.

얼마 후 본유는 아름다운 옷으로 다시 그 알몸을 감싸 입고는 청실에 모습을 나타냈다. 잠시 후 당주인 가원도 들어와 본유에게 인사를 했다.

"총관님, 밤새 안녕하셨사옵니까?"

가원은 미소를 머금은 채 안부를 물었다.

"음, 잘 지냈어……."

본유는 예의 아름답고 고요한 음성으로 대답했다.

"그리고 총관님, 특사는 어찌 됐사옵니까?"

"특사? ……죽었어! 내 배 위에서!"

"그렇겠군요! 그런데 어떻게 총관님은 특사를 그토록 쉽게 유혹할 수 있었사옵니까?"

"응, 그건 쉬운 일이지…… 나는 처음부터 특사의 심리를 완전히 파악했지…… 그래서 그자의 마음속에서 좋아하는 여인의 모습을 발견해내고 연출해내서 유혹을 했지. 결국 그자는 나를 가졌고, 또 그것에 스스로 빠져 죽은 격이 된 것이지."

"총관님 만약 말이옵니다. 어떤 도인이 있어서 어떠한 여자의 모습도 좋아하지 않는다면 그 사람은 유혹할 수 없는 것이옵니까?"

"그런 사람은 없어…… 누구라도 영혼 속에 자기가 좋아하는 여성의 유형, 즉 자태가 조금이나마 있게 마련이야. 나는 아무리 적은 것이라도 즉시 그 감정을 발견해서 나의 모습을 그 사람이 좋아하는 형태로 만들 수 있고, 또 그 사람이 좋아하는 자태를 행해서 그 사람을 완벽히 유혹해 낼 수 있어, 누구든지……."

"총관님, 저는 언제나 그런 힘을 가질 수 있겠사옵니까?"

"음, 너는 아직 멀었지만, 꾸준히 공부해 나가야해. 언젠가 너도 나처럼 될 수 있겠지……."

"예. 저도 꾸준히 노력하겠사옵니다. 그리고 총관님의 가르침을 잠시도 소홀함이 없이 따르겠사옵니다."

"그래그래."

본유는 미소를 지으며 고개를 끄덕였다. 가원은 특사에 관해 간단히 얘기를 마치고는 일상 업무로 돌아가기 위해 조용히 청실을 나섰다. 특사가 죽었다는 소식은 나중에 옥황부에 보고될 것이었다.

평허선공의 문복(問卜)

지금 옥황부 산하 동화궁 청실에서는 평허선공이 생각에서 깨어났다. 평허선공은 아직 정리하지 못한 여러 가지 생각 때문에 심기가 불편했다. 아무리 생각해봐도 풀리지 않는 많은 문제가 산적해 있었다.

선공은 다시 눈을 감고 마음을 천지의 근원과 합일시킨 후 가까운 미래에 대해 문복(問卜)하여 하나의 원상(原象)을 잡아냈다. 괘는 손위풍(巽爲風:☴☴)이었다.

'음, 손위풍이라…… 바람이 바람을 따른다…… 빈번하고 다양한 일들이 일어나는 것…….'

평허선공은 다시 한 번 괘상을 음미하고는 자리에서 일어났다.

'아무래도 나가봐야겠군…… 번거로운 일들이 많겠어!'

평허선공이 청실 밖으로 나서자 문밖에는 동화선이 시립해 서 있었다.

"선공께서는 행차를 하시려 하옵니까?"

"음, 잠시 나갔다 오겠네. 곧 다시 올 것이야."

"어디를 다녀오시겠사옵니까?"

"하계에 가보려 하네!"

"예? 예……."

동화선은 더 이상 물을 수가 없었다. 속으로 궁금하기는 하지만 다시 돌아온다니 그때 가서 물어보면 되는 것이다. 평허선공은 바람처럼 사라졌다.

며칠 후 평허선공이 나타난 곳은 남선부 산하의 하계인 지리산 천소(天所)였다. 지리산 천소는 선인(仙人) 고휴(古休)가 수도하는 곳이다. 고휴는 당초 연진인에게서 평허선공을 체포하여 남선부로 압송하라는 명을 받았다. 그러나 평허선공이 압송 도중 도망가자 임무를 완수하지 못하고 죄를 지었기 때문에 벌을 받기 위해 대기하고 있는 중이었다. 원래 연진인은 남선부로 평허선공을 압송하라고 하였지만, 고휴는 남선부에서 오랫동안 기다릴 신분이 못 되기 때문에 하계인 지리산의 자신의 도량에서 근신하는 중이었다.

고휴는 외부와 일체의 인연을 끊고 금동 밀실(禁洞密室)에서 면벽하고 있는 것이다. 평허선공은 밀실 내부에 나타나 고휴 옆에 섰다. 그러고는 잠시 주변을 돌아보고는 조용히 불렀다.

"고휴, 일어나게!"

평허선공이 고휴를 부르는 음성은 작고 고요했지만, 그 음성 속에는 태산도 움직이고 죽은 사람도 일어나게 하는 천형(天亨)의 기운이 서려있었다. 고휴는 깊은 명상의 세계에서부터 무엇인지 알 수 없는 힘에 의해 강제로 쫓겨나듯 현실의 세계로 떠올랐다. 고휴가 눈을 뜨고 평상의 마음을 회복하자, 바로 앞에 평허선공이 서 있는 것이 보였다. 고휴는 약간 놀라면서 조용히 예의를 차렸다.

"선공께서 오셨사옵니까?"

"음…… 그간 잘 있었는가?"

……고휴는 대답이 없었다. 그러자 선공은 인자한 표정을 지으면서 크게 웃었다.

"허허…… 자넨 심기가 편치 않은가 보군! 나는 자네를 편하게 해 주러 온 것이야."

"죄송하옵니다……."

고휴는 여전히 우울한 듯한 목소리로 마지못해 대답했다.

"허허…… 이해하겠네. ……좋아, 자네 이것이 무엇인지 아는가?"

평허선공은 품에서 난진인의 영패를 꺼내보였다. 평허선공의 얼굴에는 어느덧 미소는 싹 가셔 있었다. 고휴는 황급히 머리를 조아렸다.

"그것은…… 난진인의 영패가 아니옵니까?"

"음…… 자네에게 명하겠네. 자네는 이 시간부터 죄인이 아닐세. ……평상심으로 돌아가게."

"예? ……예. 천은에 감사드리옵니다."

고휴의 목소리는 평상으로 돌아왔다. 그리고 이내 밝은 표정으로 말을 이었다.

"선공께서 바쁘시지 않으면 청실로 뫼실까 하옵는데요?"

"음. 그렇게 하게."

평허선공의 얼굴은 다시 자비스럽게 변했다. 고휴는 즉시 일어나 청실로 향했다. 평허선공은 고개를 끄덕이며 뒤를 따랐다.

잠시 후 청실에 도착하자 고휴는 평허선공을 상좌에 앉힌 후 의향을 물었다.

"차를 드시겠사옵니까? 이곳엔 임다(臨茶)가 있사옵니다."

"무어? 임다라고 했나? 하계의 이런 곳에 임다가 다 있다고? 허……."

"예. 전에 난진인께서도 칭찬하셨사옵니다."

"음…… 그런가? 어서 내오게."

고휴는 즉시 청실을 나섰다. 그러고는 신속히 차를 끓여내 왔다. 고휴는 찻상을 평허선공 앞에 조심스럽게 내려놓고는 선 채로 평허선공의 다음 지시를 기다렸다.

"자네도 편히 앉게."

"예. 감사하옵니다."

고휴가 자리를 정해 앉자 평허선공이 다시 말했다.

"고휴, 나는 자네하고 상의할 일이 좀 있어서 왔네."

"예? 상의라고 하셨사옵니까? 저 같은 것에게 무슨 상의할 일이 있겠사옵니까? 분부가 계시오면 저는 명에 따르겠사옵니다."

"음……."

평허선공은 고개를 한 번 끄덕인 후 조용히 말을 꺼냈다.

"고휴, 자넨 내가 도주한 후 연진인을 뵈었나?"

"아니옵니다."

"그럴 테지…… 그럼, 무슨 연락도 받지 못했고?"

"예."

"역시 그랬군. 고휴, 사실 말일세, 나도 연진인에게 아무런 지시를 받지 못했네."

"예? 선공께옵서는 도주를 하셨기 때문에 연진인의 명을 받지 못한 것이 아니시온지요?"

"음. 그러나 나는 체포되었었네!"

"예? 어떻게……?"

"음. 신시 정산에서 체포되었네. 연진인께서는 이십 년 전에 이미 체포령을 내려 놓으셨더군…… 그래서 나는 남선부로 소환되어 기다렸지…… 그런데 연진인께서는 끝내 나타나지 않으셨어."

"그랬었군요."

고휴는 고개를 끄덕이며 의아스러운 표정을 지었다. 다시 평허선공이 말을 이었다.

"고휴, 자네와 나는 기다리라는 지시를 받았지만 종내 연진인을 배견하지 못했네. 왜 그럴까?"

"예. 그건 아마 좀 더 기다리라는 뜻이 아니시온지요?"

"아닐세…… 왜냐하면 나는 난진인의 사면을 받았기 때문일세…… 난진인께서는 연진인이 결코 나타나지 않으실 것을 아셨기 때문에 그 어른께서 대신 나타나신 것이지…… 게다가 나에게 영패까지 남겨주셨는데 이건 무슨 뜻이겠나?"

고휴는 대답을 못하고 평허선공의 기색을 살피자 평허선공은 말을 계속했다.

"난진인께서는 죄인인 나를 용서하시고 거기다 영패까지 주셨네…… 당초 나의 죄가 무엇인가? 도주였지! 그럼 도주한 내가 이제 죄가 없어졌다면 나를 놓친 자네는 무슨 죄인가? 아무 죄도 없는 것이겠지. 그래서…… 내게 영패를 내려 자네 죄까지 용서를 하신 걸세."

"아, 예. 그렇사옵니다. 그런데 그 외에는 영패를 내리신 뜻이 없겠사옵니까?"

"글쎄, ……나도 생각 중인데 아직은 잘 모르겠네! 아마 그 어른께서는 내게 직접 명령을 하실 수 없는 이유가 있으셨을 거야……."

"……선공께서는 그 영패를 받으실 때 묻지 않으셨사옵니까?"

"물어보았지…… 그러나 대답해 주시질 않았어. 천기라서 누설할 수 없다고 말일세……."

고휴는 뭐가 뭔지 알 길이 없었으므로 침묵할 수밖에 없었다. 평허선공도 잠시 침묵하더니 자리에서 일어났다.

"고휴, 나는 이만 가보겠네…… 아마 나중에 다시 볼 수 있을 것 같네. ……그리고 무엇인가 생각나는 게 있으면 동화선부로 연락해 두게."

"예? ……선공께서 깊게 통찰하실 테온데 제가 무슨……."

"아닐세. ……자네의 생각을 나는 신임하네."

"예. 황공하옵니다."

평허선공은 떠나갔다. 고휴는 정좌를 하고 생각을 정돈하기 시작했다.

봄비는 대지의 기운을 북돋우고

한편, 서울로 떠나간 인규 일행은 건영이네 집에 당도하여 건영이 아버지와 마주앉았다. 건영이 아버지는 뜻밖의 손님들에 대해 대단히 기뻐하면서 그간의 안부를 물었다.

"정마을의 모든 분들은 잘 지내십니까?"

"예. 아드님도 잘 있고……."

박씨는 건영이 아버지의 말에 응대하면서 무슨 말을 먼저 꺼내야 할지 몰라 망설였다. 건영이 아버지의 생각은 이들이 서울에 온 것은 자신의 부탁으로 정마을로 이주하는 문제에 대해 의논하기 위해서인 것으로 알고 있었다. 그래서 건영이 아버지는 자신의 생각을 다시 한 번 정중하게 얘기했다.

"저…… 인규에게 이미 들으셨을 줄 압니다만…… 우리 가족이 정마을로 급히 이주하려 하는데 정마을 사정은 어떠한지요? 외부인을 받아들일 수 있는지요?"

이 말에는 옆에 있던 남씨가 답변했다.

"그 점에는 염려 마십시오. 우리 정마을 사람들은 외부사람을 마다

하지 않습니다. 더구나 건영이 집안사람들은 외부사람이라 할 수도 없습니다……."

"예. 그렇게 생각해 주신다니 고맙습니다. 그럼 수일 내로 떠날 준비를 하겠습니다. 그건 그렇고 두 분은 며칠간 쉬시면서 서울 구경이나 좀 하시고 저와 함께 정마을로 가도 되겠습니까?"

"그럴 수도 있지요. ……그러나 저희가 온 것은 다른 목적 때문입니다."

"예? 무슨 목적 때문인지요?"

"저희는 아드님의 부탁을 받고 건영이 아버님을 도와드리러 왔습니다."

"예? 무슨 말씀이신지?"

건영이 아버지는 의아스러워서 남씨와 박씨를 번갈아 쳐다보았다. 박씨는 무슨 말을 하려다말고 남씨를 쳐다보며 남씨의 말을 기다렸다. 남씨는 애써 밝은 표정을 지으면서 조심스레 얘기했다.

"건영이 아버님, 저희는 이곳의 문제를 해결하려고 왔습니다. 현재 건영이 아버님은 폭력배들에게 협박을 받고 있지 않습니까?"

건영이 아버지는 폭력배라는 말을 듣자 갑자기 근심스런 빛을 띠면서 말소리를 낮추었다.

"그렇긴 합니다만. ……해결이라니요?"

"예. 간단히 말해서 우리는 그 폭력배들을 몰아내려고 합니다."

"예?"

건영이 아버지는 크게 놀랐다.

"아니, 무슨 말씀이신지요? ……어떻게 폭력배들을 몰아냅니까? 그들은 거대한 조직인데요……."

"염려 마십시오……. 대책이 서 있습니다. ……그보다는 현재 그들이 건영이 아버님을 감시하고 있습니까?"

"물론이지요. 이 근처와 저의 사업처 근처에는 항상 감시가 붙어있지요."

"그렇군요."

남씨는 고개를 끄덕이고는 잠시 생각했다. 그리고는 무슨 방안을 찾아냈는지 당당한 목소리로 말했다.

"그렇다면 이곳은 위험하군요…… 어디 며칠 피신할 곳은 없는지요?"

"예. 피할 곳은 있습니다만……."

건영이 아버지는 망설이며 말을 잇지 못했다.

"건영이 아버님, 염려 마십시오. ……모든 것은 치밀하게 계획되어 있습니다. ……급히 가족 모두가 피신해야겠습니다. 가족은 모두 몇 명이나 됩니까?"

"예. 가족이라야 저와 처가 있고, 건영이 할머니가 있을 뿐입니다."

"그 외에 고용인들은요?"

"……가정부와 운전사, 그리고 저의 비서격인 김군이 있습니다."

"그런가요? ……그럼 지금 당장 움직이시지요."

건영이 아버지는 여전히 망설이며 근심스레 물었다.

"글쎄요…… 이렇게 해도 되는 건가요?"

"하하…… 참, 건영이 아버님도…… 실은 우리가 정마을에서 떠날 때 산신령이신 촌장님한테 자세한 지시를 받았어요."

남씨는 태연하게 거짓말을 했다. 건영이 아버지를 움직이려면 이 방법밖에 없었다. 박씨와 인규도 촌장 이야기가 나와서 깜짝 놀랐지만, 곧바로 거짓말을 하는 이유를 눈치 챘다. 건영이 아버지는 아무 것도 모르고 촌장 이야기가 나오자 다소 안심이 되었는지 얼굴빛이 밝아졌다.

"그렇군요! ……그렇다면 저의 절친한 친구가 용산 쪽에 살고 있는데 그곳이 조용합니다. 그리로 갈까요?"

"그러시지요!"

이렇게 해서 정마을 가족들은 건영이 집을 나와 용산에 있는 건영이 아버지 친구의 집으로 급히 피신했다. 다행히 도중에 미행은 없었다. 폭력배들은 집 근방을 배회하다가 가끔 집 쪽을 드나들 뿐이었고 주로 건영이 아버지 사업처 근처에서 진을 치고 있었다. 정마을 일행들은 차량 두 대에 분승해서 피신처에 도착하자, 건영이 아버지 친구는 반갑게 맞이했다. 이 친구는 건영이 아버지에게서 어려움에 처한 사정을 듣자, 쾌히 승낙하며 집 안으로 안내를 했다.

"이곳에 얼마든지 있게. 밖에 나다니지만 않으면 절대 이곳은 모를 거야……."

건영이 아버지 친구가 일행들에게 일일이 거처를 정해주고 밖으로 나가자 남씨가 다음 행동 방침을 지시했다.

"자, 오늘은 이곳에서 쉬고 내일부터 일을 하기로 하지요."

건영이 아버지도 이왕 내친걸음이니 근심스런 빛은 거의 없었고 차분한 음성으로 말했다.

"예. 좋습니다…… 그건 그렇고, 두 분께서는 서울이 초행이십니까?"

"예. 서울엔 생전 처음 와봅니다."

"아, 그래요? ……그럼 제가 오늘은 서울 구경이나 좀 시켜드리지요. 나갈까요?"

"아닙니다. 일체 밖으로 나가서는 안 됩니다. 서울 구경은 내일부터 일하면서 천천히 해도 됩니다. 어차피 서울에는 오래 머물게 될 것 같으니까요!"

"그렇습니까? ……그렇다면 저희는 지시에 따르겠습니다. ……그럼 집 안에서 간단히 술이나 드시지요."

건영이 아버지는 점점 더 안심이 되는지 미소마저 띠면서 명랑하게 말했다. 잠시 후 술상이 차려지고 모두들 둘러앉았다. 그전에 남씨는 박씨에게 오늘 이 자리에서는 일체 폭력배 일에 대해서는 얘기를 꺼내지 말라고 일러두었다. 오늘은 그냥 편히 쉬고자 하는 것이다. 건영이 아버지도 굳이 내일 일에 대해 묻지 않았다. 건영이 아버지 마음속에는 정마을 촌장의 특별한 처방에 의해 사건은 어떻게든 수습이 될 것만 같은 느낌이 들었다.

"자ー, 한 잔씩 드시지요. 저는 솔직히 오늘만큼은 행복합니다. 정마을 사람들을 다시 보게 되었기 때문입니다."

"예. 고맙습니다."

남씨는 함께 잔을 들어 답례를 했다. 인규도 무엇인가 잘 풀릴 것 같은 느낌을 가지고 있었다.

"아버님, 저도 한 잔 마시겠어요."

"그래그래……."

인규가 술을 마시겠다고 하자 건영이 아버지는 고개를 끄덕이며 허락했다. 술자리는 밝은 분위기에서 시작됐다. 술이 몇 순배 돌아가자 건영이 아버지가 남씨에게 건영이 안부를 물었다.

"저…… 건영이는 지금 어떻게 지내는지요? 건강은 어떠하고요?"

"아, 예. 건영이 건강은 문제가 없어요. 건영이는 지금 공부를 하고 있어요."

"예? 공부라니요?"

건영이 아버지는 건영이가 공부를 한다는 말에 의아심을 나타내며 남씨를 쳐다보았다.

"……그 문제는 저보다도 박씨가 잘 알아요."

남씨는 박씨를 쳐다보며 얘기할 것을 권했다.

"예. 건영이는 신선되는 공부를 하고 있어요. ……아니, 이미 공부를 너무 깊게 파고들어서 이제 범상한 사람이 아니에요. ……저는 건영이에게 많은 것을 배우고 있는 중입니다."

박씨는 건영이 얘기가 나오자 신이 난 듯 건영이를 높여 세웠다.

"예? 무슨 말씀이신지? ……건영이가 신선 공부를 한다고요? 아직 어린아이인데……."

"하하…… 그게 아니에요. 건영이는 모르는 것이 없어요."

"허 참……."

건영이 아버지도 아들이 크게 칭송받는 것이 기분이 좋은지 얼굴에 웃음을 띠면서 말을 이었다.

"모두가 여러분 덕분입니다."

"저희 덕분이라니요? ……건영이는 너무 훌륭한 사람입니다. 장차 촌장님 같은 분이 될 거예요."

"과찬이십니다."

"아닙니다. 건영이는 이미 촌장님 후계자예요."

박씨는 건영이 일이라면 세상모르고 좋아한다. 남씨도 고개를 끄덕이며 동조했다.

"건영이 아버님, 건영이는 걱정 안 하셔도 될 겁니다. 이미 건영이는 사람의 경지를 넘어섰지요. ······아주 높은 사람이 되었어요."

건영이 아버지는 박씨와 남씨가 번갈아 건영이를 추켜세우니 어찌할 바를 몰랐다.

"하하······ 너무 그러지 마십시오. 아무튼 정마을의 은혜는 죽어도 다 못 갚겠습니다."

"아버님, 이분들 말씀은 모두 사실이에요."

인규도 한 마디 거들었다.

"음? 너마저 그런 소리를 하니? 하하. 거 참······ 자, 오늘은 술이나 많이 드십시다."

건영이 아버지는 행복한 마음이 되어서 시간 가는 줄 모르고 연신 술을 마셨다. 모두들 기분이 좋았다. 당장은 피신하여 숨어서 마시는 술이지만, 마음만은 선하고 천진한 이들의 자리는 너무나 아름답고 정겹게 보였다.

사실 이 세상에 아무리 좋은 경치가 있는 곳이라도 그곳에 있는 사람이 그만큼 훌륭하지 않으면 그 좋은 경치가 무슨 소용이 있으랴! 차라리 부족한 환경에서도 사람이 훌륭하면 그것이 더 나을 것이다. 물론 사람이 훌륭하고 그 사람이 있는 장소마저 좋다면 이럴 때만 낙원이라 할 수 있을 것이다. 오늘 이 자리에 있는 네 사람, 건영이 아버지, 인규, 박씨, 남씨들은 진정 낙원을 만들 수 있는 착한 마음씨를 소유한 사람들이었다.

이들은 밤이 늦어 지치도록 술을 마신 후 저마다 쓰러져 잠이 들었다. 새벽이 되자 박씨는 저절로 잠이 깨었다. 옆에는 인규와 남씨가 아직 쓰러져 자고 있었다. 박씨는 나루터에 갈 일도 없고 해서 옆에서 자는 사람을 내버려둔 채 면벽을 하고 명상에 들어갔다.

밖에는 비가 오는 듯했다. 후드득…… 봄비는 대지에 기운을 주고 초목의 성장에 필수적인 영양을 공급하는 반가운 것이지만, 서울 같은 대도시에서의 의미는 꼭 그렇지만은 않은 것이다. 예부터 봄비는 여러 가지 의미로 해석 되어 왔다. 나그네나 손님이라든가, 축복·환영·시작·소식 등 대체로 상서로운 징조로 해석되었으나, 지금 정마을 사람들이 피신해 와 있는 용산의 공업지구 변두리에서의 비는 봄비든 아니든 상관없이 우울한 분위기를 자아내고 있었다.

일찍부터 깨어나 창밖의 비를 바라보고 있는 건영이 아버지는 허탈한 기분에 젖어 여러 가지 생각을 떠올렸다.

'비가 잘도 오는구나. ……오늘부터는 무슨 일이 있을까? ……아무리 신통한 정마을 촌장이라도 도시에서 일어나는 이번 일에 무슨 비방이 있는 것일까? ……오히려 커다란 사고가 나는 것은 아닐까?'

건영이 아버지로서는 아무리 생각해 봐도 일이 생각대로 잘 해결돼 나가는 모양을 그려낼 수가 없었다. 불량배들이 일이십 명도 아니고 수백 명이나 되는데, 이들을 모두 어떻게 하겠단 말인가? 인원이 적으면 때려서 쫓아버리든 아예 없애버리든 어떻게 해결될 수는 있겠지만, 조직을 상대해서는 도무지 대책이 안 서는 것이다. 건영이 아버지는 별의별 생각을 다 해 보아도 그럴 듯한 답이 나오지 않자 지쳐서 절로 한숨을 쉬었다.

"……휴 ……흠."

창밖의 비는 쉬지 않고 내렸다. 건영이 아버지는 어두운 하늘을 바라보며 문득 건영이를 생각했다.

'건영이는 지금 정마을에 있겠지…… 어떻게 지낼까? 이 아버지 때

문에 얼마나 심려를 할까? ……음 ……그런데 건영이는 공부를 한다고 했지? ……신선 공부? 신선?'

생각이 신선 공부에 이르자 건영이 아버지는 문득 자신의 살아온 생애를 돌아봤다.

'……지금의 나는 무엇인가? 나의 인생은?'

건영이 아버지는 건영이가 어린 나이에 중요한 공부의 길로 들어선 것이 몹시 대견하게 느껴졌고 다행스럽게 느껴졌다.

'……건영이는 생각보다 잘 크고 있구나.'

건영이 아버지는 자신이 둘도 없이 아끼는 아들이 신선이 되는 공부를 해서 훌륭해져 있다는 박씨의 말을 떠올리며 한편으로는 의아스러운 바도 없지 않았지만, 정마을의 신비를 직접 체험한 바도 있었으므로 자기도 모르게 미소를 지었다.

'……건영이가 범상한 인물이 아니라고? ……글쎄 걔가 과연…… 그런데 도대체 건영이가 신선 공부를 어떻게 하고 있는 것일까? …… 과연 그런 공부가 가능한 것일까?'

그러나 이내 건영이 아버지는 고개를 끄덕였다. 정마을 사람들인 박씨와 남씨의 인품으로 봐서 어느 정도까지는 건영이가 잘 되어가고 있는 것만은 틀림없다. 건영이 아버지는 자신이 한평생 살아온 중에서 현재 가장 큰 위기에 처해 있지만, 아들 하나만은 아주 훌륭하고 다행한 삶 속에 있다는 것이 크게 위안이 되었다.

새벽부터 건영이 아버지는 여러 가지 잡념을 어지러이 일으키다가 아들 생각에 미치자 겨우 마음을 가라앉히고 마음이 밝아졌다.

'그런데 정마을 분들은 아직도 일어나지 않았는지……'

이때 뒤에서 부르는 소리가 들렸다.

"아버님, ……여기 계셨군요!"

뒤돌아보니 인규였다.

"음. 인규로구나…… 잘 잤니? ……정마을 분들은 아직 안 일어나셨는가?"

"예. 박씨 아저씨는 일어나셨는데, 남씨 아저씨는 아직 안 일어나셨어요. 피곤하신가 봐요!"

"그렇겠지. 그럼 박씨 아저씨는 나와서 차라도 한 잔 드시게 하지!"

"아니에요. 박씨 아저씨는 지금 공부 중이에요."

"응? 공부? 무슨 공부인데?"

"하하. 저도 잘 몰라요. 그냥 벽을 향해 눈감고 앉아있는 거예요."

"그래? 그게 무슨 공부일까?"

"예. 그게 바로 신선되는 공부인가 봐요. 정마을 촌장님이 알려준 비결이에요."

건영이 아버지는 속으로 무엇인가 생각하며 고개를 끄덕였다. 얼굴에는 아주 심각한 표정이 서려 있었다.

"그렇구나…… 그런데 인규야, ……이번 일에 대해서는 어떻게 될 것 같니?"

"예? 예! 잘 되겠지요……."

"무슨 방법이 있는데?"

"저는 잘 몰라요. 하지만 박씨 아저씨는 도술을 부릴 수 있고…… 그리고 건영이가 남씨 아저씨는 잘할 수 있을 거라고 했어요!"

"응, 그래? 그럼 남씨 그분도 무슨 도술인가를 하는 거니?"

"아니요. 그 아저씨는 일하는 방법을 알고 있나 봐요. 일종의 지휘자이지요. 실제 행동은 박씨 아저씨가 하는 것이지요."

"그럼, 남씨 아저씨는 무슨 특별한 방법을 알고 있을까?"

"저는 잘 몰라요. 그냥 건영이가 그분한테 부탁했어요."

"건영이가? ……그런데 그게 잘 될까?"

"아버님, 저도 이상하게 생각하는데요…… 대체로 건영이 말은 잘 맞아요. 이번에도 건영이가 남씨 아저씨께 부탁하면서 잘 될 것이라고 했어요."

"그래? ……그거 참 ……건영이가?"

건영이 아버지는 속으로 남씨라는 사람은 과연 어떤 사람일까 생각해 보았다. 그리고 그 사람이 어떻게 일을 처리할까도 상상해 보았다. 그러나 여전히 의아스러운 생각은 떠나지 않았다.

'음…… 뭐가 어떻게 될지…….'

비는 계속 내리고 시간도 많이 흘렀다. 건영이 아버지와 인규는 말없이 봄비가 내리고 있는 창밖을 보며 한동안 앉아있었다. 시간은 거의 정오가 가까워졌다.

"……비는 그칠 것 같지가 않구나. ……그런데 아저씨들은 아직도 깨지 않았나?"

건영이 아버지가 다소 지루한지 인규를 쳐다보며 말했다.

"예. 제가 들어가 보지요."

인규는 이렇게 말하고는 남씨가 자는 방을 들어가 보았다. 박씨는 여전히 면벽을 하고 태산같이 앉아서 미동도 하지 않았고, 남씨도 태평히 자고 있었다. 인규는 깨울까 하다가 그냥 내버려두고 방을 나왔다.

"아버님, ……아직도 깰 생각을 안 하고 있어요. 어떻게 할까요?"

"응? 주무시게 놔두어야지! 많이 피곤하신 모양이구나!"

건영이 아버지는 편안히 말하면서 창밖을 내다보다 문득 무엇을 깨닫고는 인규를 바라보며 얘기했다.

"그런데 인규야, 너는 우리 가족 때문에 너무 고생이 많구나!"

건영이 아버지는 마침 얘기할 시간이 있어서 인규 문제에 생각이 미쳤던 것이었다.

"예? 아버님, 고생은 무슨 고생이에요? 저는 요즘 모든 것에 대단한 보람을 느끼고 있어요."

"보람을 느낀다고?"

"예. 아버님, 저는 정마을에 있다는 것이 세상 어디에 있으면서 무엇을 하는 것보다 보람이 있다고 생각해요."

"그래? 그런가? ……인규는 정마을에서 무엇을 하는데?"

"예. 정마을 역사 같은 것을 쓰고 있어요."

"응? 역사? 아니, 정마을에 대해? 그런 것이 그렇게 중요하니?"

"하하. 그럼요. 아버님은 잘 모르실 거예요. 정마을이 어떤 곳인지……."

인규는 크게 웃으며 자신 있게 다시 말을 이었다.

"아버님, 정마을은 단순히 말하면 낙원 같은 곳이지만, 그곳에는 우주의 묘한 섭리가 작용하고 있어요. 사건도 우주적이고, ……신선들이나 성자들이 출현하는 곳이기도 하지요. 정마을은 어떻게 보면 신화의 무대지요. 저의 막연한 추측이지만 정마을 사람들 모두가 범상하지 않아요. 어쩌면 그분들 모두가 신선들인지도 모르지요. 그래서 저는 ……그곳의 일상사조차도 하나의 위대한 역사로 생각하며 최대한 기록하고 있어요. ……말하자면 이 우주의 위대한 신서들을 접하고 있는 것이니 제가 하는 일이 얼마나 보람 있는 것이겠어요…… 정마을에서 저만 인간이고 나머지는 모두 인간이 아닌 신성

한 존재들이지만 제가, 인간인 제가 그런 곳을 볼 수 있다는 것이 얼마나 큰 행운이겠어요……."

"허 참. 대단하구나. 난 통 실감이 나질 않는구나."

건영이 아버지는 인규의 말을 반신반의하면서 무슨 꿈 얘기를 듣듯 듣고 있었다.

"아버님, 아버님도 건영이를 통해 어떤 기적 같은 것을 보았지요?"

"그래. 하지만 그건 단순히 병을 치료한 것이 아닐까?"

"하하. 아버님, 그게 아니에요. 정마을에서는 그간 수많은 사람들이 있었어요. 이런 것들은 인간 세계에서는 없는 것들뿐이에요. 나중에 아버님도 저의 기록을 한번 읽어보세요."

"그래? 그런 게 있으면 당장 읽어봐야겠구나……."

"아버님, 지금은 안 돼요. 때가 되면 보여 드릴게요."

건영이 아버지는 신비한 기분에 도취된 듯 얼굴에는 깊은 사색의 표정을 나타내며 고개를 끄덕였다.

"음…… 알겠다. 아무튼 인규 네 덕에 건영이도 살았고, 나도 너 때문에 일이 풀릴 것 같구나…… 고맙다."

"아이 참, 아버님도 무슨 말씀을…… 그보다도 저 아저씨들을 이젠 깨워야겠어요."

인규는 벌떡 일어나서 남씨가 자고 있는 방으로 들어갔다. 방에 들어서자 남씨는 마침 깨려는지 몸을 뒤척였다.

"아저씨, ……일어나세요. 열두 시예요."

"음?"

남씨는 부스스 일어났다.

"내가 늦잠을 잤구나. ……어쩐 일이지? 내가 이렇게 오래 자다니."

박씨도 소란한 통에 명상을 풀고 되돌아 앉았다.

"형님, 이제 일어나셨어요? ……그런데 지금 몇 시지?"

박씨는 깊은 명상 중에 있었기 때문에 시간이 가는 줄 모르고 있었다.

"열두 시가 다 되었어요. 일어나시지요."

인규는 두 사람을 깨워놓고 다시 나갔다. 남씨와 박씨는 급히 일어나 자리를 정돈하고는 밖으로 나왔다.

"아저씨, 세숫물은 저쪽에 있어요. 빨리 하세요. 아침상 차려놨어요. 이젠 점심상이 되었지만요."

남씨와 박씨는 인규의 재촉에 따라 동작을 빨리 해서 세수를 마치고 상 앞에 앉았다. 건영이 아버지가 밝게 인사를 했다.

"편히 주무셨습니까?"

"예. ……시간 가는 줄 모르고 잤군요."

남씨는 미안한 표정을 짓고 멋쩍게 웃었다.

"자, 식사들 하시지요. ……찬 준비를 못 해서……."

건영이 아버지는 여전히 예의 바르고 친절했다. 상의 음식은 정마을의 그것과는 많이 달랐다. 하얀 쌀밥에 기름진 반찬들…… 사용하는 그릇들도 정마을에서는 보지 못한 값비싼 것들뿐이었다. 그러나 남씨나 박씨는 특별히 이러한 것들에 유의하지 않았다. 이들이 식사하는 응접실 저쪽 안마당에는 여전히 봄비가 내려 대지에 기운을 북돋우고 있었다.

이윽고 상을 물리고 커피를 내왔다. 남씨는 커피를 마신지 십 년이 넘었고 박씨는 아예 처음 맛보는 것이었다. 그러나 박씨는 별다른 느낌이 없이 술 마시듯 단숨에 뜨거운 커피 한 잔을 마셔버렸다.

힘과 지혜

"날씨가 좋지 않군요."

남씨가 그동안 건영이에게서 듣고 자신이 생각해 두었던 얘기를 시작했다.

"자, 이제부터 일을 시작해야 하는데, 몇 가지 방침을 얘기하지요."

건영이 아버지나 박씨 그리고 인규는 남씨를 바라보며 조용히 듣고 있었다.

"어제도 말했듯이 가족들은 일체 외부에 출입해서는 안 됩니다. 즉 이곳은 철저히 은폐되어 있어야 합니다. 그래야만 우리가 공격에만 전념할 수 있지요. 그리고 둘째는 박씨인데, 박씨는 저들을 공격함에 있어 망설임 없이 최대 최강의 힘으로 신속하게 해야 하며, 약간의 인정도 있어서는 안 되네. ……사람이 죽든 다치든 간에 할 수 있겠나?"

"예? 글쎄요…… 해야겠지요. ……하하."

박씨는 웃으며 대답했다.

"해야겠지요가 아니야."

남씨는 다소 언성을 높였다. 얼굴에는 웃음기라고는 전혀 찾아볼 수가 없었고, 단호하고 싸늘한 모습이었다. 박씨는 금방 얼굴색을 고치고 조심스러운 표정으로 남씨를 쳐다보았다.

"박씨!"

남씨는 약간 찡그리고 엄숙한 표정으로 말을 이었다.

"만약…… 그렇게 못하겠다면 지금 당장 정마을로 돌아가게…… 알겠나?"

"예, 형님. 알겠어요. ……시키는 대로 할 거예요."

"그래. 좋아. 미리 각오를 해두게. 누구와 대결을 하던 최강의 공격으로 일격에 해치워야 하네. 두 번 손댈 필요 없이 말일세……."

"예……."

박씨는 무겁게 대답해 놓고는 혼자 다짐하듯 고개를 끄덕였다.

"다음은 건영이 아버님입니다."

차가운 남씨의 결연한 음성이 들려왔다. 건영이 아버지는 엄숙하고 공손한 자세로 남씨를 바라봤다. 남씨는 말을 계속했다.

"건영이 아버님은 전에 거래를 했던 폭력배들을 찾아야 합니다. 찾을 수 있는지요?"

"예. 쉽게 찾을 수 있지요. ……예전에 패권을 잡고 있던 폭력 조직은 완전 와해된 것이 아니라 지금은 서울 변두리로 밀려가서 겨우 부지하고 있지요."

"예. 잘 되었습니다. 지금 즉시 그 사람들에게 가야 합니다. 그 사람들을 만나서는 제가 얘기를 하지요. ……그리고 인규는 말이야……."

이번에는 인규 차례였다.

"오늘 중에 철형이 형을 찾아봐라. 우리가 일 때문에 이곳에 와 있다고 전하고 밤에 이 집에서 만나자고 해라. ……인규는 앞으로 이곳저

곳 탐색을 하는 일을 해야 돼. 아주 위험하니까 조심해야 하고……."

"예. 신중히 할 테니 걱정 마세요."

인규는 침착하게 답변했다. 남씨는 인규의 표정에 안심이 됐는지 고개를 끄덕였다.

"자, 그럼, 출발하실까요?"

이렇게 작전 회의를 마치고 남씨·박씨·건영이 아버지, 세 사람은 신촌 쪽으로 향했다. 신촌에는 예전에 서울 시내를 장악하고 있다가 쫓겨난 폭력배들의 잔당들이 겨우 명목을 유지하고 있는 곳이었다. 비는 여전히 내리고 땅은 질어서 차는 잘 달릴 수는 없었지만, 다니는 차량이 별로 없어 시간은 얼마 걸리지 않아 도착했다. 남씨와 박씨는 일단 신촌 시장 안에 있는 대폿집에 들어가 기다리고 건영이 아버지는 예전의 불량배들을 찾아 나섰다. 그들이 있는 곳은 시장 끝의 허름한 창고였는데, 창고를 지키고 있던 불량배 하나가 건영이 아버지를 알아보았다.

"아니, 최사장님 아니십니까? 이곳엔 웬일로?"

불량배는 몹시 반가워했다. 예전에 자기네들이 괴롭히던 사람이었으나, 지금은 패배해서 물러섰으니, 말하자면 옛 고객을 만난 셈이었다.

"음. 김사범, 재미가 좋은가?"

"예. 그저…… 그럭저럭 지냅니다. 그런데 어쩐 일이신가요?"

"음. 자네 형님을 좀 만나러 왔는데…… 연락 좀 해 줄 수 없겠나? ……급한 일이야."

"예? 아, 예. 그러지요. 잠깐 기다리세요. 바로 요 앞에 나가 있으니까요."

김사범이라 불리는 젊은이는 급히 뛰어나갔다. 잠시 후 우산도 안

쓰고 두 사람이 뛰어 들어왔다.

"안녕하세요? 최사장님이 이곳엘 다 오시다니?"

함께 들어온 젊은이는 김사범보다 다소 나이가 들어보였는데, 얼굴엔 칼자국이 있었고 눈매가 빛났으며, 체격이 건장했다.

"음. 잘들 있었나? 하는 일은 잘 되고?"

"뭐, 별로 하는 일 없어요. ……일거리가 없어요."

이렇게 얘기하면서 잔뜩 기대를 가지고 건영이 아버지를 탐색하듯 살펴본다.

"이장군, ……일이 있어서 일부러 찾아왔네. 조합장님을 만나고 싶은데…… 연락이 되겠나?"

장군이란 호칭은 이들 조직의 총두목인데, 이장군은 조합장이 신임하는 실전파 심복이었다.

"연락은 되는데요…… 무슨 일이지요?"

이장군은 잔뜩 긴장하고 의심스런 표정을 지었다.

"음. 좋은 일이야. 조합장님을 도우러 왔어."

"어떻게요?"

"글쎄. 만나게 해주면 알게 돼. 내가 언제 실없는 소리 하는 거 봤나?"

"예. ……하긴 ……좋아요. ……다른 속셈이 있는 건 아니겠지요?"

"허허. 왜 그렇게 소심해졌나? 내가 감히 조합장을 속일 리 있겠나?"

이장군은 속으로 잠시 생각한 뒤 판단을 내리고는 이내 부드러운 표정으로 말했다.

"그럼, 여기서 기다리겠습니까? ……먼저 연락해 보고요."

"아니, 나는 저 위쪽에 대폿집에 있겠네. 즉시 연락해주게. ……나 말고도 두 사람이 와 있는데 긴히 의논할 일이 있다고 해."

"예. 알았어요. 가 계세요."

건영이 아버지가 나가자, 두 사람은 무엇인가 잠시 더 의논하더니, 이장군이라 불리는 젊은이는 급히 어디론가 사라졌다. 건영이 아버지는 다시 술집으로 돌아왔다.

"어떻게 됐어요?"

남씨가 급히 물었다.

"예. 여기서 기다리면 됩니다. 오래지 않아 나타날 겁니다."

"자, 그럼 형님, 우리는 술이나 더 들지요?"

박씨는 할 일이 없으니 술이나 더 들자고 하면서 남씨를 바라봤다. 남씨는 미소를 지으며 고개를 끄덕였다.

"그래그래."

건영이 아버지도 한 잔 들이켰다. 박씨와 건영이 아버지는 지금 불량배들을 기다리지만 이들을 만나서 무슨 일부터 해야 하는지 알 길이 없었다. 다만 남씨가 너무나 태평하고 자신 있는 태도를 보이고 있으니, 적이 안심이 되어서 술을 마실 수 있었다. 건영이 아버지가 술을 마시면서 남씨를 슬쩍 바라보니 표정에서는 아무것도 읽을 수가 없었다. 즐거워하거나 고통스러워하는 것도 아니고, 침착하고 태평한 얼굴에 냉정하고 사려 깊은 눈, 체격은 호리호리하지만 허약해 보이지는 않고 혈색이 하얗고 굳게 다문 입 등이 모두 신비해 보였다. 박씨가 무장에 비유된다면 남씨는 전략가 내지 뛰어난 지략을 갖춘 지휘관 같은 모습이었다. 지금 촌장이 이 사람에게 주었다는 비결은 무엇일까? 건영이 아버지는 술을 천천히 조금씩 마시면서 생각에 잠겼다.

'음…… 정마을 사람들은 과연 신통한 면이 있구나. 박씨는 무슨 도술을 한다는데, 필경 힘을 쓰는 도술일 것이다. ……그런데 남씨는

지혜를 쓰는 일이다. 특히 싸움을 하는데 필요한 훌륭한 전략을 구사하는 것일게다……'

건영이 아버지는 시간이 지날수록 묘하게 마음이 안정되어 가는 것을 느꼈다. 남씨도 술을 조금씩만 마시고 있었다. 그러나 박씨만은 중대한 일을 앞두고 있는 사람 같지 않게 연방 술을 들이마신다. 남씨가 말리지 않는 것을 보면 그토록 술을 마셔도 괜찮은가 보았다.

박씨가 한 잔을 또 들이마셨다. 그러고는 술이 없는지 주전자를 흔들어 보고 술을 더 시키려고 주모가 있는 쪽으로 고개를 돌렸다. 이때 세 명의 건장한 청년이 들어왔다. 그 중에 하나는 이장군이란 청년이었고, 나머지 둘은 역시 불량배로서 이장군과는 동격인 듯했다.

"최사장님, 조합장님이 오셨는데요."

"음……."

건영이 아버지는 즉각 일어나서 밖으로 나갔다. 문 앞에는 조합장이란 자가 서 있었고, 옆에는 제법 멀끔한 타입의 나이가 좀 든 심복한 사람이 서 있었다. 조합장이 먼저 건영이 아버지를 알아보고 인사를 건넸다.

"최사장님, 안녕하시오? ……그런데 웬일이시오?"

"예. 조합장님도 안녕하신지요…… 긴히 의논드릴 일이 있어서 왔습니다. 이곳으로 들어가실까요?"

건영이 아버지는 답례를 하면서 용건이 있어서 왔음을 알렸다.

"아니오. 이곳은 좁고 이목도 많으니 우리 목장으로 갑시다. 여기서 멀지 않으니……."

목장은 아마 조합장이 기거하는, 이들의 총본부인 것 같았다.

"그러지요. 일행이 있으니 함께 가겠습니다."

괴력(怪力)

건영이 아버지와 남씨, 박씨는 조합장이 이끄는 곳으로 향했다. 목장은 신촌에서 한참 가서야 나타났는데, 산 속의 좁은 비포장도로로 차 한 대가 겨우 지나갈 수가 있었다. 차에서 내리자 조합장이 시원한 목소리로 말했다.

"자, 여깁니다. 들어갑시다."

조합장과 그 패거리들이 앞장서서 목장이란 곳으로 들어서자, 그 안에는 여기저기에 십여 명의 힘상궂은 패거리들이 또 있었다.

주변은 주로 밭과 과수원 등이었고, 멀리 소도 몇 마리 보였으며, 허름한 건물이 여러 채 널려있었다. 그 중의 하나는 최근에 지어졌는지 제법 깨끗하게 단장되어 있었는데, 이곳에서 정마을 사람 일행을 맞이하였다. 자리에 앉자마자 조합장은 부하들에게 차를 끓게 하는 한편, 즉시 건영이 아버지에게 용건을 말할 것을 청했다.

"최사장님, 중요한 일인 것 같아서 멀리 이곳까지 모셨습니다. 도대체 무슨 일입니까?"

"예. 다름이 아니고……."

건영이 아버지는 얘기를 꺼내면서 남씨를 슬쩍 쳐다보았다. 남씨는 얘기를 계속하라고 눈짓했다. 건영이 아버지는 침착한 목소리로 얘기를 시작했다.

"조합장님의 사업을 도우려고 제가 중요한 두 분을 모셔왔습니다. 여기 두 분인데, 이분들은 조합장님이 필요로 하는 힘을 가지고 있습니다."

"예? 무슨 말씀이신지요? 저의 사업을 돕는다고요?"

조합장은 남씨와 박씨를 쳐다보지 않고 의아스러운 듯 되물었다.

"자! 그럼, 먼저 이분들을 소개하지요."

"아, 예. 인사가 늦었습니다. 이런 곳으로 모셔서 죄송합니다. …… 제게 무슨 도움을 주시겠다고요?"

조합장은 성격이 직선적인 사람으로 뭐든지 즉결로 처리하기를 좋아하는 것 같았다. 건영이 아버지도 이런 성격을 알기 때문에 본론을 막 꺼내려 하는데 남씨가 제지했다.

"이제 제가 얘기하지요. 저희가 도와드리려 하는 것은 바로 조합장님의 예전 사업을 회복시켜 드리려는 것입니다. 즉 조직의 재건을 말하는 것이지요……."

남씨의 말은 차갑고 침착했다. 조합장은 남씨가 보통 사람이 아님을 순간적으로 간파한 뒤, 지금 하는 말이 무슨 뜻인지도 즉각 파악하고, 놀람과 함께 커다란 기대로 가슴이 떨려왔다. 그러나 애써 마음을 진정하고 최대한으로 공손하게 말을 꺼냈다. 오만한 태도라든가 위압적인 태도는 말끔히 지워지고 눈에는 경외감이 감돌았다.

"예. 무슨 말씀인지 잘 알겠습니다. ……그런데 실례지만 어떤 식으로 돕겠다는 것인지요?"

조합장이 태도를 일변하여 얘기를 하자 당장에 산만한 분위기는 가라앉고 진지한 회의 분위기로 바뀌었다. 다시 남씨의 침착한 음성이 들려왔다.

"그럼…… 말보다도 보여드리는 것이 낫겠군요. 박씨!"

남씨는 박씨에게 신호했다. 박씨는 어떻게 할 줄 몰라 남씨를 다시 쳐다보자, 남씨가 말했다.

"박씨, 자네 저기 보이는 나무를 부러뜨릴 수 있겠나?"

남씨가 가리키는 나무는 기둥으로 쓰려고 굵게 다듬어 놓은 것이었다. 박씨는 고개를 끄덕이고는 성큼 나무 있는 곳으로 걸어가 세 겹으로 쌓여있는 기둥을 내리쳤다. 순간, '뻑' 소리와 함께 기둥 세 개가 맥없이 부러졌다. 당초 남씨가 말한 것은 그 기둥 하나였는데 박씨는 잘못 알아듣고 세 개를 박살냈다.

"아니! 저런……."

조합장은 깜짝 놀라 급히 기둥 있는 쪽으로 걸어갔다. 그러나 기둥은 멀리서 보나 가까이서 보나 박살이 난 것이 사실이었다. 조합장은 놀라서 어쩔 줄을 몰라 건영이 아버지를 한 번 쳐다보고는 다시 박씨를 쳐다보고 있었다.

"박씨, 저기 보이는 돌절구도 처리하게!"

남씨의 지시가 떨어지자 박씨는 거대한 돌절구를 번쩍 들어 올려 멀리 집어던졌다. 돌절구는 육중한 소리를 내며 땅을 진동시켰다.

"쿵!!"

"자, 그럼 다른 것도 좀 보여주게."

남씨의 말이 떨어지기가 무섭게 박씨는 껑충 뛰어 상당히 높이 있는 창고 지붕으로 올라섰다. 그러고는 다시 사뿐히 땅에 내려섰다.

이어 박씨는 큼직한 돌 하나를 집어 들어 저쪽 편에 있는 소나무를 향해 던졌다.

"쌩!!"

돌은 바람을 가르며 유성처럼 날아서 나무에 적중하여 나무를 뚫어 꺾어버리고 멀리 날아가 버렸다. 모든 사람들이 박씨의 신통력에 넋을 잃은 채 바라보고 있는 사이에 박씨는 빨간 벽돌 한 장을 더 들어서 주먹으로 뻗어 쳤다. '뻑' 벽돌은 산산이 부서지고 뿌연 돌가루가 공기 중에 날렸다.

"자, 거기 몇 사람 나와 보세요."

박씨는 조합장 부하들을 손짓하며 불렀다. 부하들이 흠칫 놀라면서 조합장을 쳐다보자, 조합장은 박씨 얼굴을 한 번 쳐다보고는 부하들에게 지시했다.

"나가 보게!"

자기네 두목의 명령이 떨어지자 부하들은 마지못해 일어났다.

"자, 이리 오세요. 이 몽둥이를 잡으세요."

박씨가 몽둥이를 주자 세 사람은 영문을 모른 채 하나씩 몽둥이를 잡았다.

"자, 첫째 분. 나의 팔과 등, 그리고 배를 쳐보세요."

부하들은 망설였다. 그러자 조합장이 소리쳤다.

"어서 시키는 대로 해!"

두목의 큰 소리에 지목을 받은 부하는 몽둥이를 휘둘러 가슴·어깨·팔을 사정없이 후려쳤다. 박씨는 꿈쩍 않고 계속 맞고 있다가 돌연 몽둥이를 낚아챘다. 그러고는 몽둥이를 두 손으로 단숨에 휘어 꺾었다.

"자, 다음 분. 나의 머리를 치세요."

두 번째 부하는 몽둥이를 옆으로 휘둘러 한 번 치고, 한 번은 정수리를 내려쳤다. '빡' 나무는 부러졌다. 박씨는 아무렇지도 않게 다음 사람을 불렀다.

"이번에는 다리를 쳐보세요."

몽둥이는 다리 앞쪽으로, 옆으로, 뒤로, 휘둘러졌다. 몇 번을 계속하다가 결국 나무는 부러졌다. 박씨는 태연히 서서 남씨를 바라보며 말했다.

"더 해 보일까요?"

"아니, 그것은 이제 됐고, 마지막으로 한 가지만 더 해 보게나……."

남씨는 박씨를 대기시키고 조합장을 쳐다보며 물었다.

"조합장님, 지금 이곳에 부하들이 얼마나 있습니까?"

"예? ……서른 명 가량 됩니다만……."

남씨의 느닷없는 질문에 조합장은 의심의 눈빛을 띠며 천천히 대답했다.

"좋습니다. 당장 스무 명만 여기로 불러주십시오."

"그러지요."

조합장은 망설이며 부하에게 눈짓했다. 부하 하나가 급히 사라졌다. 잠시 후 부하들이 우르르 몰려왔다. 인원은 스무 명 가량 되었다. 남씨가 조합장을 슬쩍 쏘아보고는 부하들을 향해 말했다.

"여러분 모두는 여기 있는 이 사람과 결투를 해야 합니다. 한꺼번에 달려들어 이 사람을 쓰러뜨려야 합니다. 몽둥이나 칼, 돌 같은 것은 사용해도 됩니다. 자, 준비를 하세요."

남씨가 이렇게 말하자 조합장의 얼굴에는 일순 냉소가 번듯했다.

조합장은 속으로 생각했다.

'음, 스무 명을 상대한다고…… 게다가 무기를 사용해도 좋단 말이지…… 어디 실력을 보자…….'

조합장은 묘한 흥분과 긴장으로 몸을 떨었다. 그러자 건영이 아버지는 걱정으로 가슴을 두근거리며 온 몸이 계속 떨려왔다.

잔인(殘忍)의 철학

"자, 준비됐습니까?"

부하들은 일어나서 대형을 갖추었다. 남씨는 잠시 박씨를 데리고 저쪽으로 갔다.

"박씨, 자신 있나?"

"예? 글쎄요. 뭐 별일 없겠지요."

"음. 그럴 테지. 그런데 유의해야 할 일이 있어. 아주 중요한 일이야. 이번 서울 일은 지금이 고비야, 알겠나?"

"예!"

"좋아. 내 말을 잘 듣게. 첫째, 신속하게 처치를 하게. 일격에……그리고 둘째는 저들을 처치하는 중에 다섯 명 정도는 죽여도 좋네."

"예? 죽여요?"

"죽이라는 말이 아닐세. 최대한 잔인하게 공격하란 말일세. 반드시 다섯 명 정도는 크게 다치게 해야 해. 알겠어?"

"예. 그렇게 해 보지요."

"이봐 박씨, 신속과 잔인이야. 특히 다섯 명 정도를 잔인하게 해치워야 앞으로 내가 저들을 지휘할 수 있어. 그리고 내가 그만두라고 할 때까지는 누가 뭐라고 해도 계속해서 사정없이 휘두르게. 건영이 아버지나 조합장 말을 들어서는 안 돼! 알겠지? 잔인함에도 다 철학이 깃들여 있는 게야."

"예."

박씨는 고개를 끄덕이며 속으로 다짐했다.

"그럼, 이쪽으로 오게."

"자, 여러분 시작하세요."

남씨의 말이 떨어지자 주변은 숨소리도 들리지 않는 무거운 침묵과 함께 냉기가 감돌았다. 건영이 아버지는 손에 땀을 쥐고 조합장은 흥분하여 얼굴이 붉어졌다.

싸움은 시작되었다. 첫 번째 시작에는 돌이 날았다. 박씨의 정면을 향해 두세 개의 돌이 날아들었는데 박씨는 가볍게 피하고는 어느새 앞에 있는 사람의 얼굴을 손바닥으로 후려쳤다. '뻑 ―' 이어 박씨는 그 옆에 있는 사람을 발길로 내질렀다. '퍽 ―' 두 사람이 동시에 쓰러졌다. 박씨의 옆구리와 가슴에 칼이 들어왔다. 가슴에 칼이 적중했으나 튕겨나갔다. 이어 들어오는 옆구리 칼은 팔목을 잡았다. 그러고는 재빨리 당기면서 한 주먹으로 면상을 날렸다. 피가 튀며 비명과 함께 나동그라졌다. 순간 박씨는 몸을 공중으로 솟구쳤다. 그리고 내려오면서 가슴에 칼을 찌르고 물러가는 사람의 어깨를 내리찍었다. '우직 ―' 어깨가 맥없이 찌그러졌다. 박씨는 그 자리에서 몸을 휙 ― 돌리면서 뒤로 주먹을 내둘렀다. 몽둥이가 부러지면서 그대로 상대방의 갈비뼈까지 직통했다. '억'하고 또 한 사람이 피를 토하며 쓰러졌다. 실로 눈 깜짝할 사이에 다섯 명이 쓰러졌다. 조합장은 놀랐다.

"어! ……그만, 그만 멈추시오."

그러나 박씨는 듣지 않고 한 사람을 잡아당겨 머리로 받자 얼굴이 짓뭉개져 고꾸라졌다. 조합장은 다급히 소리쳤다.

"됐어요. 그만 하시오!"

그새 박씨는 주먹으로 또 한 사람의 옆구리를 부러뜨리고는 피하면서 물러가는 사람을 짓밟았다. '우직 ―'하고 다리가 부러졌다. 부하들은 등을 돌려 도망하기 시작했다. 박씨는 비호같이 몸을 날려 두 사람의 목덜미를 잡았다. 그러고는 두 사람을 힘껏 부딪치니 둘 다 얼굴이 피투성이가 되어 쓰러졌다. 박씨는 다시 번개같이 몸을 솟구쳐 도망가는 사람 하나를 또 잡았다. 박씨가 어깨를 내리치려는 찰나 남씨가 조용히 말했다.

"그만 ―."

박씨의 손이 어깨에 닿지 않고 비껴 쳤다. 그러나 잡혀있던 사람은 놀라서 그냥 앞으로 자빠졌다. 박씨는 돌아서서 남씨를 쳐다봤다. 남씨는 고개를 끄덕이며 박씨를 격려했다.

"다 했네, 잘 했어……."

박씨는 숨도 차지 않은지 태평히 걸어와서 남씨 옆에 섰다. 조합장은 한동안 말문이 막혀 말도 못하고 있었다. 건영이 아버지도 숨을 죽이고 주변을 물끄러미 바라봤다. 앞에는 여기저기 피투성이로 여러 사람이 쓰러져 있어서 살벌한 분위기가 감돌았다. 싸움은 끝났으나 쓰러지지 않은 친구들은 박씨 근처에 오지 못하고 저 멀리서 망설이고 있었다. 동료들이 피를 흘리며 처참히 쓰러져 있으나 감히 움직이질 못했다. 행여 동료를 구하려다 자신들마저 다칠까 봐 두려웠던 것이다. 그래도 조합장이 먼저 정신을 수습하고 침착하게 지시했다.

"빨리 애들을 데려가, 병원에 가서 치료를 해줘."

다친 사람은 열 명인데 거의 다 중상이었고, 싸움이 시작된 지 불과 일이 분 만에 그 많은 인원이 쓰러진 것을 도저히 조합장은 믿을 수가 없었다. 조합장은 맨손으로 이마의 땀을 씻었다. 남씨는 상황을 다시 음미하면서 장내가 수습되기를 잠시 기다렸다. 건영이 아버지는 너무나 놀라서 꿈인가 생시인가 착각할 정도였다. 그러나 잠시 마음이 가라앉자 분명한 현실임을 깨달음과 동시에 정마을에서 어떤 사람이 파견돼 나왔는지를 실감했다. 누가 먼저 말을 못하고 침묵과 긴장이 한동안 흘렀다. 장내가 수습되자 남씨가 먼저 말을 꺼냈다.

"조합장님……."

남씨의 음성은 냉정하고 침착할 뿐만 아니라 무엇인지 범접할 수 없는 위엄이 서려 있었다. 더군다나 박씨처럼 괴력을 가진 사람이 남씨의 지시에만 따른다는 것이 조합장으로서는 더 이상 대항할 수 없는 신비한 힘을 느끼게 하는 것이다. 조합장은 황급히 대답했다.

"예?"

"우리는 앞에서도 말했듯이 조합장님을 도우려고 왔습니다. …… 그러나 적도 만만치는 않기 때문에 신중히 기하지 않으면 안 됩니다. 그래서 말입니다만…… 조합장님은 제 지휘에 따를 수 있겠는지요?"

"아, 예. 당연한 일입니다."

조합장은 얼떨결에 대답했다. 사실 조합장은 남씨가 어떤 능력을 가졌으며 무엇 때문에 그 사람의 지휘를 받아야 하는지를 잘 몰랐다. 하지만 무엇인지 모를 위압감이 엄습해 와서 미처 생각할 사이도 없이 대답부터 나왔던 것이었다.

"좋습니다."

남씨는 부드럽게 조합장의 대답을 확인하고는 말을 이었다.

"조합장님, 저희는 먼 곳 정마을에서 왔는데, 조합장님이 예전의 사업을 모두 복구하는 즉시 서울을 떠날 것입니다."

조합장은 이들이 자신의 사업을 일으켜 세워 준 후 다시 떠난다니 참으로 다행스럽게 생각했다. 그래서 조합장은 나름대로 깊게 생각해보고는 정중하게 말을 꺼냈다.

"뭐라고 말씀 드릴 수 없이 감사합니다. 저는 지시에 따를 테니 제가 할 일을 말씀해 주십시오."

남씨는 고개를 천천히 한 번 끄덕이고는 단호히 지시를 내렸다.

"조합장님은 지금 즉시 부하들을 소집해 주십시오. 우선은 날랜 사람 십여 명이면 됩니다. 내일까지는 전원이 다 소집되어야 합니다. 그리고…… 인원이 소집되는 동안 그간의 사정을 들려주십시오. ……작전을 짜야 하니까요."

조합장은 마음속으로 잠시 생각해 봤다.

'음, 이 사람은 참으로 대단하구나! ……일도 신속하고, 드디어 큰일이 벌어지려나…….'

조합장은 속으로 굳은 결심을 하면서 한편으로는 무엇인가 자신에게 좋은 일이 생긴다는 느낌 때문에 가슴이 설레기 시작했다.

조합장은 부하들에게 즉시 전원을 소집시키라는 명령을 내리고는 밝고 여유 있는 목소리로 잠시 휴식을 권했다.

"자, 그럼 식사라도 좀 하시고 그간의 사정을 들려드리지요. 어떻습니까?"

"그러지요."

남씨가 대답하자 모두들 자리를 식당으로 옮겼다. 식당은 제법 널

찍하여 쉰 명 정도가 동시에 식사를 할 수 있는 곳이었다. 이곳엔 사람들이 항상 드나드는지 식당에는 음식을 준비하는 주방 팀들이 상주하고 있었다.

음식은 순식간에 차려졌다. 자리에 앉은 사람은 남씨·박씨·건영이 아버지·조합장·조합장의 심복인 김총무 등 모두 다섯 명이었는데, 식사가 끝나자 조합장이 건영이 아버지에게 넌지시 말을 걸었다.

"최사장님, 최사장님은 대단히 큰일을 하시는 군요……."

"예? 무슨 말씀이신지요?"

"허허, 최사장님도…… 이런 분들을 모셔오다니…… 저는 최사장님을 도와준 적이 없이 ……오히려 괴롭히기만 했었는데……."

"조합장님, 별말씀을 다 하십니다. ……저도 사실 조합장님의 도움을 많이 받지 않았습니까?"

건영이 아버지와 조합장은 거의 동년배로서, 한 사람은 상납을 했고 한 사람은 그 대가로 보호를 했던 사람이지만, 건영이 아버지는 워낙 인품이 좋아서 그 강제 보호를 도움이라고 표현했다. 물론 건영이 아버지의 말은 빈정대는 것이 아니라 오로지 마음에 느끼는 것을 얘기한 것뿐이었다. 하기야 조합장은 폭력 조직의 두목이기는 하나 어느 면에서 보면 인격이 있는 편이었고, 건영이 아버지에게는 남달리 인정을 많이 베푼 편이었다. 조합장은 오늘 같은 상황이 되니 미안하여 쑥스럽기도 하고, 모종의 두려움도 느껴 건영이 아버지에게 친절하게 말을 건넸던 것이었다. 그러나 건영이 아버지는 심성이 너무 착하다보니 조합장의 마음 같은 것은 상상치도 않고 그저 순수한 인간적인 정으로 조합장을 대하는 것이었다. 조합장은 여전히 쑥스러운 표정을 지으면서 조심스럽게 말을 이었다.

"최사장님, 그렇게 생각해 주신다니 몸 둘 바를 모르겠습니다. 은혜는 평생 잊지 않겠습니다."

"허 참, 은혜라니요…… 자, 지난 일은 그만두고 오늘 일이나 생각하시지요……."

"그렇습니다. 그간의 사정이나 듣기로 하지요."

옆에서 남씨가 끼어들었다. 조합장은 남씨가 끼어들자 급히 말을 중단하고 남씨 쪽을 쳐다봤다.

"예. 그러지요. ……그간의 사정이라! ……뭐 복잡한 게 없습니다. 간단히 말씀 드리지요."

조합장은 지난 일을 회상하기 위해 잠시 뜸을 들인 다음에 말하기 시작했다.

"그러니까…… 지난 몇 달 전, 변두리의 별로 알려져 있지 않은 땅벌 클럽이라는 변두리의 작은 조직이 시비를 먼저 걸어왔었습니다. 나중에야 이들이 일부러 시비를 걸어온 것을 알았으나 당시에는 그것을 몰랐고 대수롭지 않게 취급해서 간단히 물리쳤습니다. 그런데 며칠 후 대단한 사람들이 나타났어요. 땅벌파 몇 명과 한복을 입은 호리호리한 사람 두 명이 끼여 나타났는데, 두 명은 특수 훈련을 한 무술인 이었습니다. 이들은 원래 땅벌 클럽 멤버들은 아니고, 땅벌 클럽에서 초빙하는 식으로 영입된 자들인데, 모두 일곱 명이었습니다. 체격은 그리 튼튼해 보이지 않았어요. 이들은 나중에 칠성(七星)이라 불렸는데 어떤 신비한 무술을 하는 사람들이라고 하더군요. 아무튼 우리가 땅벌파와 싸워서 쫓겨나게 된 것은 바로 칠성이라고 불리는 이들 일곱 명 때문입니다. 칠성들은 하나하나가 일당백의 실력을 가지고 있어서 우리 쪽 부하 수십 명이 이들 한 명을 당하지 못했습니다. 이들 일곱 명은 우리가 관리하는 여러 지역에 하나둘씩 나타나서 그 지역을 휩쓸고 우리를 좇아냈지요. 우리는 있는 힘을 다했고 나중에는 다른 그룹에서 힘을 빌려와서까지 대항해 봤지만 이들을 당할 수가 없었어요. 이렇게 해서 시작한 땅벌파는 나중에 인원을 대폭 증원하여 막강해졌습니다. 그러나 칠성들만 없으면 어떻게 대항해 볼 수 있겠으나 그들 일곱 명이 있는 한 도저히 힘을 쓸 수 없습니다. 우리는 이렇게 되어 변두리로 좇겨났습니다. 그들은 우리를 끝까지 몰아내지는 않았습니다. 돈이 벌리는 중앙 지역은 모두 차지하고 나중에도 돈이 벌리는 지역이 생기면 그들은 세력을 확장해 왔습니다. 말하자면 우리가 어떻게 해서 돈 버는 지역을 만들면 그들은 그것을 빼앗으면서 넓혀옵니다. 지금 현재 우리가 있는 지역은 돈이 되는 지역이 아닙니다. 겨우 부지하고 있으나 당장 우리의 앞날이 걱정입니다. 속속 이탈자가 생겨 머지않아 완전히 와해될 것이 틀림없습니다."

여기까지 얘기한 조합장은 다시 한 번 이마의 땀을 씻으며 숨을 몰아쉬었다.

"이것이 모두입니다. 더 얘기할 것도 없습니다."

남씨는 아무 말 없이 깊게 생각에 잠겨 있었다. 남씨도 속으로 근심이 되는 것 같았다. 한동안 생각에 잠기던 남씨는 침묵을 깨고 조용히 말했다.

"조합장님, 몇 가지 물어볼 게 있습니다. 첫째, 그들을 지휘하는 사람이 있습니까?"

"글쎄요, 지휘자가 누구라고 꼭 집어낼 수는 없으나 원래부터 땅벌파 두목은 생각이 비상한 인물이라고 소문이 나있었습니다. 단지 힘이 없어 죽어지내다가 이번에 칠성의 도움을 받아 일약 패권을 잡게 된 것입니다."

"좋습니다. ……그리고 둘째, 그 칠성들과 여기 있는 박선생하고는 누가 더 실력이 있습니까?"

"예. 그건 두말할 것도 없이 박선생님이 나은 것 같습니다."

"그렇습니까? 조합장님은 그것을 어떻게 알 수 있지요?"

"그건 ……저는 잘 모르겠습니다만…… 한 번은 저의 부하들 서른 명 정도가 칠성 중 하나와 대결을 벌인 적이 있었는데 결국 우리가 지기는 했어도 시간이 한참 걸렸습니다. 게다가 그자도 부상을 심하게 입었습니다."

"오호…… 그래요? 시간은 얼마나 걸렸습니까?"

"글쎄요. 한 시간은 채 안 되었고 삼십 분은 족히 넘었던 것 같았습니다."

남씨는 한편으로 들으며 속으로 생각했다.

'삼십 분에 서른 명이라면 평균 일분에 한 사람 꼴이 되는구나…… 그렇다면 박씨의 절반도 못 미치는 실력인데…….'

남씨는 고개를 끄덕이고는 재차 물었다.

"그럼, 그 칠성의 부상 정도는 어땠습니까?"

"예. 글쎄요, 반 달 정도 보이지 않았으니까…….."

"알겠습니다. 그러면 조합장님이 보시기에 그들이 한 번에 덤빈다면 박선생하고는 어떨 것이라 생각합니까?"

"글쎄요. 저는 전문 무술인이 아니라 그런 것을 계산할 수는 없겠습니다. 단지 막연한 추측입니다만…… 그들 두 명이 동시에 덤빈다면 박선생님이 물리칠 수 있을 테지만 세 명이 동시에 덤빈다면…… 글쎄요, 박선생님도 장담 못 할 것 같습니다."

"그렇군요! ……그렇다면 그들 모두가 박선생과 대결 한다면요?"

"예. 그렇다면 박선생님이 안 될 것 같군요."

"그렇습니까? 확신할 수 있습니까?"

"허 참, 제가 뭘 알겠습니까? 단지 저는 박선생님의 싸움을 단 한 번 봤을 뿐입니다."

"그럴 테지요…… 그럼 그들의 싸움은 많이 봤습니까?"

"여러 번 봤습니다."

"그렇다면 그 어떤 특징이 있던가요? 박선생님하고 비교해서……."

"예. 확실히 서로 다르지요. 박선생님은 힘이 센 반면 그들은 동작이 빠른 것 같아요. 그리고 그들의 공격은 확실히 무슨 무술 같았는데 박선생님의 공격은 마구잡이 같았습니다. 이렇게 말해서 죄송합니다만……."

"하하. 괜찮습니다."

남씨는 웃으며 말했으나 얼굴에 근심이 서려 있었다. 남씨는 다시 침묵 속에서 한동안 생각하다가 결단이 섰는지 입을 꼭 다물었다가 다시 말했다.

"모든 것을 잘 알겠습니다. 자, 이제부터 지시를 하겠습니다. 한 치도 어긋나면 안 됩니다. 아시겠습니까, 조합장님?"

"물론입니다."

조합장이 씩씩하게 대답하자 남씨는 고개를 끄덕이고는 계속했다.

"지금 당장 동원할 수 있는 인원이 십여 명이 필요한데요, 가능한가요?"

"그만한 인원이면 지금 이곳에도 있습니다."

"좋습니다. 지금 즉시 불러주십시오."

남씨의 지시가 떨어지자 조합장 옆에 있던 김총무가 재빨리 일어나 밖으로 나갔다.

"그 다음…… 조합장님, 시내 쪽에 지휘 본부를 만들어야겠습니다. 어디 조용한 곳이 없겠습니까? 좁아도 상관없습니다만……."

"예. 안국동 모처에 부하가 장사를 하고 있는데, 뒤에 별채가 있지요. 그곳을 사용할 수가 있습니다."

"잘됐군요. 그럼, 앞으로의 방침을 얘기해 드리지요. 첫째, 우리의 목표는 그 칠성이란 자들입니다. 주지하다시피 그들을 동시에 상대할 수 없으므로 한 사람씩 격파를 해야 합니다. 그들이 셋이 나타나면 피합니다. 그리고 둘이 나타날 때도 가급적 피해야 합니다."

남씨는 이렇게 얘기하면서 박씨를 쳐다보았다. 박씨는 알았다는 표시로 고개를 끄덕였다. 남씨는 계속했다.

"둘째, 적의 두목을 제거해야 합니다. 소재가 파악되는 즉시 신속히 출동하여 제거합니다. 셋째는 그 부하들을 소탕하고 잃었던 것을 찾는 것입니다. ……조합장님, 그들이 현재 장악하고 있던 모든 지역의 사무소를 알고 있습니까?"

"물론입니다. 그간 바뀌지 않았다면 말입니다."

"좋습니다. 그들의 총본부가 어디지요?"

"예. 종로가 총본부입니다. 그리고 제2의 본부가 동대문, 그 외에는 등급이 없이 을지로·왕십리·명동·영등포·용산, 그리고 명동에서 분리된 남대문 시장 등 모두 여덟 군데의 아지트가 있습니다."

조합장은 거침없이 적의 세력 지역에 대해 얘기했다. 듣고 있던 남씨는 조합장의 시원시원한 말투에 기분이 한결 가벼워지는 것을 느꼈다. 이때 김총무가 들어와 부하들이 집합해 있다는 것을 알렸다.

"그럼, 나가보실까요?"

조합장이 남씨를 바라보며 의향을 묻자, 남씨는 즉각 일어나 밖으로 나갔다. 식당 밖에는 스무 명이 채 못 되는 인원이 대기하고 있었다.

"여러분!"

남씨는 밖으로 나오자마자 부하들을 바라보며 훈시를 했다.

"이제부터 우리는 싸움에 돌입합니다. 모두가 힘을 합쳐 목적을 달성합시다. ……그리고 누구를 막론하고 나의 지시에 따라야 합니다. 그럼 각자 임무를 알려드리지요. 먼저 여덟 명은 지금 즉시 시내로 출발하여 적의 각 지역 사무소를 정탐하고, 그 동향을 수시로 보고해야 합니다. 정탐 대상은 첫째가 칠성이고, 둘째는 두목이며 셋째는 적이 모여 있는 곳의 현장 인원입니다. 여기 박선생은 시내 지휘소에 나와 함께 대기하고 있다가 연락이 오면 그 상황에 따라 적절한 곳으로 출동하여 적을 쳐부숩니다."

여기까지 얘기한 남씨는 잠시 뜸을 들이고는 조합장을 향해 다시 말했다.

"조합장님, 지금 여덟 명을 정해서 각 지역으로 출발시키시지요!"

"예."

조합장은 시원스럽게 대답하고는 부하들에게 일일이 장소를 분담하여주고 보고할 연락처도 알려주었다. 이리하여 선발대 여덟 명은 먼저 현지로 떠났다.

이어 남씨는 다음 지시를 하달했다.

"세 명은 아무 일도 하지 말고 오로지 여기 최사장님만을 경호하는 것입니다. 그리고 김총무는 전 인원을 내일 정오까지 명동과 남대문 근방에 잠복 대기시키고 명령을 기다립니다. 우리는 내일 모든 힘을 명동과 남대문에 집중하여 그곳을 탈환합니다. 조합장님은 지금 즉시 나와 함께 시내 지휘소로 가서 상황의 추이를 보면서 신속하게 출동에 임합니다. 우리와 함께 갈 사람은 나머지 중 다섯 명입니다. 자, 출발하실까요?"

이리하여 후발대 열두 명도 출발했다. 마침내 남씨와 박씨는 정마을을 떠난 지 이틀 만에 중대 국면으로 돌입하게 된 것이었다.

이들이 정마을을 떠나고 나자 정마을은 표면상은 아무런 변화가 없었다. 그러나 건영이에게는 큰 변화가 있었다. 건영이는 남씨와 박씨를 서울로 보내놓고 문복(問卜)을 한 바 있다. 그런데 그 과정에서 너무 정신력을 소모했고 게다가 점괘가 좋지 않게 나왔기 때문에 순간 심한 충격으로 인해 병을 얻었다. 그러나 건영이는 자신의 공부를 늦추지는 않았다.

건영이의 공부는 먼저 새벽에 일어나 정마을 위쪽에 있는 신비한 바위에 앉아서 마치 어린아이가 젖을 먹듯 정신에 기운을 공급받으며 커가고 있었던 것이다. 그런데 갑자기 그 기운의 공급이 없어진 것이었다. 건영이는 그 이유를 알고 있었다. 말하자면 어린아이가 젖을 떼는 것과 같이 그때가 된 것이다. 이제는 그 천형(天亨)의 기운을 활용하여 스스로 공부하며 커가야 하는 것이다.

건영이는 바위에서 내려와 위쪽으로 몇 발짝 걸어 올라갔다. 그리고 나서는 산의 위쪽을 향해 큰절을 올렸다. 그 절은 촌장에게 올리는 것이다. 건영이는 언제부터인가 산 위에서 오는 기운이 촌장으로부터 오는 것임을 알고 있었다. 이제 건영이는 부모의 품을 떠나듯이 천지간에 홀로 서게 된 것이다. 건영이는 촌장의 은혜를 마음속 깊이 간직하고 산을 내려왔다.

밝혀진 《황정경》의 비밀

촌장은 산의 정상에 있는 조그마한 동굴 속에서 천지의 근원과 그 마음을 합치고 하나의 신호를 잡아냈다. 그것의 의상(意象)은 천뢰무망(天雷无妄:☰☳)이었다. 이 괘는 양기(陽氣)가 하늘로부터 하강하는 것이니 천명(天命)인 것이다. 촌장은 속으로 괘상을 음미하면서 먼 하늘을 마음에 떠올렸다.

'옥황부에서 누가 날 찾아오겠군…… 아무래도 소환을 당할 것 같구나…… 하지만 지금은 한가하니 오히려 잘된 일이야…….'

촌장은 미래에 일어날 일을 여러 가지로 감안해 보고는 다시 명상에 들었다.

옥황부에서는 다시금 회의가 열리고 있었다. 회의를 주재하고 있는 선인은 예의 상일(常日)이었고 회의장의 분위기는 우울했다. 지금 막 묵정선이 일어나 단정궁으로 간 특사가 죽었다는 소식을 보고하는 중이었다.

"……도대체 무엇 때문에 특사가 죽었단 말이오?"

"예. 그것은 알 길이 없사옵고, 우선은 서왕모를 배견하는 일이 급하기 때문에 또다시 특사를 파견했을 뿐이옵니다. 특사가 죽은 사건은 추후 조사할 방침이옵니다."

"그런가요? 잘 하셨소."

상일선은 고개를 끄덕이며 속으로 생각했다.

'특사를 다시 파견하는 일은 당연한 일이고 먼젓번 특사가 죽은 것은 조사해 보나마나 뻔한 일일 테지……'

상일선은 단정궁에 보낸 특사가 죽은 원인에 대해서는 이미 짐작이 서 있었던 것이다. 사실 상일선뿐만 아니라 회의장 안에 있는 선인은 누구나 특사가 죽은 이유를 빤히 짐작하고 있었다.

단정궁이란 곳은 오랜 과거부터 그런 일이 수없이 있어 왔고, 그 내용은 이미 공공연하게 알려져 있었던 것이다. 그러나 누구 하나 단정궁 측의 잘못으로 생각하는 사람은 없었다. 당연히 선인들은 자기 자신의 행실을 잘 단속할 수 있어야 하는 것이다. 어떻게 유혹한 여인을 원망할 것인가? 남자가 유혹을 당하지 않으면 여자가 어떤 짓을 할 수 있단 말인가? 모든 것은 당하는 쪽의 잘못인 것이다. 더군다나 수없이 긴 세월을 통해 수련을 하여 선인의 경지를 이룩한 사람이 한낱 여인의 유혹에 파멸되었다면 무슨 변명을 할 수 있을까? 회의장의 모든 선인들은 특사가 죽은 일에 대해서는 추호도 유감이 없이 다음 문제로 넘어갔다.

"다음 분 의견을 말하시오."

상일선이 회의 속개를 지시하자, 일어난 선인은 여곡(如谷)이었다.

"광정국(光井國)에 갔던 일을 말씀 드리겠사옵니다. 제가 조사한 바에 의하면 구십여 년 전에 서선(書仙) 연행이 《황정경》을 쓸 당시

한 가지 사건이 있었사옵니다. 익히 알다시피 광정국 왕은 이름이 서정인데, 그에게는 소화(素花)라는 딸이 하나 있었사옵니다. 공주인 소화는 절세의 미인으로 서정이 특히 아끼는 딸인데, 마침 궁 안의 후원에서 《황정경》을 쓰고 있던 서선 연행과 소화 공주가 한 번 해후한 후부터 사랑하는 사이가 되었던 것이옵니다. 그런데 당시 공주의 아버지인 서정은 이미 마음속으로 정해 둔 사람이 있어서 딸이 연행과 밀애를 하고 있다는 것에 크게 격노하여 딸을 가두어 놓고 연행과의 사이를 떼어놓으려 하였사옵니다. 그러나 딸은 말을 듣지 않을 뿐 아니라, 그 날부터 마음의 병을 얻었고, 연행도 쓰고 있던 《황정경》을 더 이상 쓰지 못하게 된 것이옵니다. 처음에는 엄하게 재촉하여 글을 계속 쓰게 하였지만 연행은 다시 붓을 잡지 않았사옵니다. 당시 연행은 이렇게 말했다고 하옵니다. '글이란 마음으로 쓰는 것인데, 지금 저의 마음은 병이 들어 도저히 글이 되지 않고 있사옵니다……' 화가 난 서정은 연행을 처형했고, 그 사실을 후에 알게 된 소화 공주는 그 충격으로 죽었사옵니다. 그 후 서정은 몹시 후회했지만 일은 돌이킬 수 없었고, 《황정경》을 써 올리라는 옥황부 명령 기한이 가까워오자 다른 서선(書仙)에게 부탁하여 못다 쓴 《황정경》을 채웠던 것이옵니다. 그 글을 쓴 선인은 이름이 수치(水峙)인데 지금 광정국 왕 서정과 함께 체포되어 옥황부에 압송돼 구금되어 있는 중이옵니다."

"음…… 그렇다면 그 후 공주와 연행은 어떻게 되었소?"

"예. 공주와 연행은 타계에 태어나서 공주는 운명의 벌을 받아 비천한 인간과 결혼을 하게 되었고, 연행은 불행한 인생을 살다가 지금은 공주가 있는 산 속 마을에 함께 살고 있사옵니다."

"오호, 그것 참 공교로운 일이오. ……지금 그 두 사람 사이는 어떤 것이오?"

"제수와 시아주버니 사이옵니다. 그런데 공주의 비천한 남편이 죽은 이 마당에서는 그 둘 사이가 아주 가까워지고 있사옵니다."

"음…… 그들이 사는 마을은 어디요?"

"예. 남선부 산하 속계인 정마을이라 불리는 곳이옵니다. 그 곳은 풍곡이라는 선인이 수도하고 있는 곳이기도 하옵니다."

"아니, 풍곡이라면? ……태상노군을 친견했다는 그 선인 말이오?"

"예. 그렇사옵니다."

풍곡이란 말이 나오자 상일선 뿐만 아니라 회의장에 있는 다른 모든 선인들도 적지 않게 놀랐다. 풍곡이라면 태상노군을 만나서 밀명을 받은 선인이고, 연행은 태상노군의 《황정경》을 쓰다가 변고를 당한 선인이 아닌가? 이들이 백 년이 지난 지금 하계의 같은 마을에 살고 있다는 것은 분명 무슨 깊은 까닭이 있는 것이다. 어쩌면 태상노군을 찾을 수 있는 단서가 될 수도 있는 것이다.

회의장 안에 있는 선인들 모두가 이런 생각을 하자 회의 분위기는 당장 어떤 낙관의 기분으로 들뜨게 되었다. 상일선은 속으로 깊게 생각해 보고는 좌중을 돌아보며 말했다.

"아무래도…… 풍곡 선인을 소환해서 심문해야 할 것 같소이다…… 여러분의 의견은 어떠한지요?"

"예. 합당한 생각이옵니다."

이렇게 말하며 일어선 사람은 천류선(川流仙)이었다. 선인 천류는 좌중을 한 번 돌아보고는 차분히 말을 이었다.

"풍곡을 소환함은 물론 연행에게도 명하여 《황정경》을 다시 써 올리라고 해야 할 것이옵니다."

"그것이 가능하겠소?"

상일선은 의아스런 표정을 지으며 물었다. 천류선은 미소를 지으며 대답했다.

"물론 가능하옵니다. 서선 연행의 몸은 지금 없으나 그 정신은 그냥 그대로 존재하기 때문에 쉽게 글 쓰는 능력을 회복할 것이옵니다. 연행 본인이 말한 바와 같이 글은 마음으로 쓰는 것인데, 그 마음이 아직 남아 있으니 글을 못 쓸 바가 없지 않겠사옵니까?"

"그렇다면 당초에 연행이 겪었던 정신적 충격이 지금은 사라진 것이오?"

"그것은 잘 모르겠사옵니다. 대개 사랑의 충격은 생이 바뀌면 없어지는 것인데, 연행의 경우도 그러할 것이옵니다."

상일선은 마음으로 확신할 수가 없어 망설이고 있는데 선인(仙人) 미형(未形)이 일어났다.

"저의 생각은 다르옵니다. 사랑의 충격은 분명 사라졌지만, 그와 동시에 글 쓰는 능력도 잊어버렸을 것이옵니다. 연행이 글 쓰는 능력을 회복하려면 결국 전생의 자기인 연행의 마음을 회복해야 하는데, 그때가 되면 결국 사랑의 충격도 되살아나서 글은 여전히 못 쓰게 될 것이옵니다."

상일선은 고개를 천천히 끄덕이며 말했다.

"그렇다면 참 난감한 일이오. 아무튼 일단은 지금 상태에서 글을 써보게 하여야 할 것이라 생각되오."

상일선의 말에 누구도 답변을 하지 않자 회의는 다음 문제로 넘어갔다.

상일선이 좌중을 돌아보며 살피자 일어난 사람은 원명선(原明仙)이었다. 선인 원명이 일어나자 모두들 크게 기대를 가지고 원명선을 바라봤다. 원명선은 지우전의 총관이므로 필경 난진인의 소식을 전할 것이기 때문이었다. 현재 위기 하에 있는 옥황부에서는 난진인 밖에 의지할 수 없는 상황이고 보니 모두들 기대를 가질 수밖에 없었다.

"주지하다시피 난진인께서는……."

원명은 기대한 대로 차분히 난진인에 대해 얘기하기 시작했다.

"당금의 사태를 연구하기 위해 폐관한 바 있는데, 출관과 동시에 어디론가 여행을 떠났사옵니다. 난진인께서는 여행에 앞서 제게 한 가지 소식을 전했는데, 그것은 현재 우주에서 일어나는 사태의 원인을 규명해 냈다고 하셨사옵니다. 그러나 그 해결 방법은 아직 연구해 내지 못했다고 하시면서 태상노군을 찾아 떠나셨습니다. 결국 난진인께서도 연진인이나 마찬가지로 종적을 감추신 것이옵니다. 그래서 저는 그 이유를 생각해 보는 한편, 그 어른의 행적을 추적해 보았사옵니다. 난진인께서는 옥황부를 떠나자마자 남선부에 출현하셔서 평허선공을 만났사옵니다. 평허선공은 당초 연진인의 명을 받고 남선부 태상호에서 대기하던 중 난진인을 만나 연진인으로부터의 죄를 벗어났사옵니다. 그렇다면 연진인은 일부러 평허선공을 태상호에 불러들여 난진인을 만나게 했다고 봐야 하옵니다. 왜일까요? 그것은 난진인을 통해 평허선공에게 어떤 임무를 맡기신 것이 아니겠사옵니까? 그럴 경우 여전히 한 가지 의문이 남았사옵니다. 연진인께서 직접 평허선공에게 임무를 맡길 수 없는 이유는 무엇이겠사옵니까? 만일 특별히 무슨 이유가 있다면 그것은 난진인에게는 해당되지 않는 것이겠사옵니까?"

여기까지 얘기한 원명선은 좌중을 한 번 둘러보고 잠시 표정을 더

근엄하게 하면서 다시 얘기를 시작했다.

"나의 생각으로는 그렇지 않을 것이옵니다. 왜냐하면 당초 연진인은 난진인을 만나지 않고, 난진인을 통해 무엇인가를 평허선공에게 전하려 했사옵니다. 당연히 난진인께서는 태상호에 도착하자마자, 혹은 그 도중에 연진인의 뜻을 깨닫게 되었을 것이옵니다. 그래야만 평허선공에게 무엇인가를 전하게 할 수 있었을 것이기 때문이옵니다. 그러나 난진인 역시 평허선공에게 어떤 임무를 직접 하달할 입장이 아니라서 종적을 감추신 것이옵니다. 이것은 단순히 저의 추리이옵니다만…… 난진인은 먼저 연진인의 뜻을 깨닫고, 그것을 평허선공으로 하여금 깨닫게 하려고 한 것이옵니다. 그리고 만약 이 생각이 맞는다면 이 논리를 연진인에게도 적용할 수 있사옵니다. 즉 당초 태상노군께서도 연진인에게 직접 어떤 지시를 내렸거나 동행시킨 것이 아니라 연진인 스스로가 태상노군의 뜻을 깨닫게 하였을 것이고 연진인은 난진인에게, 난진인은 평허선공에게 이어주었을 것이라 생각되옵니다. 이 과정에서 태상노군·연진인·난진인까지는 수월하게 뜻의 전달이 이루어진 것으로 볼 수 있으나, 난진인·평허선공의 과정은 완료되지 않은 것 같사옵니다. 제가 조사한 바로는 평허선공은 난진인을 만난 후 태상호를 나와서 동화선궁에 잠시 기거하다가 하계로 내려가 선인 고휴를 만났사옵니다. 그래서 고휴를 심문한 결과 평허선공은 지금 난진인의 영패를 휴대하고 있으며, 평허선공은 난진인으로부터 뭔가 지시를 받았는데, 그것이 무엇인지 모른다고 하였사옵니다. 현재 평허선공은 다시 동화선궁에 체류하고 있는바, 이것은 시간을 들여 난진인의 뜻을 연구하고 있다고 봐야 하옵니다. 우리는 평허선공의 동정을 예의주시해야 할 뿐 아니라 선인 고휴도 관찰해야 한다고 생각하옵니다. 왜냐하면 고휴는 당초 연진인을 하계인 지리산에서 배견하고 그 어른의 지시를 받았사옵니다. 그 지시는 남선부 대선관인 소지를 압송하고 후에는 평허선공마저도 체포, 압송하라는 것이었는데, 그 임무는 완수되지 못하였사옵니다. 당연히 고휴의 능력으로는 평허선공을 체포할 수 없었을 것이옵니다. 그래서 고휴는 남선부를 거쳐 다시 지리산으로 내려가 연진인의 처벌을 기다리고 있던 중 평허선공을 만나 면죄를 받았사옵니다. 장차 고휴는 어떠한 행동을 하게 되어 있는지 모르옵니다. 현재 잠복 감시 하에 있사옵니다."

원명선은 거침없이 설명하고는 자리에 앉았다. 좌중은 원명선의 설명에 크게 감명을 받고는 잠시 침묵했다. 상일선도 고개를 끄덕이며 한참동안 속으로 생각하다 말문을 열었다.

"원명선께서는 수고가 많으셨소. 나는 원명선의 모든 생각에 동의하는데 다른 분들은 어떠시오?"

상일선이 좌중을 둘러보자 여기저기서 동의를 표시해 왔다. 상일선은 다시 말을 이었다.

"현재 우리는 태상노군을 찾는 일에 일대 진전을 본 것 같소이다. 다른 의견이 없으시면 여기서 회의를 마칠까 하오!"

상일선은 밝은 표정으로 좌중의 의견을 물었으나 누구 하나 나서는 사람이 없자, 조용히 폐회를 선언했다.

이 시간 동화선궁 청실에서는 평허선공과 동화선이 마주앉아 한가하게 차를 마시고 있었다. 먼저 동화선의 말소리가 들렸다.

"선공님, 앞으로의 상황이 어떻게 될 것 같사옵니까?"

"음. 글쎄, 나도 확연히 알 수가 없네…… 단지, 약간의 감만 잡힐 뿐이야."

"그게 어떤 것이옵니까?"

"어허, 자네는 참 호기심도 많아."

"죄송하옵니다. 그만 제 자신에만 몰두하다 보니……."

"괜찮네. 나도 자네의 도움을 좀 받으려 하네."

"예? 저 같은 것한테 무슨 도움을 받겠사옵니까?"

"허허. 자네의 어리석음이 곧 나에게 도움이 되는 것이야. 나도 자네처럼 어리석었으면 좀 더 쉽게 답이 나올 것도 같은데…… 나는 생각이 너무 많고 빠르단 말이야…… 그건 그렇고 자넨 어떻게 생각하나?"

"무얼 말씀이시온지요?"

"음, 연진인께서 나를 벌주고 난진인께서는 용서해주고 하는 것이 자네 눈에는 어떻게 보이는가?"

"……글쎄요. 도무지 모르겠사옵니다."

"모르겠다고? 좋아. 아무 말이라도 해 보게!"

"죄송하옵니다. 제가 어떻게 감히 어른들의 생각을 짐작하겠사옵니까?"

"어허. 자네 나의 명을 거절할 생각인가? 아무 말이라도 좋으니 해 보라니까……."

평허선공의 목소리는 차가웠다. 단순한 농담이 아닌 것 같았다.

동화선은 어쩔 줄 몰라 하며 슬쩍 평허선공의 얼굴을 쳐다보니 선공은 무엇인가 혼자 생각하면서도 자신에게 진지하게 묻고 있는 것이었다. 아니, 차갑게 명령한 것이었다.

"예. 정히 그러하오시다면 저의 어리석은 생각이라도 말씀드려 보겠사옵니다. 제 생각에는…… 연진인께서는 평허선공님으로 하여금 몇몇 선인들과 만나게 하는데 뜻이 있다고 보옵니다."

"그래? 만나서 무얼 하게?"

"그거야 차후 문제이고 우선은 만나게 하는데 듯이 있는 것이 아니겠사옵니까?"

"흠…… 그럴듯하군."

평허선공은 고개를 끄덕이면서 미소를 지었다. 그러고는 호탕하게 웃었다.

"허허…… 허허허."

동화선은 연문을 모르니까 그저 막연히 침묵을 지키는데 평허선공의 힘 빠진 듯한 목소리가 들렸다.

"나는 참 어리석군…… 내가 자네하고 똑같은 생각을 하고 있었다니…… 나도 그간 자네와 똑같은 생각을 하고 있었다네. ……하지만 지금은 아니야. 방금 나는 무엇인가를 발견해 낸 것 같네."

"예? 그것이 무엇이옵니까?"

"음. 자네와 얘기 도중 생각난 것이니 자네의 도움이 없었다고 할 수는 없겠지. 좋아, 몇 가지는 얘기해 주지. 우선 연진인이나 난진인께서는 무엇인가를 직접 말씀해 주실 수 없는 이유가 있겠지. 이것은 대전제일세. 그런데 자네말대로 우리 몇 사람을 만나게 하는데 뜻이 있다면 그것은 너무 뻔한 것이라 직접 말씀하신 것이나 다름없는 것이야. 그렇다면 이것은 대전제에 어긋나는 것이 아닌가? 따라서 만나게 하는데 뜻이 있는 것은 아니고 오히려 그 과정 중에 나로 하여금 무엇인가를 깨닫게 하시려는 게 아닐까? 즉 만나는 사람이 중요한

게 아니고 만나는 장소, 나아가서는 장소보다는 그 장소에서의 시간 등이 중요한 것이겠지. 그리고 내가 무슨 일을 하는지 알려면 내가 무슨 일이든 하고 나서야만 아는 것이니 미리 알 수는 없을 거야. 즉 내가 무슨 일을 한다면 그것이 바로 난진인께서 나에게 지시한 일이 아니겠는가?”

“예? 무슨 말씀이신지 도저히 감이 안 잡히옵니다.”

평허선공은 동화선의 말에는 상관치 않고 계속 설명해 갔다.

“즉 내가 무슨 일을 하고 나서 난진인의 뜻을 확연히 깨닫는다면 그 행동을 계속 하라는 뜻이지…… 요는 내가 무슨 행동을 해야만 난진인의 뜻을 깨닫게 되는가? 생각이 아니라 행동이지…… 그런데 무슨 행동을 해야 하나…… 어허, 지금 나는 또 생각하고 있구먼…… 이래서는 안 되는데…….”

평허선공은 여기까지 설명하고는 말문을 닫아버렸다. 선공은 혼자서 잠시 생각하는 듯 하더니 크게 소리쳤다.

“음, 그렇구나…… 나는 알았네. 그런데 무엇을 알았는지 모르겠구나…… 어허.”

평허선공은 일어났다. 동화선도 황급히 일어나 예의를 차렸다.

“선공께서는 출타하옵시려는지요?”

“음. 그렇네.”

평허선공은 고개를 끄덕이며 작은 소리로 대답했다.

“그럼, 다시 오시겠사옵는지요?”

“음? 글쎄, 아마 그럴 테지.”

평허선공, 염라전(閻羅殿)에 들다

평허선공은 먼저 청실을 나섰다. 동화선은 앞서지 않고 뒤따라 문을 나서는데 평허선공은 여러 가지 빛깔의 아름다운 광선으로 몸을 휘감더니 그 자리에서 사라졌다.

얼마 후 평허선공이 다시 몸을 나타낸 곳은 유명부(幽命府) 염라전이었다.

염라전의 위용은 가히 장관이었다. 태산보다 큰 각종 건물들, 수만 리에 뻗어있는 높은 담, 어두침침한 철대문들 등이 있으며, 또한 염라궁 안에는 지하로 끝없이 이어져 있는 수많은 동굴이 있다. 이 염라 세계는 그야말로 어두운 죽음의 세계였다.

이 세계에는 원래 낮이 없어서 일 년 내내 서늘하고 어두운 하늘이 계속되는데, 공기마저도 죽음의 냄새가 흠뻑 배어 있었다. 이 세계에는 옥황부 휘하 삼십삼천에 있는 모든 영혼들의 죄를 관장하는 곳인데, 기이하고 가공할 만한 수많은 형틀들이 마련되어 있고, 보기만해도 소름끼치는 팔만 옥졸들이 찰나도 쉬지 않고 가혹행위를 하고 있다.

그 위에는 이들 팔만 옥졸을 감독 지휘하는 십팔 장관이 있는데 이들은 염라대왕을 호위하고 특수한 죄수를 관장하며, 멀리 출장하여 난폭한 죄수들을 체포, 압송해 오기도 한다. 이들은 신통한 힘을 가지고 있어서 높은 신선이라 해도 당해 낼 수가 없다.

평허선공이 염라전의 가장 큰 대문인 북호관(北戶關)에 당도하자 마침 관문을 순시하던 곤영(困永)이 관문 밖으로 마중을 나왔다. 곤영은 염라전 십팔 장관 중 서열 육위인 선인이었다. 이 염라전 육호 장관 곤영은 평허선공을 보자마자 급히 오른쪽 무릎을 꿇고 두 손을 맞잡고 고개 숙여 인사를 올렸다.

"선공께 문안 여쭈옵니다."

"음…… 나는 잘 있네. 자네도 여전한가?"

"예. 덕분에 잘 지내고 있사옵니다. 그런데 어른께서는 어쩐 일로 이런 누추한 곳에 행차하셨사옵는지요?"

"음. 지나는 길에 들렀네."

"뵙게 되어 영광이옵니다. 안으로 드시옵소서."

평허선공은 곤영의 안내를 받아 염라전 본궁 청실에 당도했다. 평허선공을 청실에 안내한 곤영은 위풍당당한 소리로 고했다.

"선공께서는 잠시 쉬시옵소서. 급히 일호 장관을 불러 인사 올리게 하겠사옵니다."

"음. 수고했네."

평허선공은 곤영이 나가자 면벽을 하고 잠시 정좌했다. 그러자 오래지 않아 청실 문이 열리고 험상궂고 추악하게 생긴 염라전 일호 장관 반류선(反流仙)이 나타났다.

반류선은 평허선공이 벽에서 채 돌아서기도 전에 무릎을 꿇고 씩씩하게 인사를 올렸다.

"선공께 인사 올리옵니다. 직접 마중하지 못한 죄를 용서하시옵소서."

"음. 괜찮네. 이곳은 편안한가?"

"예. 언제나 잘 지내고 있사옵니다."

"그럴 테지. 그런데 평등왕(平等王)께서는 잘 계신가?"

평등왕이라면 즉 염라대왕이고 반류선이 보필하고 있는 염라전의 주인이다.

"예. 대왕께서는 지금 영내 순시차 본궁을 떠나 있사옵니다. 회궁하시려면 며칠 걸리실 것이옵니다. 그간은 제가 모시겠사옵니다."

"음, 좋아. 하지만 나는 생각할 일이 있어 혼자 있겠네. 대왕께서 회궁하는 즉시 기별하게."

"예. 명에 따르겠사옵니다."

반류가 나가자 평허선공은 즉시 명상에 들었다.

이 시간 하계인 덕유산 정상 진동(眞洞)에서는 선인 한곡이 명상에서 깨어나 가까운 미래를 알기 위해 서죽(筮竹)을 나누고 있었다. 나타난 괘상은 택수곤(澤水困:☵☱)이었다. 이것은 넓은 연못에 물이 메말라가는 것이니 심히 고독하고 괴로운 상이었다. 한곡은 속으로 생각해 봤다.

'음, 아무래도 좌설이 고통을 겪을 것 같군! ……감당할 수 없을 거야……'

한곡은 가벼운 한숨을 토해내고는 마음속으로 제자 능인을 불렀다. 능인은 명상 중 마음속에 스승의 이미지가 나타나자 즉시 명상에서 깨어나 스승의 처소를 찾았다.

"스승님, 능인입니다. 저를 찾으셨는지요?"

"음, 급히 볼일이 있네."

"예?"

"서울엘 다녀와야겠어. 좌설이 어려움을 겪을 것 같아. 가서 힘을 합치게……."

"예. 그럼 즉시 떠나겠습니다. 스승님께서는 보중하십시오."

한곡이 말없이 고개를 천천히 끄덕이자, 능인은 물러나와 서울을 향해 출발했다. 서울에서는 능인의 도반인 좌설이 혼마 강리를 찾기 위해 탐색을 계속하고 있으나 어디에 숨었는지 아직 혼마의 그림자는 보이지 않고 있었다.

한편 정마을에서 파견된 남씨 일행은 폭력배 두목인 조합장을 대동하고 안국동 비밀 장소에 도착한 후 진을 치고 시내 각처에 염탐꾼을 보내 땅벌파의 동정을 파악하면서 시기를 기다리고 있었다.

"따르릉……."

기다리던 전화벨이 울렸다. 종로를 염탐하고 있는 부하였다.

"조합장님, ……전데요, 이곳은 조용합니다. 칠성은 보이지 않고 있습니다."

"음. 알았네. 변화가 있으면 계속 보고하게."

얼마 후 동대문과 왕십리에서도 전화가 와서 칠성은 보이지 않는다고 보고해 왔다. 초조한 시간이 계속 흘러갔다. 남씨는 잡지책을 뒤적이며 시간을 보내고 박씨는 골방에 들어가 면벽을 하고 있었다. 전화벨 소리가 또 울렸다. 영등포였다. 칠성이 두 명 와 있다는 것이었다. 조합장이 긴장을 하고 남씨의 얼굴을 바라보자, 남씨가 억지로 미소를 지으면서 얘기했다.

"아니에요. 조합장님, 우리가 지금 기다리는 곳은 종로입니다. 그곳이 적의 본부이기 때문에 우리는 그곳으로 첫 번째 공격을 시도하여 적의 기세를 죽이는 한편 적을 수세로 몰아넣어야 합니다."

"아, 그렇군요."

조합장은 충분히 알아들었다는 표시로 입을 꼭 다문 채로 고개를 크게 끄덕였다.

건영이 아버지는 말없이 두 사람을 번갈아 바라보며 가끔 신문을 뒤적이고 있었고, 다른 부하 열 명은 수시로 문밖을 드나들면서 안달하고 있었다.

"휴…… 기다리기는 정말 힘들군. 죽든 살든 부딪쳐 봐야지, 이거야 어디 견디겠나?"

조합장 부하 하나가 투덜거렸다. 그도 그럴 것이다. 아마도 인간이 하는 일 중에 기다리는 것이야말로 가장 힘든 일일 것이다. 기다림이란 인격에 따라 차이가 있는 것인데 어린아이나 소인배는 더욱 힘들고 인격이 높아갈수록 기다림이 수월해지는 것이지만, 이것이 능숙해지는 것은 덕이 높은 도인이나 가능한 것이다. 조합장은 가끔 땀을 씻고 부하들은 더욱 투덜대는 가운데 시간은 계속 흘러갔다.

기선(機先)을 제압하다

"따르릉……."

전화벨 소리가 울리자 떠들던 부하들은 조용해지고 졸고 있던 부하들은 깜짝 놀라면서 잠을 깼다. 드디어 종로에 칠성이 나타난 것이었다. 조합장은 전화에다 대고 소리를 질렀다.

"두 명이라고? 확실한가? ……알았어."

조합장은 수화기를 내려놓으면서 남씨를 바라봤다. 남씨는 말없이 고개를 가로저었다. 조합장은 의아했다.

"예? 종로에 칠성이 나타났는데요……."

"예. 그러나 두 명입니다. 우리는 한 명을 기다립니다."

"그렇지만, 박선생님은 두 명 정도는 당해 낼 수 있을 텐데요."

"물론 그럴 것입니다. 하지만 위험할 수도 있습니다. 그러니 우선은 칠성 한 사람하고만 먼저 부딪쳐 봐야 합니다. 그래야만 확실히 실력을 가늠할 수 있는 것이니까요."

남씨가 미처 설명을 다 마치기 전에 또 전화벨이 울렸다. 종로에서였다. 조합장은 맥없이 전화를 받다가 갑자기 소리를 질렀다.

"그래. 그래. 알았어."

전화를 끊으면서 조합장의 얼굴에는 화색이 감돌았다.

"한 명이 떠났답니다…… 종로에는 지금 칠성이 한 명밖에 없어요."

남씨는 조합장의 말을 들으면서 벌떡 일어나 골방으로 갔다.

"박씨, 빨리 일어나, 출동이야."

명상 중에 있던 박씨는 반사적으로 일어났다. 남씨는 박씨가 깨는 것을 보면서 다시 큰방으로 나와 출동을 지시했다.

"건영이 아버님은 여기서 기다리십시오. 세 명과 함께…… 그리고 나머지 분은 나와 함께 종로로 갑니다."

일행은 기다리던 차를 타고 신속하게 출발했다. 반시간도 채 되지 않아 일행은 이미 잠복하고 있던 부하를 만났다. 남씨가 먼저 말을 꺼냈다.

"칠성 한 사람만 있다는 것이 확실한가?"

"예."

"다시 한 번 보고 오게."

부하는 남씨의 명령이 떨어지자 급히 달려 나갔다가 되돌아왔다.

"분명 하나예요."

되돌아온 부하가 보고했다.

"음."

남씨는 고개를 끄덕이고는 공격을 명령했다.

"공격은 박씨 혼자서 합니다. 다른 사람들은 나와 조합장님을 보호하면서 대기합니다. 구경이나 하면서……."

"그리고 박씨, 칠성은 절대 놓쳐서는 안 되네. 반드시 중상을 입히거나 죽여야 하네."

박씨는 말없이 고개를 끄덕 하고는 앞장섰다. 땅벌파 본부인 종로 사무소는 이층에 있었다. 먼저 박씨가 조용히 사무실 문을 열고 들어섰다.

"어떻게 오셨습니까?"

땅벌파 패거리 하나가 박씨에게 다가오며 물었다. 순간 박씨의 주먹이 날았다. '뻑' 면상이 짓이겨지며 나가 자빠졌다. 날벼락처럼 갑작스럽게 닥친 사태에 잠시 얼이 빠져있던 패거리 몇 명이 일어나서 문간 쪽으로 달려들었다. 박씨도 번개같이 몸을 놀려 그들을 향해 갔다. 박씨는 앞에 있는 놈을 머리로 받으면서 발길을 내질렀다. '쿵' '뻑', 두 사람이 동시에 쓰러졌다. 박씨는 이어서 주먹을 내두르고 다시 한 발 나서면서 따귀를 후려쳤다. 하나는 갈비뼈가 으스러지고, 하나는 코와 입으로 피를 토하며 엎어졌다. 패거리들은 주춤했다. 박씨가 번개같이 살펴보니 저쪽에서 침착하게 이쪽을 주시하는 자가 있었다. 키는 중키에 호리호리하고 한복을 입고 있었는데, 날카로운 눈빛이 주변을 냉각시키고 있었다. 박씨는 속으로 생각했다.

'저놈이 바로 칠성이구나……'

박씨는 책상 위로 올라서서 단숨에 그쪽으로 몸을 날렸다. 칠성은 박씨가 쏜살같이 자기 앞으로 날아오는데도 당황하는 기색도 없이 빤히 바라보고 있었다. 박씨는 반 보 거리에 당도하자 몸을 오른쪽으로 돌리면서 왼쪽 주먹을 휘둘렀다. 칠성은 고개를 살짝 숙여 피했다. 이어 옆으로 내지른 오른 발도 뒤로 사뿐히 물러나며 피했다. 그러자 뒤에서 다른 패거리가 달려들었다. 박씨는 막연히 팔을 오른쪽 뒤로 휘둘렀다. 그 팔이 '퍽' 하고 턱에 적중하자 달려들던 패거리는 발을 헛디디며 주저앉아 피를 토했다. 물러난 칠성은 허리를 약간 낮추고 두 손을 펴는 듯 하여 가슴 바깥쪽으로 조금 내뻗어 공격 자세를 취했다. 틀림없이 무슨 무술 자세였다.

남씨는 손에 땀을 쥐고 구경하는데 다른 패거리도 더 이상 박씨에게 달려들 생각을 안 하고 머뭇거리고 있었다. 조합장의 부하들도 일단은 관망하기로 하고 경계 자세만 취했다. 칠성이 뛰어오며 날아올랐다. 오른쪽 발이 날카롭게 박씨의 얼굴을 향해 들어왔다. 박씨가 몸을 낮춰 피하자 이어서 몸을 왼쪽으로 뒤틀면서 오른발로 역시 얼굴을 후려쳐 왔다. 간신히 이것도 피하자 이번에는 오른손 주먹으로 명치를 향해 뻗어왔다. 실로 눈 깜짝할 사이에 세 번의 공격을 퍼부은 것이었다. '퍽' 칠성의 주먹이 명치에 적중되었다. 박씨는 멈칫하면서 잠시 그 자리에 서 있었다. 충격을 받은 것 같았다.

그러는 중에도 박씨는 오른발을 내질렀다. 동작은 평소보다 확실히 더딘 것이었다. 칠성은 이것을 쉽게 피하면서 박씨의 왼쪽 다리를 걸어찼다.

박씨는 중심을 잃고 비틀하면서 넘어질 뻔했다. 마침 옆에 있는 책상을 손으로 기댔기 때문에 겨우 몸을 지탱할 수 있었다. 칠성의 얼굴에는 약간의 미소가 스쳐갔다. 그러나 눈은 여전히 날카로운 광채를 내뿜으면서 박씨의 동작을 살폈다. 칠성은 또 한 번 날아올랐다. 제 이의 공격을 시작한 것이다. 그런데 이번에는 오른쪽 발이 나오는 듯 하더니 어느새 왼발이 옆구리를 향해 들어왔다. 박씨는 뒤로 물러나면서 피했다. 이때 구경만 하던 패거리들이 달려들어 박씨의 양팔을 잡으려 했다.

그러나 박씨가 한 발을 다가서며 손바닥으로 가슴을 밀어치자 '우직 —' 하며 갈비뼈가 부러졌다. 또 한 놈은 멱살을 잡아끌며 멀리 집어던졌다. '쿵!!' 머리가 벽에 부딪히며 너부러졌다. 그러자 휙 하며 칠성의 주먹이 머리 쪽으로 날아들었다. 박씨는 그 손을 겨우 잡는 듯 하였으나 칠성은 급히 뿌리치며 뒤로 물러섰다. 순간 박씨는 앞으로 치달아 칠성의 몸체를 잡으려 했다. 하지만 칠성은 옆으로 빠져나갔다.

두 사람은 이제 서로 마주보며 섰다. 칠성은 다시 몸체를 낮추며 서서히 팔을 앞으로 내밀어 자세를 취했다. 박씨는 어떤 자세를 취할 줄 몰라서 엉거주춤하다가 옆을 슬쩍 쳐다봤다. 주변의 상황을 살펴 보려 한 것이다. 그 순간 칠성의 왼발이 박씨의 정면에서 얼굴을 휘둘러 쳐 왔다. 박씨는 간신히 피했다. 그러나 이것은 허식으로서 진짜 공격은 그 뒤에 숨어 있었다. 뒤이은 오른쪽 주먹이 박씨의 왼쪽 가슴을 향해 들어왔다. 박씨는 이것을 안 피한 것인지 못 피한 것인지 칠성의 주먹은 박씨의 어깨와 가슴의 중간 지점에 적중했다. 그러나 그와 거의 동시에 박씨의 오른쪽 주먹이 칠성의 옆가슴을 강타했다. '뻑 —' 이것은 정면으로 맞은 것으로 실로 바위를 부숴버리는 강력한 일격이었던 것이다.

칠성은 울컥 피를 토했다. 얼굴은 핏기가 가시며 무릎을 꿇고 앞으로 풀썩 고꾸라졌다. 박씨의 얼굴에는 땀방울이 맺혀 있었다. 나머지 패거리는 십여 명이 되었는데 문을 향해 도망치려 했다. 그러자 조합장의 패거리들이 막아섰다. 패거리는 앞뒤로 포위된 셈이었다. 이때 남씨가 조용히 말했다.

"보내줘라!"

"예? 이놈들을요?"

조합장과 그 부하들은 아쉬운지 남씨의 얼굴을 보면서 여전히 피해 주질 않고 있었다.

"어서!"

남씨가 목소리를 높였다. 이때서야 부하들이 물러서자 패거리들은 급히 문을 나서 도망해 갔다. 그들을 바라보며 조합장과 그 부하들은 기분 좋은 얼굴이 되었으나 남씨는 근심스러운 얼굴이 되었다.

"박씨, 괜찮나?"

"예. 괜찮아요……. 약간 결리는 정도예요."

"음. 다행이군. 그러나 큰일 날 뻔했어. 얼굴을 맞았으면 어떡할 뻔했나?"

"글쎄요…… 아무래도 충격이 클 뻔했어요."

"그럴 거야. 앞으로 조심해야겠어. 만일 칠성파 두 명이 달려들었다면 위험했었겠지!"

박씨는 남씨의 말에 부정도 긍정도 하지 않았다.

"어떻게 할까?"

남씨는 박씨를 바라보며 의향을 물었다.

"예? 무얼 말이에요?"

"음. 원래 계획은 이곳을 공격한 후 즉시 동대문 쪽도 공격하려 했는데 괜찮겠나?"

"참, 형님도…… 이런 정도 가지고 뭘 그러세요? 원래 방침대로 계속하지요."

"그래? 왼쪽 어깨를 다친 것 같은데 괜찮겠나?"

남씨가 여전히 걱정하는 말을 하자 박씨는 말없이 책상 앞으로 다가서서 왼쪽 주먹으로 책상을 내리쳤다.

"뻑 —"

책상은 여지없이 부서졌다.

"형님, 이 정도면 괜찮겠습니까?"

"거 참…… 좋아, 동대문으로 가자."

"와아 ―."

조합장의 부하들은 멋도 모르고 함성을 질렀다. 이들은 박씨가 앞서면 천하무적일 것으로 생각했다. 그러나 남씨는 마음속에 무엇인지 모르는 어두운 그림자는 말끔히 지우지 못하고 있었다. 동대문에는 십 분도 안 돼서 도착했다. 이들 일행은 동대문에 도착하자 미리와 있던 조합장의 부하를 찾았다.

"지금 상황은 어떤가?"

남씨가 묻자 부하는 황급히 대답했다.

"예. 아직 칠성은 나타나지 않고 다른 놈들은 몇 명 더 와 있어요."

"그래? 모두 몇 명이나 되나?"

"스무 명도 채 되지 않습니다."

"음, 알겠네. 박씨, 혼자서 처리할 수 있겠나?"

"물론이지요. 여럿이 함께 가면 우리 편이 누군지 얼굴을 몰라 걱정이에요."

"좋아. 그럼 혼자 해 보게."

땅벌파 동대문 본부는 골목 쪽으로 좀 들어가 큰 공터가 있는 목재소 건물인데, 목재소 일은 하지 않고 나무들만 잔뜩 쌓여 있었다. 사무실로 쓰는 건물은 그리 크지 않았으나 아담하게 잘 만들어져 있었고, 몇 명은 사무실 밖으로 나와 나뭇더미에 걸터앉아 잡담을 하고 있었다. 박씨는 사무실 문을 열고 슬며시 들어갔다. 밖에 있는 무리들은 박씨가 사무실 안쪽으로 들어가는 것을 보지 못했다. 남씨와 그 일행은 목재소 담 밖에서 보이지 않게 대기했다.

조합장과 그 부하들은 목재소 입구 쪽을 바라보며 혹시 누가 나오지나 않나 하고 주시하고 있었다. 박씨가 사무실 안으로 들어섰을 때 누구 하나 유의하지 않았다. 인기척은 느꼈으나 자기네 패거리 하나가 들어오는가 생각했을 것이다. 박씨가 몇 발짝 더 걸어 사무실 중앙 쪽으로 들어서자 누가 쳐다봤다. 그러나 누구냐 하고 물어볼 새도 없이 박씨는 느닷없이 따귀를 후려침을 시작으로 해서 순식간에 세 명은 고꾸라뜨리고 벌써 몸을 날려 책상 위에 올라가서 발길질로 차대면서 질풍처럼 움직였다. 이들 패거리가 놀라서,

"어! 뭐야?"

소리를 처음으로 냈을 때는 이미 아홉 명이나 쓰러졌을 때였다. 그 소리를 낸 놈조차 일 초도 안 돼서 갈비뼈가 부러졌고, 옆에서 얼이 빠져 있던 패거리 둘은 서로 맞부딪쳐 얼굴이 짓이겨졌다. 이제는 하나만 남았다. 이놈은 도망가려고 등을 보인 채 앞으로 떠밀려 벽에 부딪혀 너부러졌다.

박씨가 사무실로 들어선 지 일 분 정도 경과했다. 박씨는 일을 다 마치고 문을 나서려 할 때 마침 무슨 소리를 듣고 달려 나온 놈 하나와 맞닥뜨렸다. 박씨는 반사적으로 낚아채 가지고는 뒤로 끌어당겨 패대기쳤다.

'콰당 ―' 소리와 함께 앞으로 엎어지며 피를 토했다. 박씨가 막 문을 나서자 뒤이어 달려온 두 놈이 바로 눈앞에 보였다. 박씨는 두 손을 동시에 뻗었다. '퍽 ― 억!' 소리를 내며 두 명은 뒤로 나뒹굴었다. 저쪽에서 남씨 일행이 걸어오고 있었다. 이번에는 남씨도 놀란 것 같았다.

"아니, 벌써 다 끝냈나?"

"예……."

박씨는 무덤덤하게 대답했다.

"음, 대단하군…… 그런데 왜 그리 서둘렀나?"

"그저, 연습 좀 하려고 했어요."

"연습? 그래. 그거 좋은 생각이군."

남씨는 미소를 지으며 고개를 끄덕였다. 그러나 남씨의 마음속에는 칠성에 대한 어두운 그림자가 소용돌이치고 있었다.

'과연 박씨가 여러 명의 칠성을 물리칠 수 있을까?'

남씨가 여러 가지 생각으로 잠시 침묵하자 조합장이 목소리를 높여 말했다.

"남선생님, 일이 처음부터 시원하게 풀려가는군요. 어디 가서 술이라도 한잔 하실까요? 오늘은 제가 멋진 데 가서 한잔 사겠습니다."

"아, 예. 고맙습니다만 오늘은 안 되겠군요."

남씨는 조합장의 제의를 일언지하에 거절했다.

"조합장님, 오늘 일은 끝이 났습니다. 안국동으로 돌아가시지요."

조합장과 부하들은 맥이 풀렸지만, 남씨가 안 된다고 하니 하는 수 없이 안국동으로 돌아올 수밖에 없었다. 안국동으로 돌아오자 건영이 아버지가 급히 문밖으로 나왔다.

"어찌 되었습니까?"

"예. 오늘 일은 잘 처리되었습니다. 이만 집으로 돌아가 쉬시지요."

"그럴까요?"

남씨는 건영이 아버지와 박씨를 재촉하여 문을 나섰다. 조합장이 문밖까지 배웅을 나오자 남씨는 간단히 지시를 남겼다.

"조합장님, 우리는 내일 열두 시에 나오겠습니다. 조합장님은 그 전에 부하들을 총집합시켜 명동과 남대문 시장 일대에 대기시켜 놓으십시오. 조합장님은 우리보다 먼저 와 있어야 합니다."

"예. 여부가 있겠습니까?"

조합장이 씩씩하게 대답하자 남씨 일행은 말없이 뒤돌아 용산의 집으로 향했다. 시간은 어느덧 저녁때가 되어 하늘은 점점 어두워지고 있었다.

집으로 돌아오는 길에 박씨는 차창 밖으로 보이는 전차가 신기한지 고개를 돌려 한참씩 바라보곤 했다. 용산에 있는 피난처에 오자 건영이 아버지는 저녁도 먹지 않고 피곤하다며 먼저 잠을 청했다.

건영이 아버지로서는 이번 같은 일은 평생 처음이었을 것이다. 워낙 사람이 좋은 인격자로서 폭력이란 것은 꿈에도 생각해 보지 못한 사람이다. 오늘 일은 당황스럽고 너무나 긴장한 까닭에 피로가 몰려온 것이다.

남씨와 박씨만 저녁을 들고 잠시 쉬는데, 인규가 철형이와 함께 들어왔다.

"형님들, 안녕하세요?"

철형이는 반가워서 화색을 가득 띠고 인사를 했다.

"철형이구나. 어서 와. 그간 잘 지냈나?"

박씨도 반가워서 밝은 미소를 머금고 안부를 물었다.

"형님, 이번에 큰일 때문에 서울에 오셨다면서요? 그래 일은 잘 되어 가나요?"

"음, 글쎄. 나는 잘 모르겠어. 열심히 하고는 있는데…… 나보다는 형님이 잘 알고 있어."

"예? 아, 큰형님은 지휘를 하시러 오셨군요."

"큰형님, 일이 어찌 돼 가나요?"

"응. 아직까진 별 탈이 없었어…… 그런데 일이 심상치는 않아. ……아무튼 조금 더 상황을 봐야겠지."

"그렇겠군요."

철형이는 약간 근심을 하면서 고개를 끄덕였다. 그러고는 이내 얼굴색을 펴면서 밝게 말했다.

"형님, 오늘은 어떠세요? 서울 구경이나 할까요? 서울엔 밤에 볼 게 더 많아요."

"그럴까? 그래. 좋다. 다 같이 나가자."

서울 구경을 하자고 하니 가장 좋아하는 사람은 박씨였다.

생전 처음 서울이라는 곳에 와보는 것이기 때문에 그 호기심은 상당히 컸다. 더구나 박씨는 평생을 산 속에서 살기로 작정한데다가 그동안도 사람이 많이 사는 도시를 구경한 적이 없었다. 박씨로서는 인생이란 것에 대해 항상 생각하면서 지내왔지만 세상이라는 곳, 즉 여느 사람이 수많이 모여서 사는 도시를 구경하기는 처음이다. 박씨에게는 서울에서 사람도 실컷 구경하고 싶었고, 건물이나 서울에 있는 각종 생필품·사치품·문화나 문명의 이기 등을 두루 보고 싶은 것이다. 박씨는 그 외에도 또 하나 꼭 경험하고 싶은 것이 있었다. 다름이 아니라 사람이 많이 모여 사는 도시가 주는 느낌이었다. 과연 이런 곳에서 살고 싶은 것일까? 이곳에 오래 있으면 산속 마을이 싫어지기라도 하는 것일까? 박씨는 속으로 건영이가 한 말이 생각났다.

'아저씨는 세상이 무서운 거지요? 타락을 하실까봐…….'

'글쎄? ……사람은 과연 어느 곳에서 살아야 좋은 것일까? 타락이

란 무엇인가?'

박씨는 아무튼 서울에 온 김에 많은 것을 부딪쳐 보고 싶은 마음이었다. 네 사람은 거리로 나와 전차를 타기로 했다. 일행은 원효로 2가 쪽으로 걸어 나와서 동대문행 전차에 올랐다. 박씨는 계속 차창 밖을 보았다. 지나가는 사람들, 용도를 알 수 없는 크고 작은 물건들, 끝없이 이어지는 건물들, 여러 가지 빛깔의 예쁜 옷을 입은 여인들…… 모든 것이 생소했다. 박씨는 즐겁고 두근거리는 마음을 진정하면서 쉬지 않고 관찰했다. 철형이나 인규는 박씨의 마음을 이해할 것 같아서 방해하지 않고 내버려두었다. 남씨는 서울이 별 느낌을 주지 않는지 그저 무덤덤하게 일상적인 대화를 가끔 할 뿐 특별히 즐겁다거나 흥분하는 기색은 없었다.

일행은 시경 앞에서 내렸다. 우선 백화점을 구경하기로 했다. 백화점이란 문자 그대로 수많은 물건이 집결되어 있는 곳으로 그 시대 그 도시의 모든 물건을 한눈에 볼 수 있는 곳이다. 박씨는 백화점에 들어서면서부터 놀랐지만, 텔레비전이라는 것을 보면서 실로 깜짝 놀라고 말았다.

'거 참, 세상엔 별 게 다 있구나……'

박씨는 눈으로는 닥치는 대로 보면서 마음속에는 수많은 생각이 교차했다. 서울이란 곳과 정마을은 참으로 비교되는 바가 많았다. 정신이 어지러울 정도로 많은 물건을 보면서 박씨는 인생에 대해 여러 가지 생각을 가져보았다. 그러나 생각은 물건 구경 때문에 자주 끊어져 이어지지 않았다. 아마 서울이란 곳은 생각보다는 행동이 많아야 하는 곳인가 보다. 박씨는 물건을 세심히도 살폈다.

"형님, 이젠 그만 나가시죠?"

철형이가 정신없이 구경하는 박씨를 환기시켜 주었다. 박씨는 웃으며 뒤따라 나섰다. 일행이 두 번째로 가기로 정한 곳은 명동 거리였고, 명동의 여기저기를 구경한 후 술집을 찾아들었다. 오늘은 이 정도로 구경을 하고 다음날 다시 나오기로 했다. 술집에서는 정마을과 비슷한 것도 있었는데, 무엇보다도 술 그 자체가 비슷했고, 음식도 비슷했다. 서울도 역시 사람이 사는 곳이니 당연할 것이라는 생각이 들었다. 박씨는 혼자 고개를 끄덕이며 시원하게 술잔을 비웠다. 술맛은 여전했다. 이곳이 정마을과 다른 점이 있다면 사람이 많이 모여서 술을 마시는 것과 아름다운 장식, 그리고 음악 등이 있다는 것이었다. 박씨는 음악에 관해서만은 별 느낌이 없는 것 같았다.

일행은 늦도록 술을 마실 수는 없었다. 서울에는 통행금지라는 것이 있어서 늦지 않도록 집으로 돌아와야만 했던 것이다. 박씨는 서울에서 처음으로 행동의 제약을 느꼈다.

'통행금지라…… 왜, 이런 것이 있을까?'

돌아올 때도 역시 전차를 탔다. 일행과 함께 집으로 돌아온 박씨는 집으로 들어서자마자 잠을 청했다. 원래 잠이 없고 건강한 박씨였지만 새로운 환경에 접한 충격 때문에 몹시 고단한 모양이었다. 박씨는 밤새 수많은 꿈을 꾸고는 늦잠을 잤다. 박씨가 깨어나 보니 철형이는 이미 없고 남씨는 건영이 아버지와 차를 마시고 있었다.

서울에서의 삼 일째가 시작되었다. 오늘은 남씨·박씨·인규만 나서기로 했다. 건영이 아버지를 남겨두고 세 사람은 안국동으로 향했다. 안국동에 도착한 시간은 열한시 사십 분, 조합장은 이미 나와 있었다. 조합장은 말없는 미소로 인사를 대신했다. 남씨는 즉시 업무를 개시했다.

"조합장님, 현재 상황은 어떻습니까?"

"지시하신 대로 명동 근처에 부하들이 잠복하여 명령을 기다리고 있습니다."

"종로와 동대문의 상황은 어떻습니까? 특히 칠성들은?"

"예. 칠성들은 지금 종로에 두 명, 동대문에 한 명, 다른 곳에서는 보이지 않고 있습니다."

"명동과 남대문의 상대편 인원은 얼마나 됩니까?"

"명동에는 십여 명 정도, 남대문에는 열 명 미만입니다. 지금 적 편에는 대부분의 인원이 종로와 동대문에 있다고 합니다. 영등포나 왕십리 등에도 인원이 거의 없습니다."

남씨는 고개를 끄덕이고는 지시를 내렸다.

"조합장님, 지금 즉시 남대문과 명동을 공격해서 장악하도록 하십시오. 가능합니까?"

"그럼요! 칠성만 없다면 저놈들은 오합지졸입니다."

"좋습니다. 그럼, 시작하시지요."

"예. 알겠습니다."

조합장은 명쾌하게 대답하고는 전화통을 들고 공격 명령을 하달했다.

"여보세요 …… 음, 난데, ……지금 당장 공격해서 그놈들을 작살을 내. ……응? 잠깐 기다려 봐!"

조합장은 전화로 지시를 하다 말고 남씨에게 물어왔다.

"공격을 하고 난 다음에는 철수를 하는 겁니까?"

"아닙니다. 공격 후에는 그곳을 단단히 지키고 있는 것입니다. 다음 지시는 그 후에 내리지요."

"예. 알겠습니다."

조합장은 다시 전화통에다 소리를 질렀다.

"그놈들을 없애버리고, 그곳을 차지하는 거야. 이제 우리가 빼앗겼던 곳을 찾는 거야. 알겠지? 다 끝나면 연락해. 빨리 하란 말이야."

조합장은 급하게 소리 지르고는 웃으면서 전화기를 내려놓았다.

"이제 잠깐이면 됩니다."

조합장은 기분이 몹시 좋은지 어린아이처럼 떠들어댔다. 그러나 남씨의 얼굴에는 별로 즐거운 기색을 찾아볼 수 없었다. 남씨의 마음속에는 여전히 개운치 않은 근심거리들이 남아 있기 때문이었다. 조합장이나 박씨도 남씨의 마음속에는 무슨 생각이 있는지 알 길이 없어 그저 눈치를 슬쩍 보고는 입을 다물어 버렸다. 지루한 시간이 잠시 흘렀다.

"따르릉"

조합장이 급히 전화기를 들었다.

"응. 나야. 그래, 잘했어. 저쪽은? 알았어. 거기서 대기하고 있어!"

"남선생님, 명동에서 연락인데요…… 일이 끝났답니다."

"따르릉"

전화벨이 다시 울렸다.

"여보세요. 응, 나야. 알았어. 그곳에서 대기하고 있어. 저쪽도 일이 끝났어. 그럼, 그럼."

조합장은 수화기를 내려놓고 남씨의 얼굴을 바라보며 천천히 보고했다.

"남대문도 끝났다는데요."

"예. 잘됐군요. 오늘 일은 그만입니다. 내일까지는 편이들 쉬고, 다음 작전으로 들어갑시다. 자 그럼, 우리들은 이만 가보렵니다. 내일은 아침 열 시까지 우리 편 전원을 종로 근방에 대기시킵니다. 그리고 기타 지역에도 두 사람씩 잠복하여 저들의 동정을 아침 열 시까지 보고해야 합니다. 조합장님은 열 시 전에 모든 것을 점검해 두어야 합니다."

"예? 저쪽은 어떡하고요?"

"시키는 대로 하십시오. 내일은 저들이 반격해 올 것입니다. 명동과 남대문이 되겠지요. 그리고 칠성도 올 것입니다. 명동과 남대문은 내일부터는 위험합니다. 그곳에는 내일 한 명도 있어서는 안 됩니다. 알겠습니까?"

"예…… 알겠습니다."

조합장은 무엇인가 말하려다 말고는 입을 꼭 다물고는 고개를 끄덕였다.

"그런데…… 저, 오늘은 저들이 오지 않을까요?"

"오지 않을 것입니다. 저들이 생각하고 작전을 짜는 데는 최소 하루는 걸리겠지요. 물론 이것은 저들이 신중할 것이라는 가정 하에 내린 결론입니다만……."

"예. 알겠습니다."

조합장은 명쾌히 대답했다. 복잡한 생각은 자기가 하기 싫고 오로지 남씨의 생각에만 따르겠다는 의지가 들어있었다.

"그럼 내일 열 시에 다시 보지요!"

남씨는 다시 한 번 지시를 환기시키고는 서둘러 문을 나왔다. 박씨와 인규도 말없이 뒤따라 나왔다. 문을 나서자 남씨가 밝은 얼굴로 인규에게 말했다.

"자, 오늘 일은 끝났고…… 서울 구경이나 할까?"

"그러지요. 어디가 좋을까요?"

"글쎄, 우리가 뭘 알아야지……."

인규는 잠시 생각하고는 다시 남씨의 생각을 물었다.

"아저씨, 고궁을 구경할까요? 근처에 경복궁이 있는데요."

"경복궁? 그래. 그게 좋겠다."

경복궁은 멀지 않은 거리에 있었다. 십 분도 채 되지 않아 널찍한 담과 육중한 대문에 도착했다. 박씨는 물론 남씨도 경복궁에는 처음와 보는 것이었다.

"여기가 뭐하는 데야?"

고궁이라는 곳을 처음 와 보는 박씨는 처음부터 신기한 듯 인규를 돌아보며 물었다.

"예. 아저씨, 고궁이란 곳은 옛날 왕이 살던 곳이에요. 서울엔 이런 고궁들이 많아요."

"그래? 거 참…… 서울엔 볼 것도 많구나……."

인규는 웃을 뿐 박씨의 말에는 대꾸하지 않고 먼저 궁 안으로 들어섰다. 경복궁 안으로 들어서자 넓디넓은 탁 트인 공간이 드러났다. 이곳은 말하자면 정원으로서 옛날 왕이 사는 집의 안뜰에 해당되는 곳이었다. 그 넓은 지역에는 고르게 다듬어진 나무들과 풀밭, 그리고 사람이 걸어 다니는 길은 편편한 돌이 깔려있었다. 그리고 곳곳에 보이는 웅장한 건물들은 기둥이나 벽이 잘 단장되어 있었고, 지붕의 오래된 기와는 신비와 권위를 자랑하고 있었다. 궁은 깊이 들어갈수록 각종 건물들이 즐비하게 늘어서 있고, 각 지역은 돌담으로 둘러져 있어 그 깊이를 알 수 없었다.

남씨는 여기저기 쓰여 있는 현관의 한문들을 유심히 살펴보았고,

박씨는 여러 건물들의 구조를 살피면서 걷고 있었다. 인규는 박씨와 남씨를 번갈아 바라보며 구경을 다한 듯한 표정을 지었지만, 두 사람은 호기심을 이기지 못해 이리저리로 궁 안을 샅샅이 돌아다녔다.

또 하나의 작은 문을 통과하자 넓은 호수와 함께 경회루가 나타났다. 경회루는 그 경치나 그 건물의 규모나 아름다움이 장관이었다. 박씨는 그저 놀랄 뿐 별다른 행동은 없었다. 그런데 경회루에 들어서자 갑자기 남씨는 걸음을 멈추고는 무엇인가 깊게 생각하는 듯했다.

"어허! 여기는 낯익은데……."

"예? 여기를 와 봤다고요?"

인규가 물었다.

"아니…… 글쎄, 경복궁엔 처음 오는데…… 이 경치, 이 누각이 어디서 본 듯해……."

남씨는 갑자기 가슴이 두근거리며 이상한 생각에 사로잡혔다.

'음…… 내가 언제 이런 곳을 봤을까? ……서울은 처음인데 …… 어허 참, ……언젠가 이런 곳에서 나는 글을 쓴 것 같았어…… 아니, 이것보다 더 큰 곳이야. ……그런데 ……비슷한 곳이야. 글쎄, 내가 꿈을 꾸었던 곳일까? ……왜 이렇게 머리에 생생할까?'

남씨는 머리가 아파서 잠시 주저앉았다. 그리고는 마음속에서 갑작스런 분노가 솟았다.

"형님, 왜 그러세요?"

"응. 아무것도 아니야. 잠시 이상한 느낌이 들어서 그래."

"무슨 느낌인데요."

"모르겠어. 공연히 화가 나고 이곳이 무서워졌어……. 인규야, 아무래도 나가는 것이 좋겠다. 왠지 이곳이 싫어지는구나!"

"예? 예. 그러지요."

남씨는 왠지 불안한 생각이 들어 경회루를 한 걸음 먼저 떠나는데, 마음속에는 또 하나의 이상한 생각이 떠올랐다.

'허…… 왜 이런 생각이 들까? 이곳에서 어떤 여자를 만난 것 같아…… 언제? 꿈일까? 아니야. 너무 기억이 뚜렷한 것 같아…… 이상하구나. 분명히 여기서 어떤 귀한 여자를 만났는데…….'

남씨는 깊게 생각을 하다가 속으로 깜짝 놀랐다. 마음속 깊은 곳에서 숙영이 어머니 모습이 떠오르며 가슴을 세차게 때렸기 때문이었다.

'아니? ……숙영이 어머니! 제수씨…… 이상하군…… 내가 만났던 여자와 숙영이 어머니는 너무 닮았어…… 아니, 같은 사람일까? ……모르겠군. 꿈일까? ……그런데 숙영이 어머니는 착하고 아름다운 여인이야! 내가 본 듯한 여인도 그토록 착하고 아름다웠는데…… 내가 미친 것일까?'

남씨는 이상한 생각에 꿈을 꾼 듯 경복궁을 빠져나오면서 여러 가지 생각을 떠올렸는데, 그 중에서도 숙영이 어머니 생각만은 가슴에 깊게 파묻혔다.

'숙영이 어머니는 무엇을 하고 있을까? 정마을은 지금 별일 없겠지…….'

남씨는 갑자기 떠나온 정마을이 생각났다. 갑자기 숙영이 어머니가 보고 싶어졌다.

"형님…… 무슨 생각을 그리 깊게 하세요? 몸이 아프신가요?"

"아니, 괜찮아. ……단지 정마을을 생각해 봤어. 모두들 잘 있겠지?"

"그럼요, 뭐 별일 있겠어요?"

"그럴 테지……."

남씨는 고개를 끄덕이며 다시 한 번 숙영이 어머니를 생각했다.

'······지금쯤 무엇을 하고 있을까?'

남씨의 얼굴은 창백해지고 피로가 엄습해 왔다.

"박씨, 아무래도 나는 먼저 들어가 봐야겠어. 몸이 좀 아픈 것 같아······ 박씨는 인규와 함께 시내 구경 좀 더 하고 들어와."

"예? 형님, 괜찮으시겠어요?"

"괜찮아. ······머리가 좀 어지러울 뿐이야."

"그래도 되겠어요?"

"그럼. 별일 아니야. 혼자 생각할 일도 좀 있고······."

"그래요. 그럼 형님 먼저 들어가세요. 저는 인규와 함께 시내 좀 구경할게요."

"나중에 봐. 나 먼저 들어갈게."

남씨는 갑자기 일어난 마음속의 이상한 일들을 정리하기 위해 무작정 걸었다. 그러나 생각하면 생각할수록 이해할 수가 없었다.

'왜 나는 이곳에 와 봤다고 생각하는 것일까? ······언제? 과연 어떤 여인, 아니 숙영이 어머니 같은 여인을 언제 어디서 만난 것인가?'

남씨는 생각 끝에 무엇인가 나름대로 정리를 하고는 고개를 끄덕였다.

'빨리 일을 마치고 정마을로 돌아가야겠군. ······그리고 숙영이 어머니를 봐야겠어.'

《주역》으로 푸는 해몽법(解夢法)

남씨가 이런 생각을 할 즈음 정마을에 있는 숙영이 어머니는 숙영이와 집안 정리를 하고 있었다.

"숙영아, 너는 하던 것 그만두고 공부하러 가야지?"

"예. 어머니, 나머지는 나중에 내가 할 테니 어머니는 들어가 쉬세요."

"괜찮아. 얼마 안 남았는데 뭐. ⋯⋯그리고 참, 내려가는 길에 건영이 오빠한테 좀 들러라!"

"예? 오빠한테요? ⋯⋯왜요?"

"응⋯⋯ 이따 저녁 먹으러 오라고 해. 엄마가 뭐 물어볼 것도 있고⋯⋯."

"뭔데요? 엄마!"

"이상한 꿈을 꾸어서 그래⋯⋯."

"호호, 어머니, 오빠가 무슨 꿈 풀이를 알아요?"

"얘는⋯⋯ 임씨가 그러는데 건영이 오빠는 대단하대. 촌장님 후계자라고 하던데⋯⋯."

"예? 촌장님 후계자요? 호호. 알았어요."

숙영이는 급히 싸리문을 나와 빠른 걸음으로 건영이가 있는 집으

로 내려왔다. 건영이 집은 바깥문은 열려 있는데 안방으로 통하는
작은 문은 닫혀 있었다. 바닥에는 신발이 놓여 있는 것으로 봐서 건
영이가 안에 있는 것 같았다.

"오빠!"

숙영이는 목소리를 작게 해서 불렀다. 대답이 없었다.

"오빠!"

소리를 조금 높여 다시 불러보았다. 여전히 대답이 들리지 않았
다. 숙영이는 문을 두드렸다. 역시 대답이 없었다. 다시 한 번 두드리
자 문이 저절로 열리면서 방 안이 들여다보였다. 숙영이는 약간 망설
이다가 열려진 문틈으로 방을 들여다봤다. 방에는 작은 책상 하나가
옆으로 비스듬히 밀려나 있고 바닥에는 책과 종이들이 어지러이 널
려 있었다.

건영이는 그 종이더미 중에 아무렇게나 엎어져 있었는데, 자세로
보아서는 잠든 것이 아니라 쓰러진 것이 분명했다. 처음에는 책상 위
에 엎드려 있다가 옆으로 쓰러지면서 책상이 비스듬히 기울어지고,
그 위에 책들과 종이 등이 쏟아진 것이었다. 숙영이는 순간 상황을
파악하고 흠칫 놀랐다.

"어머, 오빠……."

숙영이는 급히 방으로 들어가서 건영이를 흔들어 봤다.

"오빠!"

건영이는 기척이 없었다. 숙영이가 겨우 건영이의 자세를 바로 해서
머리를 높여주고 얼굴빛을 보니 창백하고 손발은 얼음장같이 찼다.

"오빠!"

숙영이는 다시 한 번 애타게 불러보고는, 안 되겠다 싶어 사람을

부르려 방을 나서려 했다. 이때 건영이는 약간의 기척을 하면서 신음 소리를 냈다.

"음……."

"오빠!"

숙영이는 다시 돌아서서 불러보았다. 건영이는 겨우 의식을 찾고는 물을 찾았다.

"음…… 물……."

숙영이는 급히 방을 나와 부엌에 가보니 물은 어디에도 없었다. 숙영이는 그릇을 들고 우물가로 달려갔다. 급히 물을 퍼 올리고는 다시 건영이가 있는 곳으로 왔다. 그새 건영이는 다시 의식을 잃은 듯했다. 숙영이는 즉시 건영이의 고개를 높이고, 입 속에 물을 흘려 넣어 주었다. 몇 초의 시간이 지나자 건영이 스스로가 물을 마시는 것 같더니 눈을 떴다.

"오빠, 저에요."

"어? 숙영이로구나?

"내가 어떻게 된 거지?"

"예. 오빠는 쓰러져 있었어요."

건영이는 순간 자신이 쓰러졌던 상황과 숙영이가 물을 떠와서 먹여주었던 상황을 파악했다.

"음. 내가 기절 했었구나……."

"예. 어찌된 일이에요?"

"응. 별일 아니야. 이젠 괜찮아."

"오빠, 식사는 제대로 했어요?"

숙영이는 생각나는 것이 있어서 물어보았다.

"응. 괜찮아. 며칠 안 먹었을 뿐인데……."

건영이는 박씨를 서울로 보내놓고는 일체 음식을 끊고 오로지 공부만 하면서 어지러운 마음을 달래고 있었던 중이었다. 숙영이도 이내 상황을 다 이해했다. 인규가 있을 때는 인규가 밥을 지었을 것이고, 박씨가 있었을 때도 박씨가 신경을 써주었을 텐데, 두 사람 모두 없자 아예 굶고 있었던 것이다.

"오빠, 굶고 있으면 어떡해요. 제가 금방 가서 죽이라도 끓여올게요."

"아니, 이젠 괜찮아. 가지 말고 여기 있어."

"아니에요. 금방 다녀올게요. 조금만 기다리세요."

숙영이는 다정한 표정으로 건영이 얼굴을 한 번 쳐다보고는 방을 나서려 했다. 그러자 건영이는 다급히 소리쳤다.

"숙영아, 잠깐 이리 좀 와봐."

숙영이는 가까이 와서 건영이 손을 잡아주었다. 순간 건영이는 숙영이를 힘껏 잡아당기며 끌어안았다. 그러고는 숙영이의 입술을 찾아 자신의 입술을 맞추었다. 숙영이는 저항하지 않고 건영이가 하는 대로 내버려두었다. 건영이는 미친 듯이 입술을 빨면서 온 몸을 더듬었다. 잠시 그대로 시간이 흘렀다. 숙영이가 부드럽게 몸을 빼내었다.

"오빠, 그만 쉬세요. 음식을 만들어 올게요."

숙영이가 나가자 건영이는 몸을 책상에 엎드려 기대고는 잠시 정신을 수습했다. 시간이 얼마 지나자 숙영이와 숙영이 어머니, 그리고 정섭이가 함께 나타났다. 건영이는 숙영이 어머니를 보자 멋쩍은 표정을 지었다.

"별일 아닌 것 가지고…… 죄송해요."

"별일 아니긴…… 앞으로 식사 때는 우리 집으로 와서 함께 하도록 해요. ……공부를 잘 하려면 몸부터 튼튼하게 해야 돼요."

숙영이 어머니는 다정한 음성으로 건영이를 달래주었다.

"자, 어서 음식을 들어요. 숙영아, 오빠 음식 좀 먹여주려무나."

숙영이는 어머니가 말하기도 전에 이미 숟가락을 들고 먹여주려 하고 있었다.

"아니, 아니에요."

건영이는 급히 사양하면서 숙영이에게서 숟가락을 뺏어들고는 천천히 죽을 떠서 먹기 시작했다.

"자, 그럼 나는 먼저 갈 테니 몸이 괜찮으면 이따 저녁때 우리 집으로 와요. 숙영아, 너는 남아서 오빠를 잘 간호해 드려라."

"예. 어머니. 먼저 가세요."

건영이는 말없이 죽을 다 먹었다. 숙영이는 그 모습을 줄곧 바라보다가는 약간 냉정한 듯한 투로 말을 꺼냈다.

"오빠, 몸을 보중하세요. 그리고 매사를 너무 격하게 해결하려고 하지 마세요."

"응? 내가 너무 격하다고? ……그래. 숙영이 말이 맞는 것 같아. 아직 미숙해서 그럴 거야. 숙영아, 미안해. 다시는 안 그럴게."

"아니, 오빠. 됐어요. 저는 그냥 오빠가 걱정돼서 하는 말일 뿐이에요."

숙영이는 다시 다정한 모습으로 돌아왔다. 건영이도 몸이 많이 회복되었는지 혈색이 조금 밝아졌다.

"오빠, 저도 이만 가볼래요. 이따가 공부 끝내고 다시 와 볼게요. 쉬셔야 해요. 아셨죠?"

"응. 그래그래."

건영이는 급히 고개를 끄덕였다. 순간 건영이 눈에는 왠지 모르게 잠시 눈물이 고였다. 숙영이가 떠나간 방에는 다시 적막이 찾아들고 건영이의 마음속에는 또다시 수많은 우주의 문제들이 고개를 쳐들었다. 건영이는 그 문제들에 매달리려고 하다가 얼핏 숙영이의 모습을 떠올리고는 잠을 청하기로 했다.

'매사를 자연스럽게…… 천천히……'

건영이는 어느덧 깊게 잠이 들었다. 건영이가 잠들자 방에는 봄 공기처럼 평화로운 기운이 가득 찬 듯했다. 밖에서 부르는 소리가 들렸다.

"오빠!"

어느덧 시간이 흘러 숙영이가 다시 찾아온 것이다. 건영이는 깊은 잠결에 숙영이의 작은 목소리를 듣고 깨어났다.

"음…… 숙영이? ……내가 오래 잤구나!"

"오빠, 몸은 좀 어떠세요?"

"응. 거뜬해졌어. 들어와!"

"아니에요. 오빠, 몸이 괜찮으면 엄마한테 가보시지요. 엄마가 물어볼 것이 있다고 해요."

"그래? 그러지!"

건영이는 대충 몸을 수습하고 숙영이를 따라나섰다. 아직 날은 어두워지지 않고, 주변의 숲은 봄기운을 듬뿍 머금고 조용히 두 사람을 지켜보고 있는 듯했다. 주위에 인적은 없었고 가끔 새소리만 들려왔다. 주변의 모든 정경은 두 사람만을 위해 존재하고 하늘과 땅도 마찬가지였다. 건영이는 고요하고 황홀한 기분이 되어 꿈길을 걷듯 소리 없이 걸었다. 작은 실개울을 따라 조금 올라가자 이윽고 숙영이 집이 나타났다. 건영이는 아쉬운 듯이 숙영이를 불러 세웠다.

"숙영이……"

"예? 오빠……."

순간 건영이는 숙영이를 살며시 끌어당겨 안았다.

"오빠, 엄마가 봐요……."

숙영이는 살짝 뿌리치고는 빠른 걸음으로 싸리문 안으로 들어섰다.

"엄마, 오빠가 왔어요."

"응. 오빠가 왔다고?

"그래. 어서 들어오렴…… 몸은 괜찮아요?"

"예. 아무렇지도 않아요."

건영이는 밝은 표정으로 명랑하게 대답했다. 방에 들어서자 건영이가 먼저 말을 꺼냈다.

"어머니, 저에게 물어보실 것이 있다고요?"

"아…… 그거 말이니? 별것 아니야……."

숙영이 어머니는 건영이가 느닷없이 어머니라고 부르자 약간은 부끄러움을 타면서 겨우 말을 이었다.

"……이상한 꿈을 꾸었는데…… 해몽을 좀 해 줄 수 있겠니?"

"꿈이라고요? ……무슨 꿈인데요."

"그게…… 참 이상해……."

숙영이 어머니의 꿈 얘기는 대충 다음과 같은 것이었다.

숙영이 어머니는 수많은 사람과 함께 있었는데, 그 사람들은 모두 여자였다. 그런데 여자들이 갑자기 사라지고 숲으로 변하였다. 잠시 후 숲마저 사라지고 숙영이 어머니 혼자 넓은 들에 남게 되었다. 시원한 바람이 불어오고 땅바닥은 진흙이었는데, 발자국을 떼기가 점점 힘들어져서 나중에는 땅에 완전히 붙어버리고 숙영이 어머니가 나무로 변하였다. 숙영이 어머니는 자신이 나무로 변한 것이 너무 무서워서 괴로워하다가 잠에서 깨어났다.

"어때? 꿈이 참 이상하지?"

숙영이 어머니는 꿈 얘기를 다 마치고는 몹시 궁금한 듯이 건영이 얼굴을 바라보고 있었다. 그런데 건영이는 얼굴에 미소를 떠올리며 얘기했다.

"어머니, 그 꿈은 불길한 꿈이 아니에요. 오히려 경사가 있는 꿈입니다."

"경사라고? 도대체 무슨 꿈이지?"

"예. 꿈에 나타난 많은 여자들·숲·바람, 이 모든 것은 같은 뜻이에요. 이것은 주역에서 손(巽)이라고 하는데, 바람이나 나무를 뜻하고, 진흙은 붙는 성질이 있는 것이니 이는 주역에서는 이(離)라고 하는 것인데, 덩어리·불·아름다움 등입니다. 따라서 이 꿈 전체의 형상은 풍화가인(風火家人:☲☴)이란 괘상이 있는데, 이것은 가정을 이루고 단체에 소속된다는 뜻이 있어요. 즉 숙영이 어머니가 결혼해서 가정을 이룬다는 뜻입니다."

"뭐라고? 어머나, 망측해라."

숙영이 어머니는 크게 놀라고 부끄럽기도 해서 얼굴이 붉어졌다. 건영이는 다시 한 번 강조해서 단안을 내렸다.

"어머니, 이는 하늘의 계시가 분명합니다. 꿈 자체가 너무나 조리 있게 짜여 있어서 범상한 사람은 절대 꾸지 못할 꿈입니다. 머지않아 어머니는 결혼을 하게 될 겁니다."

"어처구니가 없네…… 내가 또 무슨 결혼을…… 아이고, 망측해라……"

숙영이 어머니는 계속해서 어쩔 줄을 몰라 했다.

"어머니, 좋은 꿈이군요."

숙영이가 웃으며 한 마디 거들었다.

"뭐? 얘 봐라. 무슨 소릴 하는 거야, 망측하게."

"아이 참…… 어머니, 결혼하는 게 뭐가 망측해요? 정말 결혼한다면 얼마나 좋은 일이에요. 평생 혼자 사는 것보다 얼마나 좋은 일이에요."

숙영이 어머니는 더 이상 자리에 앉아있지 못하고 일어났다.

"자, 꿈 얘기는 그만하고 저녁이나 먹자! 내가 금방 차려올게."

숙영이 어머니는 방을 나와 부엌으로 들어갔다. 순간 촌장이 했던 말이 생각났다. 남편이 호랑이에게 죽고 나서의 일이었다.

'……인연을 다한 사람은 떠나간 것이니 앞으로 행복하게 살도록 하게! 알아듣겠나?'

'행복하게 살라고? ……어떻게? 당시 촌장은 분명 특별한 의미를 가지고 얘기를 한 것이다. 무슨 뜻이 있을까? 지금에 와서 꿈이 예시하듯이 나보고 결혼하라고 하신 것일까? 그렇다면 누구와?'

숙영이 어머니가 여기까지 생각을 진행시키자 마음속에는 갑자기 서울 간 남씨가 떠올랐다.

"어머!"

숙영이 어머니는 스스로 깜짝 놀라면서 남씨의 생각을 애써 지웠다. 그러고는 한숨을 지었다.

'음…… 내 인생은 어떤 것일까? ……이럴 때 촌장님이 계셨으면 확실하게 물어볼 수도 있을 텐데…… 지금 그 어른은 어디 계실까? 이 세상 어딘가에서 도를 닦고 계실까? 아니면 저 높은 하늘에라도 올라가신 것일까?'

숙영이 어머니는 촌장에 대해 깊게 생각하면서 저도 모르게 눈물을 흘렸다.

묵정(默正)과 풍곡의 대면

촌장은 지금 옥황천에서 심문을 받고 있는 중이었다. 심문은 옥황부 별궁인 자림전에서 행해졌다. 심문관은 위압적인 태도가 전혀 없이 아주 겸손한 태도로 심문을 시작했다.

"나는 묵정이오. 풍곡, 당신의 고명은 내 익히 들은 바 있소이다."

심문관이 묵정이라고 자신을 밝히자 풍곡은 적이 놀라는 한편 마음이 한결 편해졌다. 묵정은 인격자로서 정평이 나있는 선인인데, 풍곡도 그 명성을 익히 알고 있었다. 평소 말이 없는 풍곡도 묵정에게만은 다정한 한 마디의 말이라도 건네고 싶었다. 그래서 조심스레 예의를 갖추었다.

"대선관님, 별 말씀을 다하십니다. 저를 그토록 높여주시다니 영광이옵니다."

"허허, 풍곡, 나를 대선관이라 부르지 마시오. 비록 이 자리는 공식적으로는 심문하는 자리이지만 우린 그런 격식을 차릴 필요가 없지 않겠소이까? 사실 당신을 심문하는 일은 내 소임이 아니었는데, 내가 일부러 자청하여 허락을 얻어낸 것이오. 난 전부터 당신과 사귈

기회를 갖고자 했었던 것이니 이제부터 나를 그냥 묵정이라 불러 주시오."

풍곡은 잠시 생각하는 듯 하더니 고개를 천천히 끄덕이고는 밝게 대답했다.

"고맙소이다. 과연 묵정이구려. 하하하……."

묵정과 풍곡은 함께 바라보며 미소를 지었다. 이렇게 해서 선계의 두 위인은 사귐이 이루어지게 되었다.

"풍곡!"

묵정선은 약간 정색을 하고는 말을 이었다.

"오늘 심문은 이것으로 마치겠소. 내일은 장소를 옮겨 심문 할 터이니 오늘은 그만 쉬도록 하시오."

"예. 분부에 따르겠습니다."

풍곡이 부드럽게 대답하자 묵정은 앙천대소하며 사라졌다.

"하하하……."

묵정이 사라지자 풍곡은 즉시 좌정하고는 입진(入眞)했다. 순간 풍곡의 마음속에는 시간의 흐름이 정지하고 태산보다 더한 침묵과 죽음보다 더 고요한 적요가 주변의 모든 정경을 압도했다. 풍곡의 좌정은 태풍이라도 정지시킬 것 같고 천둥도 그 위엄을 나타내지 못할 것 같았다. 풍곡이 있는 데서 멀리 떨어진 곳에서만 시간이 흘렀다. 그렇게 해서 하루가 지나갔다. 풍곡은 조용히 눈을 뜨고 입진 상태를 풀었다. 그러자 인기척이 나고 선녀가 나타났다. 나타난 여인은 풍곡을 보자 미소를 머금고 살며시 고개를 숙여 인사를 올렸다.

"어른께 인사를 드리옵니다."

"음. 그대는 누군가?"

"예. 소녀는 빈원(賓園)에 소속되어 있는 수인(秀忍)이옵니다. 묵정 선님의 분부를 받들어 어른을 뫼시러 왔사옵니다."

"허허. 그런가? 그래 갈 곳이 어딘가?"

"예. 소녀를 따라오시옵소서. 멀지 않은 곳이옵니다."

선녀 수인이 안내한 곳은 조그마한 정자가 있는 아담한 경치의 작은 호수가 있는 곳이었다. 호수는 숲을 따라 낮은 쪽으로 내려와 있었기 때문에 주변의 정경은 한적했다. 정자에는 이미 술상이 차려져 있었고, 자리에는 묵정선이 미리 와 앉아 있다가 반갑게 맞이했다.

"어서 오시오. 풍곡, 이곳의 경치는 내가 미리 봐둔 곳인데 마음에 드실는지요? 허허허⋯⋯."

"어련하시겠습니까? 고맙소이다."

풍곡선이 밝은 표정을 지으며 자리에 앉자 묵정선은 수인에게 분부를 내렸다.

"수인, 어서 어른께 술을 올려라."

"예. 소녀는 영광이옵니다."

선녀 수인은 인사를 하면서 술잔에 술을 따르는데, 술잔은 유난히 커서 한 잔을 따르니 술병에는 벌써 술이 비었다. 풍곡선이 의아스러워하면서 묵정선을 바라보자 묵정선은 웃으며 술잔이 큰 이유를 설명했다.

"풍곡, 나도 이런 잔으로 술을 들기는 처음이오. 당신이 술을 좋아하신 다기에 미리 이렇게 큰 잔을 준비한 것이오. 어떻소이까?"

"허허, 허허허. 묵정, 이 은혜는 잊지 않으리다."

풍곡은 몹시 좋은지 웃음소리를 크게 내면서 술을 단숨에 비워버렸다. 정자 한쪽에는 술이 채워진 병이 산더미처럼 쌓여있고, 수인은 능숙하게 그 많은 술병들 중에서 하나를 골라 잡아서는 묵정과 풍곡에게 정중하게 따라주었다. 이렇게 몇 잔을 들더니 묵정이 한 마디를 꺼냈다.

"허허, 수인이 너무 바빠서 안 되겠군, 누가 술 따르는 일을 거들어주어야겠군……."

묵정의 말이 떨어지자 수인은 기다렸다는 듯이 반갑게 말을 받았다.

"예. 그렇지 않아도 이런 일이 있을 줄 알고 소녀가 미리 대비해 놓았사옵니다. 어르신들께서 번거로워 하시지만 않는다면 제 동료들을 참석시키고 싶사옵니다."

"음? 그래? 마음대로 하거라."

묵정선은 풍곡의 마음은 묻지 않고 수인의 제안을 즉시 허락했다. 풍곡도 반대할 이유가 없으므로 일이 되어 가는대로 내버려두었다. 선녀 수인은 두 선인의 허락이 내리자 가볍게 손뼉을 쳤다. 그러자 숲의 저쪽 편 큰 나무 뒤쪽에서 세 명의 선녀가 나타났다. 모두들 뛰어난 미인으로 이십 세 전후로 보이는 청초한 여인들이었다. 이들은 빠른 걸음으로 정자 밑으로 와서는 가볍게 무릎을 꿇고 고개 숙여 인사를 올렸다.

"삼가 인사드리옵니다."

세 명의 선녀는 모두 수인과 동년배로서 이름은 평온(平穩)·소근(素謹)·미연(薇然)이었다.

"음, 올라오너라. 자, 그리고 이쪽에들 앉아라."

묵정이 지시하자 세 여인은 조심스럽게 정자에 올라와서는 묵정과 풍곡의 좌우에 앉았다.

"풍곡, 이 아이들은 보통 아이들이 아니오."

묵정이 선녀들에 대해 설명하기 시작했다.

"이 아이들은 공부가 아주 뛰어난 데다 재주도 많소."

"그렇습니까?"

풍곡도 관심을 나타내자 묵정은 말을 이었다.

"이 아이들은 모두 옷을 만드는 일과 수를 놓는 일은 천하에서 따라올 사람들이 없소이다. 실은 나도 옷을 한 벌 얻어 입어서 오늘 그 신세를 갚는 중이오. 허허…… 게다가 주역에 관한 공부도 상당히 경지가 높고 음식을 만드는 솜씨도 일품인데, 노래 또한 화경에 이르러 있소. 대단하지 않소이까?"

"그렇군요!"

풍곡은 내심 크게 감동하여 다시 한 번 선녀들의 얼굴을 둘러보았다. 네 여자 모두 티 없이 맑고 고운데다 예의범절 또한 전혀 흠잡을 데가 없었다.

"풍곡선님, 오늘 음식은 저희가 손수 만든 것이옵니다. 그보다도 묵정선님께옵서는 저희의 재주 한 가지를 빼놓았사옵니다."

선녀들은 순수한 교태를 머금고 풍곡선에게 천진하게 자랑을 하나 더했다.

"그래? 그 밖에 무슨 재주가 더 있느냐?"

"호호…… 저…… 묵정선님께 물어보옵소서."

풍곡은 정말로 관심이 있는 듯 묵정을 돌아보며 물었다.

"묵정, 이 아이들에게 더 있는 재주는 무엇이오?"

"글쎄요…… 이 아이들이 무엇을 잘 하더라……."

묵정선이 어리둥절해하자 옆에 있는 선녀 소근이 웃으며 얘기했다.

"아이 참, 묵정선님…… 술이나 한 잔 더 드시면서 생각해 보시어요."

"음. 그래…… 그렇지, 풍곡, 이 아이들은 술 마시는 것 또한 대단하오. 나로서도 당하기 힘들 정도요. 하하……."

"그런가요? ……실로 대단한 아이들이로군요…… 그렇다면 우리만 마셔가지고는 안 되겠구려."

풍곡이 걱정스레 말을 하자 옆에 있는 선녀 수인이 말을 받았다.

"그러하옵니다…… 풍곡선님, 그러니까 저부터 한 잔 주시옵소서."

"허허, 그래 알았다. ……너희들 모두에게 한 잔씩 주마."

풍곡선은 흡족한 표정을 지으며 네 선녀에게 골고루 따라주었다.

"자, 그럼 다 같이 술잔을 들지……."

묵정선도 기분이 몹시 좋아져서 계속해서 술을 마시고, 권하고 하였다. 얼마간 취기가 들자 묵정선은 네 선녀들에게 노래를 청하였고, 네 선녀들은 저마다 솜씨를 자랑하며 선계에서조차도 빠지지 않는 더할 수 없이 고운 노랫소리를 들려주었다. 풍곡은 하계에서 이러한 노랫소리는 결코 들어본 바가 없었으므로 더욱 감동하여 칭찬을 아끼지 않았다. 오늘 이곳에 모인 여섯 사람들은 모두 천진한 사람들로서 취흥이 합치고 인격이 합쳐 술자리는 이에 더 미칠 수 없이 아름다웠다. 어느덧 시간이 흘러 저녁나절이 되자 묵정선이 선녀들에게 물러갈 것을 제시했다.

"얘들아, 오늘 수고가 많았다. 우리는 긴히 할 얘기가 있으니 너희들은 이만 물러가 쉬어라."

"예? 벌써 가라고 하시옵니까? 우린 가기 싫사옵니다. 우린 아직 풍곡선님의 가르침도 못 받지 않았사옵니까?"

"그래? 무슨 가르침을 받으려고 했느냐?"

"예. 주역의 괘상 설명을 듣고 싶었사옵니다. 그리고 또…… 술 마시는 도리에 대해서도 듣고 싶사옵니다……."

"허허, 녀석들. 나중에 다시 불러주면 되지 않겠느냐? 오늘은 일이 좀 있다니까……."

"그러시다면 할 수 없사옵니다. ……하지만 풍곡선님이 고향으로 돌아가시기 전에 우리를 다시 한 번 불러주시옵소서."

"그래. 그렇게 하자."

"예. 그럼 이만 저희들은 물러가겠사옵니다."

선녀들은 몹시도 아쉬워하였으나 밝게 미소를 지으며 공손히 인사한 후 조용히 물러갔다. 여인들이 물러가자 잠시 침묵이 흐르고 묵정선이 조용히 말을 꺼냈다.

"풍곡, 물어볼 일이 있는데 대답해 주시겠소?"

"공식적인 일입니까?"

"그렇소만……."

"예. 대답해 드리지요."

"고맙소. 그렇지만 대답하기 싫으면 안 해도 되는 것이오."

"괜찮습니다. 무엇이든 물어보시지요."

"허허. 미안하외다. 그럼 몇 가지 물어보겠소이다."

말하자면 심문이었다. 묵정은 풍곡을 흠모하고 있기 때문에 공식적인 태도로 질문을 하고 싶지는 않았다. 그러나 주어진 임무를 소홀히 할 수도 없고 해서 조심스레 풍곡의 의향을 물어본 것이다. 물론 풍곡이 대답하기 싫다고 하면 묵정은 임무를 포기하는 한이 있더라도 풍곡을 괴롭힐 생각은 없는 것이다. 묵정은 속으로 잠시 질문할 내용을 음미하고는 이윽고 질문을 시작했다.

"풍곡, 전자에 내가 들은 바에 의하면 당신은 태상노군을 배견했다고 했는데 맞소이까?"

"예."

"무슨 일이 있었습니까?"

"두 가지 지시를 받았습니다."

"첫 번째 지시는 무엇이오?"

"숙영이란 아이를 보호하란 것이었습니다."

"숙영이란 아이는 누구인가요?"

"옥성국토의 공주 소정입니다."

"왜 그 아이를 보호하라고 하였습니까?"

"태상노군께서는 그 이유를 말씀하지 않으셨습니다."

"그럼, 그 이유를 묻지 않았습니까?"

"예? ……감히 어떻게 이유를 물을 수 있겠습니까?"

묵정은 말없이 고개를 끄덕였다. 태상노군의 지시에 대해 감히 그 이유를 물어볼 사람이 이 우주에 누가 있을 것인가? 묵정은 잠시 생각해 봤다. 여기까지는 이미 알고 있는 것이었고, 다음부터의 질문이 중요한 것이었다.

"풍곡, 태상노군께서 내리신 두 번째 지시에 관해서는 얘기하지 못하겠다고 했는데, 내가 지금 물어도 되겠소이까?"

"공식적인 질문입니까?"

"허허, 물론이오. 내가 알기로는 풍곡은 이미 태상노군의 두 번째 지시는 대답하지 않겠다고 옥황부 특사에게 뜻을 분명히 밝혔다고 들었소. 그런데 내가 어떻게 사적으로 물을 수 있겠소? 만일 내가 사적으로 물어서 대답해 주지 않으면 나는 필경 서운할 것이오. 그래서 공적으로만 질문하는 것이오."

"예. 잘 알겠습니다. 공식적인 질문은 지금 대답해 줄 수 있소이다. ……태상노군의 두 번째 지시라는 것은 실은 아무것도 없소이다."

"예? 무어라고요?"

묵정은 놀랐다. 태상노군의 두 번째 지시에 대해서는 옥황부 전체가 알고자 하는 가장 중요한 내용이 아니었던가? 그런데 아무런 지시가 없었다니……!

"허어, 무슨 뜻인지 잘 모르겠구려…… 그렇다면 풍곡선이 거짓말을 한 것이오?"

"아니오. 태상노군께서 그렇게 지시한 것이오."

"아니…… 뭐…… 무어요?"

묵정선은 소스라치도록 놀라고 말았다.

"아니…… 태상노군께서 아무런 지시도 내리지 않고…… 지시를 내렸다고 거짓말을 하라고 한 것이오?"

"바로 그렇소이다."

"어허, 혼란스럽소. 도대체 왜 그런 거짓말을 하라고 지시한 것일까? ……차라리 처음부터 두 번째 지시는 없었다고 하면 될 것을…… 아무런 지시도 주지 않고 지시를 받았다고 얘기하라…… 정말 알 길이 없구려…… 그 이유가 도대체 무엇일까요?"

"글쎄요. 나도 모르겠소. 어른의 일을 나 같은 사람이 어찌 알 수 있겠소. 나도 두고두고 생각해 봤으나 아직까지 그 이유를 규명해 내지 못했소이다."

묵정은 당황한 마음을 수습하기 위해 잠시 침묵하며 안정을 취했다. 그러고는 다시 말을 이었다.

"그렇다면 풍곡, ……사적인 질문을 해도 되겠소?"

"허허, 마음대로 하시구려."

풍곡이 웃으면서 허락하자 묵정은 편안히 말을 계속했다.

"이건 사적인 질문인데…… 풍곡, 태상노군의 첫 번째 지시의 이유가 무엇이라 생각하오? 소정 공주, 즉 숙영이란 아이를 보호한다는 일이 도대체 무엇이 그리 중요한 일이오?"

"글쎄요. 내가 생각하기에는 두 가지 중요한 의미가 있다고 봅니다. 첫째, 숙영이란 아이를 통해 건영이, 즉 정우(汀雨)를 구한다는 뜻이 아니겠소이까? 정우는 역성(易聖)입니다. 만일 당금의 사태에 관해 무슨 의견이 있다면 역성의 의견은 매우 중요하겠지요."

"과연 그렇군요. ……그럼 또 한 가지는 무엇이오?"

"예. 그것은…… 이것도 단순히 나의 생각이지만 숙영이, 즉 소정 공주로 인하여 평허선공을 끌어들일 수 있는 것입니다."

"예? 평허선공을요? 평허선공을 무슨 일에다 끌어들입니까?"

"글쎄요. 자세한 것은 나도 모릅니다. 단지 추측이니까요. ……만일 나의 추측이 맞다면 당금의 사태 해결에 평허선공의 행동이 중요한 의미를 갖겠지요……."

"음…… 듣고 보니 분명한 것 같소이다. 결국 종합하면 이런 결론이 되는군요. ……건영이의 의견, 평허선공의 행동, 이 둘을 한데 묶는 것이 바로 숙영이란 아이니까 숙영이를 보호해라 이런 말이 성립되는군요? 그렇다면 다른 뜻은 또 없소이까?"

묵정은 풍곡의 말을 듣고 무엇인가 깨달은 바가 있었다. 그래서 혹시 다른 무엇은 더 없을까 하고 다시 풍곡에게 매달렸다.

"글쎄요…… 굳이 다른 이유를 더 찾는다면 없을 것도 없지요…… 현재 숙영이란 아이는 속계에서 인간들과 연을 짓고 살고 있는데, 그

세속의 어머니는 바로 광정국 왕의 딸, 소화이었소이다. 그런데 화정 공주의 연인이 바로 서선 연행입니다. 연행은 지금 숙영이의 큰아버지이고, 숙영이 어머니에겐 시아주버니입니다. 만일 두 사람이 전생의 사랑을 회복한다면 서선 연행은 숙영이의 아버지가 됩니다. 만일 숙영이가 잘못되면 건영이는 물론 숙영이 어머니까지 잘못될 뿐만 아니라 연행까지 잘못됩니다. 즉 숙영이 한 사람은 역성 정우·평허선공·서선 연행 등을 한데 묶는 연결고리입니다……."

묵정은 풍곡의 말을 듣고는 한참동안 생각에 잠기다가 말문을 열었다.

"그렇다면 앞으로 무슨 일이 일어나는 것이오?"

"허허, 묵정. 당신은 참 열심이구려. 한꺼번에 모든 것을 다 알려고 하다니…… 아무튼지 간에 중요한 일이 진행될 것은 틀림없는 일이오. 이 일은 육십여 년 전부터 태상노군이 계획하여 진행시키는 일인데 나도 겨우 내용을 조금 짐작할 뿐이오. 그 전모는 알 길이 없구려. 단지 추이를 좀 더 지켜보면서 내가 할 일이 있다면 최선을 다할 뿐이지요."

묵정은 고개를 천천히 끄덕이고는 재차 물었다.

"풍곡, 오늘 내가 너무 많이 묻는 것 같아 미안하구려. 마지막으로 한 가지만 더 묻겠소…… 내가 이제 와서 생각하기에는 오늘날 전 우주에서 일어나고 있는 혼란, 즉 천명이 어긋나는 사태는 오래 전부터 있었는데, 그것을 수습하려는 계획적인 시도는 태상노군에 의해 벌써부터 이미 진행된 것 같소이다. ……여기에는 많은 사람이 등장할 것 같은데 그 중에서도 평허선공의 역할은 특이하다 할 것이오…… 풍곡 당신이 생각하기에는 평허선공의 역할은 무엇이라 생각하오?"

"글쎄요. 그것은 잘 모르겠소이다. ……나도 많이 생각은 해보았지만,

단지…… 평허선공의 역할은 평허선공 자신도 모르는 것 같소……."

"예? 그것은 또 무슨 뜻이오?"

"물론 추측일 뿐이오. ……나의 경우만 보더라도 태상노군께서는 이번 일의 내용을 직접 알려준 것도 없고 직접 지시할 것도 없었소. 지금까지 내가 내린 결론은 태상노군께서 지시하신 일은 항상 핵심에서 조금 벗어난 일이오. 아마 태상노군께서는 직접 지시할 수 없는 사정이 있는 것으로 느껴집니다. 그러면서도 우리가 무엇인가를 해 주기를 바라는 것 같소이다. 즉 그 어른께서 직접 알려줄 수는 없지만, 우리가 스스로 깨달아서 무엇인가를 행동해주기를 바라는 것 같다는 말이오이다. 평허선공에게도 간접적으로 지시를 내렸지만, 그 내용을 밝히지는 않으셨던 것 같소이다. 평허선공의 경우는 물론 연진인이나 난진인 같은 어른을 통해서 지시를 내린 것이지만, 연진인이나 난진인 두 어른도 태상노군의 뜻을 스스로 깨달아서 평허선공에게 지시하면서도 그 내용을 밝힐 수는 없는 입장이었던 것 같소이다……."

묵정은 묵묵히 듣고 있는데 이번에는 풍곡이 물었다.

"묵정, 지금 옥황부에서는 평허선공의 행적을 추적하고 있소이까?"

"예? 아— 예. 그렇소이다만……."

"지금 평허선공께서는 어디 계시오?"

"예. 그 어른은 지금 염라전에 계시오."

"염라전이라…… 알겠소이다."

"아니, 무슨 일 때문에 그 어른에 대해 묻는 것이오?"

"예. 별일은 아니오. 단지 생각할 일이 좀 있을 뿐이오."

묵정은 무엇인가를 또 물으려다 그만두고 혼자 천천히 고개를 끄덕였을 뿐이다. 그러고는 마침 무엇이 생각난 듯 말했다.

"풍곡…… 나도 오늘은 일이 좀 있소. 쉴 곳으로 안내하겠소이다."

두 선인은 즉시 일어나서 어디론가 사라졌다.

평허선공, 염라대왕과 만나다

이즈음 염라전 청실에서는 평허선공이 막 명상에서 깨어났다. 그러자 염라전 일호 장관 반류선이 들어왔다. 일호 장관 반류선은 청실에 들어서자마자 한쪽 무릎을 꿇고 두 손을 맞잡으며 당당한 목소리로 읊조렸다.

"선공께서는 평안하셨사옵니까? 지금 염라대왕께서는 본궁으로 회궁하셨기에 보고 드리옵니다."

"음. 그런가? ……안내하게."

"아니옵니다. 대왕께서 직접 이곳으로 오시겠다고 하셨사옵니다. 잠시 후면 도착하실 것이옵니다."

"고맙네. 나 혼자서 기다리겠네."

"예. 저는 그럼 이만 물러가겠사옵니다."

반류선이 물러가고 얼마 후 다시 청실 문이 열리면서 염라대왕이 들어섰다.

"평허선공 안녕하시오? 어쩐 일로 누추한 곳까지 왕림하시었소? 허허."

염라대왕은 평허선공을 만나는 것이 몹시도 반가운지 밝은 표정에 웃음을 가득 실고 안부를 물었다.

"오, 염라공, 업무가 바쁘신 모양이오? 며칠이나 기다려야 만날 수 있다니……."

"……허허. 미안하외다. 갑자기 곤란한 일들이 발생해서 그만…… 평허공께서 옥황 천계에 출현했다는 소식은 내 벌써 전에 들은바 있소이다. 그런데 이 유명부에 특별히 무슨 볼일이라도 있는 것이오?"

"허허. 평등왕, 내가 이유가 있어야만 이곳에 올 수가 있는 것이오?"

평허선공과 염라대왕은 계제 배분이 같고 다소 친분이 있는 편이라서 대화에는 격식을 갖추지 않고 얘기했다. 특히 평허선공은 염라대왕을 그리 싫어하는 편이 아니라서 다정히 얘기하는 것이었다.

"허허, 별말씀을…… 오해는 마시오. 우리 여기서 잡담으로 시간을 허비할 게 아니라 장소를 옮겨 곡차라도 나누는 게 어떻겠소?"

"곡차? 그거 나쁘지는 않소…… 그런데 이 유명부에도 술을 마실 만한 곳이 있소이까?"

"……무엇이오? 허허. 유명부를 너무 무시하지 마시오. 어두침침하면 어떻소? 세상엔 어두운 곳이 있으면 밝은 곳도 있게 마련인 것이오. 그러니 어두운 곳이야말로 실은 밝은 곳이 아니겠소?"

"예? ……아, 그렇소이다. 염라공께서는 그간 공부가 높아진 것 같소이다. 나에게 깨우침을 주었으니 말이오. ……고맙소이다."

"허허, 그 무슨 말씀을 그렇게 하시오. 오늘따라 평허공은 왜 그렇게 심각하오?"

"아니오. 나는 진심이외다. 오늘 염라공의 가르침에 크게 깨달은 바가 있소이다."

평허선공이 하는 말은 사실이었다. 평허선공은 마음속으로 생각했던 것이다. 어둠이 있으므로 해서 밝음이 있다. 그렇다면 밝음이 있어서 어둠이 있는 것이 된다. 이것은 누구나 알 수 있는 평범한 진리이다. 그리고 이것을 더욱 확대해서 생각해 보면 당금 우주에서 혼란이 있다는 것은 질서가 있기 때문이 아니겠는가? 천명이 어긋나는 일이 있는 이유는 천명이 잘 적중하기 때문이 아닌가? ……그렇다면 왜 그동안 질서가 잘 지켜졌는가? ……왜? ……아무튼 당금의 혼란은 우주의 질서, 그 자체와 모종의 관계가 있을 것이다. ……그것이 무엇일까? ……과연 혼돈과 질서의 관계는?

　우주의 혼돈…… 이것은 우주의 질서로부터 온다. 즉 우주의 질서가 너무 오래 지켜지면 그것으로 인해 혼돈이 자연히 발생하는 것이다. 미래가 잘 예측되는 것이 오래면 예측할 수 없는 부분이 생긴다. 과연 그런 것일까? ……자연은 이토록 괴이한 것인가? 자연의 질서는 오랫동안 지켜져 오지 않았던가? 하필 지금에 와서야 이런 혼돈이 발생하는 것일까? 자연이 오래 되었기 때문에? ……아무래도 이것은 이상하다. 자연은 본래 무한한 세월을 존재해 왔던 것이 아니냐?

　평허선공은 염라대왕의 말에서 이러한 여러 가지 생각이 순식간에 일어났던 것이다. 이로써 평허선공은 당금 우주의 혼란에 대해 그 원인을 대충이나마 짐작하게 된 것 같았다. 그러나 그 혼란을 어떻게 제거할 것인가?

　혼란을 제거하기 위해 지혜를 쓰고 작위를 하게 되는 것, 그 자체가 고도의 논리나 질서에서 나온 것이니 혼란은 더욱 커지게 된다. 그러니 어쩌란 말인가? 혼란을 제거하려 들면 혼란이 오히려 더 늘어나고, 가만 내버려두면 혼란 그 끝을 알 수 없는 것이니 어쩔 것인가? 문제는 아직 더 있다. 그러나 오늘 염라공의 말 한 마디에 평허선공은 일대 진전을 본 것이다. 그야말로 고향인 옥성국토를 나온 지 이십 년 만에 우연하게 문제의 핵심에 접근한 것이었다. 평허선공은 몹시 기뻤다. 그리고 염라공에게 고마웠던 것이다. 그러나 염라대왕은 평허선공의 이러한 마음을 전부 다 알 수는 없고 단지 인사치레로만 생각할 수밖에 없었다.

"평허공, 나를 놀리려 하지 마시오. 공부로 말하자면 내 어찌 평허공을 따를 수 있겠소? 자 자, 우리 자리를 옮깁시다. 이 유명부에도 술 마시기에 그럴 듯한 장소가 아주 없는 것은 아니오……."

"허허, 그럽시다."

염라공이 다소 진지해지자 평허선공은 멋쩍게 웃으며 염라공을 따라나섰다.

용병술과 싸움의 요령

한편 하계에서는 정마을 사람인 남씨가 서울에서의 나흘째를 맞고 있었다. 이제 서울에서의 일은 중반에 접어든 것이다. 남씨의 생각은 오늘 적의 주력을 철저히 공격하여 적으로 하여금 전의를 상실케 함과 동시에 오로지 수비에만 급급하게 만듦으로써 다음 작전을 용이하게 하는 것이었다.

오늘 출행은 남씨와 박씨 둘뿐이었다. 열 시 정각에 두 사람이 안국동 본부에 도착하자 조합장이 맞이하며 즉시 업무 개시를 물어왔다.

"남선생님, 지금 보고를 드릴까요?"

"예. 좋습니다."

남씨가 고개를 끄덕이며 대답하자 조합장은 상황을 일목요연하게 보고했다.

"현재 우리 측은 지시하신 대로 모두 종로 근방에 대기 중에 있습니다. 명동과 남대문에는 아홉 시에 저들이 왔습니다. 칠성 두 명과 수십 명이 몰려왔는데, 현재도 칠성 두 명이 그대로 머물러 있습니다. 그리고 저들의 종로 본부에 칠성 한 명과 부하들 몇 명이 있고,

동대문에는 부하들 이십여 명 정도에 칠성은 없으며, 다른 지역에는 부하들만 몇 명씩 있습니다."

"좋습니다……."

남씨는 보고를 다 듣고 다시 밝은 마음으로 다음 문제로 넘어갔다.

"조합장님, 현재 우리 측 인원은 얼마나 됩니까?"

"예. 오십 명이 좀 넘습니다."

"실력은요?"

"저들보다야 훨씬 강하지요. 칠성만 없다면야……."

"그럼 그들만의 힘으로 동대문을 공격해서 이길 수 있습니까?"

"하하. 쉬운 일입니다."

"그래요? ……그럼 지금 즉시 동대문을 공격해서 저들을 물리치세요. 그 후에 다음 지시를 내리지요."

"예. 알겠습니다. 당장 행동을 개시하지요."

조합장은 전화통을 붙들고 떠들어댔다.

"응. 난데, 지금 바로 공격을 개시해. ……너희들은 동대문뿐이야. ……그럼. ……한 놈도 남기지 말어. ……뭐? ……다 끝내놓고 이리로 보고해."

조합장은 숨 가쁘게 떠들어대고는 웃는 얼굴로 남씨를 바라보며 다음 지시를 기다렸다. 그러자 남씨는 박씨를 바라보며 조용히 얘기했다.

"박씨, 우리도 출동을 하지…… 우린 종로 쪽이야. 지금 몸 상태는 어떤가?"

"예. 최상입니다."

"그래? 좋아. 조심들 하고 칠성이 한 명 이상 나타나면 무조건 철수하는 거야. 알겠는가?"

"염려마세요, 형님."

박씨는 씩씩하게 대답하고는 먼저 문을 나섰다. 저들의 총본부인 종로 사무소는 이미 한 번 출동했던 곳이고 가까운 곳이어서 걸어서 출발했다. 남씨 외에는 부하 세 명만 따라나섰다. 시간이 얼마 지나지 않아 사무소 앞에 당도하자 박씨는 뜸도 들이지 않고 즉시 사무실 문을 열고 들어섰다.

"누구야?"

전번과는 달리 이들은 미리 긴장 상태에 있었는지 박씨가 들어서자마자 거칠게 노려보며 행색을 살폈다. 그러나 그 순간 박씨가 그놈 앞으로 대뜸 다가서며 손으로 가슴을 탁 밀어치자 '억 —'하며 피를 토하며 쓰러졌다. 이어서는 박씨는 짬을 두지 않고 몸을 날려 칠성 앞으로 날아갔다. 그러나 공격은 하지 않고 일단은 칠성 앞에 조용히 내려서서 상대방을 신중히 살펴봤다.

칠성은 확실히 긴장 상태였으나 쓴웃음을 짓고는 이내 자세를 취했다. 천천히 몸 전체를 낮추면서 두 손을 앞으로 뻗어 호흡을 가다듬었다. 역시 무술인답게 침착하기 그지없었다. 박씨도 급히 서두르지 않고 평정한 마음 상태에서 슬쩍 옆쪽을 봤다. 옆쪽에는 다른 부하 세 명이 달려들 생각은 하지 않고 빠져나갈 듯한 태도를 취하며 좌우로 갈라섰다. 그러나 박씨는 오직 칠성만 주시할 뿐 이들의 행동은 유의하지 않았다. 박씨의 이러한 태도에 이들은 적이 안심했는지 재빨리 박씨를 비껴 나와 문 쪽으로 도망가려 하였다. 그러자 문 쪽에서 조합장의 부하 세 명이 이들을 막아섰다. 조합장의 부하들은 얼굴에 비웃는 듯한 미소를 띠면서 날카롭게 상대편을 노려봤다. 상대편도 단단히 싸울 자세를 취했다. 순간 남씨가 조용히 한 마디를 내뱉었다.

"잠깐! ······이들을 보내주게."

"예? 왜요?"

"시키는 대로 하게······ 어서."

"아니 뭐 이래. ······내 ─ 참. ······에이, ······야, 너희들 어서 꺼져. 너희들 오늘 운수 대통이야. 썅놈들······."

조합장 부하들은 몹시 아쉬워하면서 옆으로 조금만 비켜서서 겨우 한 줄로 빠져나가게 했다. 이들은 사무소를 빠져나오자 먼저 주위에 있는 어느 가겟집으로 달려 들어가 전화통의 수화기를 들었다.

사무소 안쪽에서는 박씨가 드디어 공격을 개시했다. 박씨는 우선 오른발을 내질렀다. 칠성은 가볍게 피했다. 맞을 리가 없었다. 이어 오른 주먹을 바깥쪽으로 휘둘렀으나 역시 헛손질이었다. 박씨는 어떻게 할까 잠시 생각해 보고는 앞으로 무작정 달려들어 두 손으로 맞잡으려 했다. 그 순간 칠성은 옆으로 비끼면서 가볍게 손을 뻗어 박씨의 따귀를 때렸다.

"짝 ─"

충격은 없었으나 박씨는 마음이 편치 않았다. 구경을 하고 있는 남씨와 조합장 부하 세 명은 손에 땀을 쥐고 있었다. 남씨는 자기도 모르는 사이에 저절로 한숨이 새어나왔다.

"흠······."

'역시 빠르구나······ 저것이 바로 무술이란 것인가?'

박씨는 재차 공격을 시도했다. 우선 왼손을 내둘렀다. 칠성은 자세를 낮춰서 오른쪽으로 피했다. 그러자 박씨는 순간적으로 몸을 왼쪽으로 틀면서 오른쪽 발을 뻗어 찼다. 이 두 동작은 박씨가 속으로 계산해서 한 것으로 거의 동시에 시행한 것이었다.

그러나 칠성은 더 빨랐다. 칠성은 빠르기도 빠르지만 인체의 여러 동작의 틀을 잘 알기 때문에 다음에 일어날 동작을 미리 알고 대비하는 것이었다. 박씨는 두 동작을 미리 계산한 것이지만 칠성은 반사적으로 세 동작을 이어서 미리 생각하여 행동할 수 있다. 동작을 하나하나 끊어서 본다면 물론 박씨가 더 빠르지만 박씨는 다음 행동을 미리 예측할 수가 없다. 원래 무술이란 동작의 빠름을 숙달하는 것이지만 인체의 수많은 움직임을 다 이어서 생각할 수 있기 때문에, 한 동작 다음에 할 수 있는 동작과 할 수 없는 동작을 잘 알고 있고, 상대편이 한 동작을 시도한 다음에 어떤 상태에 있는지를 잘 알기 때문에 반격이 정확하고 예리하다.

이번의 경우에도 칠성은 왼쪽으로 피하면서 박씨가 오른발로 질러 올 것을 미리 알고 있었던 것이다. 그래서 칠성은 박씨의 오른발을 피할 때도 자신의 왼쪽 발을 뒤로 가볍게 반 보 물러나면서 땅에 엎드려 두 손을 땅에 짚고 오른발로 박씨의 사타구니 쪽에 일격을 가했다.

"퍽 —"

칠성의 오른발은 박씨의 사타구니 급소를 겨우 비켜나서 허벅지와 낭심 사이의 중간쯤에 적중했다. 박씨는 가슴이 철렁함과 동시에 사타구니 쪽에 약간의 통증을 느꼈다. 다행히 정통으로 맞은 것은 아니지만 충격을 받은 것은 사실이었다. 이어 칠성은 왼손으로 박씨의 오른쪽 옆얼굴을 공격해 왔다. 이것은 박씨가 걷어치웠다. 박씨는 손을 잡으려 했으나 칠성은 급히 피하고 자세를 가다듬었다. 칠성의 얼굴에는 미소가 스쳐가고 눈은 더욱 예리하게 빛났다. 남씨는 속으로 생각했다.

'위험하구나. ……만일 사타구니 급소에 정통으로 맞으면 박씨도 별수 없는 것이 아닐까?'

박씨도 이런 생각을 했는지 정신을 바짝 차리고 급소에 신경 쓰는 것 같았다. 물론 이것은 마음속에서의 일이지만 미세하나마 겉으로도 급소에 신경 쓰는 자세를 눈치 챌 수 있는 것이었다. 더구나 무술에 고수인 칠성은 박씨의 자세가 부자연스럽고, 사타구니 급소에 신경을 많이 쓴다는 것을 쉽게 간파했다.

칠성은 적의 약점을 알았다는 듯이 슬쩍 사타구니 쪽을 노려보며 발로 차는 척하면 안면을 공격해 왔다. 박씨는 겨우 피했다. 그런데 칠성이 공격해 오는 것을 보니 주먹을 쥔 것이 아니라 손가락 두 개를 뻗어서 공격한 것이었다. 아마도 두 눈을 공격한 것이리라. 박씨도 손가락 두 개의 의미를 파악했다. 그러나 박씨는 어떤 자세를 취해야 좋은지 몰랐다. 칠성의 몸은 여러 형태로 바뀌면서 부드럽게 꿈틀거렸다. 박씨는 간간이 공격을 시도해 봤으나 여전히 칠성의 몸을 맞힐 수는 없었다. 또다시 칠성은 호흡을 가다듬고 자세를 취했다. 순간 박씨는 속으로 생각했다.

'칠성이 공격해 올 것이다. 어떻게 할까? 전번처럼 맞으면서 잡을까? 아니면 나도 무조건 공격해 볼까? 아니지…… 무슨 좋은 수가 없을까?'

박씨는 이런 생각을 찰나 동안에 다 하면서도 경계를 늦추지는 않았다. 드디어 칠성의 단호한 공격이 시작되었다. 먼저 오른발이 사타구니를 파고들었다. 힘이 들어 있는 강한 일격이었다. 박씨는 뒤로 물러서면서 피신했다. 순간 칠성은 왼발을 바짝 다가오면서 오른 손가락으로 박씨의 눈을 찔러왔다. 이것이 원래 의도된 공격이었을까? 만일 눈을 찔린다면 박씨는 여지없이 실명하는 것이다.

박씨는 다급하게 두 손을 올려 막아 쳤다. 박씨는 속으로 공격해 오는 손을 잡을까 하다가 단순히 막기만 하면서 얼굴을 돌려 피했다. 이 순간 칠성의 진짜 공격이 시도된 것이다. 칠성은 세 동작을 계산해 두고 치밀하게 공격한 것이다. 처음엔 사타구니, 두 번째는 안면의 눈을, 그리고 다시 사타구니 쪽으로……. 칠성은 아주 끝장을 내기 위해 있는 힘을 다해 사타구니를 질러왔다. 상대방의 의식은 안면에 가 있을 테니 필경 아래쪽을 방어하지 못하리라는 계산을 하면서……. 박씨는 한쪽 무릎을 꿇으면서 옆으로 재빨리 몸을 돌렸다. 칠성의 발은 간발의 차이로 급소를 비켜서 허벅지에 적중했다.

"퍽 ―"

그러나 그 순간 박씨의 오른쪽 주먹이 칠성의 옆구리로 날아들었다.

"뻑 ―"

칠성의 몸은 순간적으로 굳어지면서 앞으로 거꾸러졌다. 옆구리에서 피가 튀고 입으로도 피를 토했다. 칠성은 다시 움직이지 못했다. 박씨는 천천히 일어나 남씨 쪽으로 돌아섰다.

"박씨, 다친 데 없나?"

남씨는 다급히 물었다. 그러나 박씨는 대답은 않고 싱글벙글 할 뿐이었다.

"아니, 무슨 일이야? 웃고 있다니……."

남씨는 의아스럽다는 듯이 재차 물었다. 박씨는 그제야 천천히 대답했다.

"염려마세요, 형님. 다친 데는 없어요…… 단지……."

"단지 뭐야?"

"예. 이제 싸우는 요령을 조금 알겠어요."

"응? 무슨 소리야?"

"예. 싸움에도 생각이 필요하다는 것을 깨달았어요. 나는 이번 싸움에서 힘이 들기는 했지만 한 가지는 확실히 알았어요. ……적보다 한 수라도 더 멀리 봐야 한다는 것을…… 이번에 칠성이 세 수를 보고 공격을 했는데, 나는 네 수를 봤기 때문에 이긴 거죠. 하마터면 위험할 뻔했어요. 내게도 위험한 곳이 두 곳이나 있어요. 눈과 사타구니 급소이지요. 칠성은 처음에 사타구니를 공격하고 다시 눈을 공격했는데, 나는 두 번째 눈을 공격당할 때 순간 다시 사타구니 쪽으로 공격이 오겠구나 하고 생각이 들었지요. 그래서 마음속으로 준비를 해두고 반격을 해서 물리쳤지요. 그렇지 않았으면 시간이 더 오래 걸릴 뻔했지요. ……혹은 내가 급소를 맞아서 위험했을지도 모르고요……."

"음…… 아무튼 잘했군. 그리고 급소 문제는 앞으로 신중히 생각해 두어야 할 거야…… 그건 그렇고 안국동으로 빨리 연락해야겠는데……."

'따르릉——'

안국동 사무실에서 조합장이 급히 전화를 받았다.

"남선생님이세요…… 어떻게 됐습니까? ……동대문은 상황 끝인데요……."

"예. 잘됐군요. ……하지만 지금 당장 철수를 해야 됩니다. 아주 급합니다……."

"예? 무슨 말씀이신지요?"

"틀림없이 명동에서 그쪽으로 출동했을 거예요. 부하들 전원을 다시 명동 근처에 잠복시키고 다음 지시를 기다리세요. 제가 지금 그쪽으로 가겠어요."

잠시 후 남씨가 안국동에 도착하자 이미 명동에서 연락이 와 있었다. 칠성 두 명과 부하들 수십 명이 급히 출동했다는 것이다.

"음…… 생각한 대로군요. 저들은 지금 동대문과 종로를 구하려고 출동했을 겁니다. 그러나 동대문 쪽을 먼저 구하려고 하겠지요. 아무튼 조금 있으면 칠성이 어느 쪽으로 가는지 알게 되겠고, 우리의 행동은 그 후에 정하면 됩니다."

남씨의 작전은 추호도 빈틈없이 착착 진행되고 있었다. 그러나 남씨의 마음속에는 여전히 어두운 그림자가 지워지지 않고 있었다. 남씨는 속으로 생각했다.

'……칠성 두 명을 처치했으니 이제 다섯 명만 남아있다. 그런데 두 명만 나타나 있고 나머지 세 명은 보이지 않는다. 세 명은 처음부터 모습을 나타낸 적이 없었다. 도대체 세 명은 어디에 있을까? 무엇을 계획하고 있는 것은 아닐까? 더구나 이들 칠성은 어디서 무술을 배워온 것일까? 혹시 뒤에서 이들을 가르친 보이지 않는 더욱 높은 무술인이 배후에 있는 것은 아닐는지…… 그렇다면 그 사람은 어느 정도로 강한 사람일까?'

남씨는 아무리 생각해 봐도 걱정만 가중될 뿐 어떤 대책이 떠오르는 것은 아니었다.

'이번 서울 일은 어떻게 되는 것일까? 건영이는 어떤 확신이 있어서 우리들을 보낸 것일까? 아니면…… 단순히 아버지의 일이기 때문에 감정이 앞서서 승산도 없는 이 싸움에 우리를 보낸 것은 아닌가?'

남씨는 생각에 생각을 계속했다. 조합장과 박씨는 남씨가 침울한 표정으로 생각에 잠겨있는 이유를 알 길이 없었다. 단지 분위기가 무겁기 때문에 아무 말 없이 남씨의 눈치만 살피고 있을 뿐이었다.

'따르릉 ──'

전화벨이 울렸다. 조합장이 급히 수화기를 들었다.

"응. 나야. ……그래? 알았어. 잠깐 기다려봐."

조합장은 전화를 끊지 않은 상태에서 남씨의 다음 지시를 물어왔다.

"저들은 지금 동대문에 도착해 있습니다. 칠성 두 명도 함께 있답니다. 명동과 남대문에는 십여 명 정도씩 남아 있는 모양입니다."

"그런가요? ……그럼 지금 즉시 명동과 남대문을 공격하게 하십시오. 그러고는 다시 철수하는 겁니다. 이것으로 오늘의 작전은 끝입니다. 내일은 아침 열 시까지 명동과 동대문 근방에 잠복 대기한 상태에서 지시를 기다리시오. 나는 이만 들어갔다가 내일 열 시에 다시 나오지요. ……질문은 없습니까?"

"예? ……저 ……없습니다. ……지시하신 대로 틀림없이 해놓겠습니다."

조합장은 무엇인가를 더 물어보려다가 그만두고 씩씩하게 복명했다. 남씨와 박씨는 안국동 사무실을 나섰다.

"박씨, 우리 영화 구경이나 할까?"

문을 나서자마자 남씨는 서울 구경의 일환으로 극장을 가자고 제안했다.

"예? 영화요? 그것 좋지요."

박씨는 영화라는 것도 아직 보지 못했다. 서울에서의 일은 구경이든 싸움이든 박씨에게는 모두 생소하였고, 인생 경험이라는 면에서 아주 중요한 것이었다. 두 사람은 극장가가 있는 종로 3가 쪽으로 걸음을 옮겨 사람들 틈으로 사라졌다.

연진인의 안배

　상계인 유명부 염라전 별처에서는 평허선공과 염라대왕이 술을 마시며 한담을 계속하고 있었다.

　"염라공, 요즈음 이곳 실정이 어떠하오이까?"

　"예. 곤란이 많소이다."

　염라대왕은 이렇게 대답하면서 한숨 비슷한 소리를 냈다.

　"흠……."

　"곤란한 일이라니요? 염라공께서 훌륭히 다스리고 있는 이곳에 무슨 곤란이 있겠소이까?"

　"허허. 그랬으면 오죽이나 좋겠소이까. ……실은 이곳도 다른 곳과 마찬가지로 혼란이 가중되고 있소이다. ……천명이 심히 어긋나고 있어서 하루하루가 위태로운 실정이오."

　"예? 무슨 일이 있었소이까?"

　"무슨 일 정도가 아니오. ……요즈음은 이곳에 오지 않을 사람도 잘못되어서 오지를 않나…… 올 사람이 안 올 때도 있고, 게다가 와야 할 사람이 오는데도 제 시간에 오는 것이 아니오이다. ……이래서는 내가 어떻게 옳게 다스리겠소? 유명부야말로 이 우주에서 가장 엄격해야 하는 곳인데도 불구하고 오히려 다른 곳보다 혼란이 더 심하니 어찌할 바를 모르겠소. 심지어는 이곳에서 떠나간 사람이 나의 결제도 없이 제 스스로 풀려나서 다른 세상에 태어난 적도 있소이다. 나는 도대체 뭐가 어떻게 돌아가는지 몰라서 수수방관하고 있는 실정이오. 옥황부에도 문의해 봤지만 그곳도 신통한 답변을 해주지 못했소이다."

염라대왕의 푸념은 한동안 계속되었다. 평허선공은 아무 말도 못하고 그저 듣기만 할 뿐인데, 염라대왕은 평허선공에게 대책을 물어왔다.

"평허공, 당신은 나보다 지식이 높으니 좋은 방책을 일러주시오."

"허허. 미안하외다. 나도 그 문제를 연구하기 위해 온 세상을 방황하고 있는 중인데…… 나 역시 당신만큼이나 혼란을 겪고 있소이다. 나의 공부도 이제 한계점에 와 있는 모양이오. 그리고 내가 이곳에 온 뜻도……."

여기까지 얘기한 평허공은 미안한 표정을 지으면서 할 말을 중단했다.

"예? 평허공, 이곳에 무슨 이유가 있어서 온 것이오? 단순히 놀러온 줄 알았는데……."

"미안하오. 실은 부탁이 하나 있어서 찾아왔는데, 염라공께서 그토록 곤란을 겪고 있다하니 말하기가 민망하구려."

"부탁이오? 무엇인지 서슴지 말고 말해보시오. 내가 곤란을 겪고 있다고 해서 당신이 그냥 갈 사람이오?"

"허허. 나를 그렇게 잘 아시니 실례를 무릅쓰고 말하리다. 실은 사람을 하나 구하려고 하는데…… 괜찮겠소이까?"

"누군데요?"

"예. 전에 남선부 소속 선관으로 있던 성유(惺幽)요."

"예? 성유요? 허허, 이를 어쩌나…… 하필 성유일까……."

"예? 성유라면 안 될 일이라도 있소?"

"허허. 미안하외다. 평허공의 부탁이라면 내 누구라도 구해줄 수 있으나 성유만은 곤란하외다. ……그 사람은 풀어줄 수 없소이다."

"허 — 참, 왜 그렇소이까? 성유가 뭐 그리 대단한 사람이라고?"

"글쎄 말이오. 성유 그 사람 자체는 대단할 게 못 되지요. 단지…… 성유를 석방해서는 안 된다고 미리 명을 내리신 분이 대단하지요……."

"예? 그런 일이 있었소이까? 명을 내리신 분이 누구신데 그러하오?"

"허허. 평허공도 잘 아는 사람이오. ……성유는 당초 당신 때문에 이곳에 온 것이 아니오?"

"그야 그렇소이다. ……그렇다면 연진인께서 명을 내리셨단 말이오?"

"바로 그렇소."

"역시 그렇군요. 좀 더 자세히 일러주시오."

"그러지요. 처음에 성유가 이곳에 왔을 때는 보통과 같이 처리되었소이다. 그런데 나중에 연진인께서 친히 다녀가시면서 장차 평허공이 와서 성유를 내달라고 하면 내주어서는 안 된다고 했소이다. …… 그리고 특별 감옥으로 옮기라고 했소."

"예? 특별 감옥이오? ……아니, 성유의 죄는 별게 아닌데 어째서 특별 감옥으로 옮기오? 더군다나 이곳에 친히 오셔서 그런 지시를 내리시다니……."

"글쎄 말이오. 어른의 뜻이 그렇다니 내가 뭘 알겠소?"

"허 ― 참…… 그 어른께서는 사사건건이 나를 괴롭히는구려……
분명 그 어른께서는 내 이름을 거론하면서 안 된다고 했소이까?"

"물론이오."

"그 외에는 다른 말씀은 안 계셨고요?"

"예. 다른 분부는 없었소."

"음……."

평허선공은 혼자 고개를 끄덕이고 잠시 침묵을 하다가 미소를 지
으면서 얘기했다.

"염라공…… 연진인의 명이 그러하다면 염라공께서는 어쩔 수 없
겠구려…… 그러나 연진인의 명을 벗어날 길이 없는 것은 아니오."

"예? 뭐라고요? 연진인의 명을 거역할 수 있단 말이오?"

염라공은 크게 놀라면서 목소리를 높였다.

"염라공, 이것이 뭔지 알겠소?"

평허공이 꺼낸 것은 커다란 여의주인데, 붉고 노란 광채가 은은한
데, 내면을 자세히 살펴보면 보석으로 만들어진 물고기가 헤엄치고
있는 것이 보였다.

"아니! 그것은! ……난진인의 영패가 아니오?"

염라대왕은 즉시 자리에서 일어나 두 손을 맞잡고 정중한 자세로
평허선공의 다음 말을 기다렸다.

"염라공, 난진인의 이름으로 성유의 면죄 석방을 명하겠소."

"예. 삼가 명을 받들겠사옵니다."

염라대왕은 명에 따를 수밖에 없었다. 또 하나의 뜻밖의 사건이 생
긴 것뿐이다. 염라대왕은 당금의 사태에 이미 체념하고 지내기 때문

에 오히려 충격을 덜 받은 것이다.

"고맙소. ……자 이젠 자리에 앉으시오."

평허공은 영패를 품에 넣으면서 부드러운 목소리로 다시 자리를 권했다. 염라대왕은 자리에 다시 앉아 심각하게 물었다.

"평허공, 어찌해서 당신이 그 어른의 영패를 가지고 있는 것이오? 무슨 특별한 임무라도 있소이까?"

"허허. 그렇소이다만……."

"대단하오이다. ……난진인 같은 어른이 평허공에게 임무를 주었다면 필히 중요한 일이겠소이다. ……임무가 무엇이오?"

"허허. 미안하오…… 실은 나도 임무가 무엇인지 모르겠소이다. 임무가 주어졌다는 것은 알겠는데."

"뭐요? 그럴 리가……."

"사실이오. 내가 염라공한테까지 거짓말을 할 필요가 있겠소이까?"

"허…… 그것 참 괴이한 일이오. 요즘은 온 세상에 괴이한 일 천지로군요……."

염라대왕은 고개를 좌우로 천천히 저었다. 이때 멀지 않은 곳에서 기척이 나더니 이내 반류선이 나타났다. 반류선은 염라대왕과 평허공을 보자마자 무릎을 꿇고 씩씩한 음성으로 예의를 갖추었다.

"부르심을 받고 왔사옵니다."

염라전 제 일호 장관 반류선은 근방 어디엔가 있다가 염라대왕이 이심전심으로 부르는 신호를 듣자마자 급히 달려온 것이었다.

"음…… 일이 있어서 불렀네…… 지금 즉시 특별 감옥으로 가서 성유를 석방하게."

"예. 명을 거행하겠사옵니다."

반류선은 큰 목소리로 복명하고 일어나서 나가려 했다.

"잠깐."

평허선공은 일단 반류선을 기다리게 해놓고 염라대왕을 쳐다보며 말을 이었다.

"평등왕, 이렇듯 편의를 봐주니 감사할 따름이오. ……그런데 나도 따라가 보고 싶소이다. ……그 유명한 특별 감옥도 볼 겸해서…… 성유는 나 때문에 고초를 겪고 있으니 내가 직접 가서 데려가고 싶은데 괜찮겠소이까?"

"그러시오? 좋으실 대로 하시지오. 평허공께서는 인정도 많으시오. 그럼…… 반류, 이 어른을 안내하게."

"예 ——"

반류가 큰 소리로 대답하고 앞장서서 나가자 평허선공은 말없이 염라대왕에게 미소를 보내고는 반류선을 따라나섰다.

—— 3권에 계속 ——

인지
본사
소유

대하소설 주역 ②

1판 1쇄 인쇄 1994년 11월 30일
1판 1쇄 발행 1994년 12월 10일
1판 2쇄 발행 2002년 09월 10일
2판 1쇄 발행 2015년 10월 30일
2판 2쇄 발행 2016년 07월 20일
2판 3쇄 발행 2023년 02월 10일

지 은 이 김승호
편집주간 장상태
책임편집 김원석
디 자 인 정은영

펴낸이 김영길
펴낸곳 도서출판 선영사
주 소 서울시 마포구 서교동 485-14 영진상가 지층
TEL (02)338-8231~2 FAX (02)338-8233
E-mail sunyoungsa@hanmail.net

등 록 1983년 6월 29일 (제02-01-51호)

ISBN 978-89-7558-202-8   03810